Newton Compton Editores

Título original: *L'Incisore*

© 2025, Newton Compton editori s.r.l., Roma
© 2025, de la traducción por Consuelo Gallego Perales
© 2025, de esta edición por Antonio Vallardi Editore S.u.r.l., Milán

Todos los derechos reservados

Primera edición: junio de 2025

Newton Compton Editores es un sello de Antonio Vallardi Editore S.u.r.l.
Pl. Urquinaona, 11, 3.º 1.ª izq. Barcelona, 08010 (España)
www.newtoncomptoneditores.com

Gruppo editoriale Mauri Spagnol S.p.A.
www.maurispagnol.it

ISBN: 979-13-87575-22-9
Código IBIC: FV
DL: B 3.873-2025

Diseño de interiores:
David Pablo

Composición:
Sergi Godia

Impreso en junio de 2025 en Puntoweb s.r.l., Ariccia (Roma), en Italia.

Luigi Boccia
Nicola Lombardi

# El grabador
# de muertos

Traducción de Consuelo Gallego

Newton Compton Editores
Barcelona, 2025

Preparé la quinta esencia de la sangre humana, rectificada y puesta en circulación, con la que casi resucité a los muertos, dando un trago de ella a los que casi se les acababa el aliento, e inmediatamente vi que se recuperaban y en muy poco tiempo sanaban...

LEONARDO FIORAVANTI,
*Della fisica* (1582)

Viene de noche el grabador
que te busca, que te encuentra,
que te atraviesa en lo alto de la cabeza
antes de que te muevas.
En la cabeza te abre un ojo
que te observa, que te señala,
que te dice un, dos, tres,
tal vez ahora ha llegado tu turno.

*Antiguas rimas, canciones y*
*cuentos toscanos* (1906)

# FLORENCIA, 1679

Abre tu mente a lo que te muestro
y párate en ello, pues no sirve de ciencia
si no se retiene, si no se comprende…

DANTE ALIGHIERI,
*Divina comedia*
(«Paraíso», V, 40-42)

# CAPÍTULO I
## Al caer las primeras sombras

La tenue luz del agonizante atardecer apenas conseguía colarse por el callejón de los Armati. Deslizándose entre las casas –adosadas unas contra las otras, oscuras, opresivas, como inclinadas–, el viento producía una especie de silbido continuo y modulado, mientras el polvo y las hojas secas dibujaban a su paso fantasiosas formas suspendidas que podrían haber despertado la imaginación de un pintor, o de un poeta.

A mitad del callejón, como imitando un fuego fatuo, una luz parpadeante y mortecina oscilaba aprisionada en un farol, moteando con un halo de bronce el pavimento, las paredes desconchadas, los portales desvencijados. La sostenían los dedos huesudos de una mujer, semioculta en un portal. Mirando de cerca su rostro, uno podría haber calculado que tenía unos sesenta años: profundas ojeras, nariz aguileña, labios finos que se curvaban hacia abajo tirando de la piel blanca de las mejillas; el pelo, recogido en un moño atusado, tenía un color indefinible al resplandor de la penumbra. Pero quienes la conocían –todos en el barrio– sabían que aquella mujer no pasaba de los cuarenta, del mismo modo que sabían quién era la pequeña figura que estaba a su lado, ligeramente apartada, con la cabeza inclinada. El revoleto de sus míseras vestiduras hacía que las telas al viento produjeran un crujido.

Al final del callejón, a su derecha, se oyeron dos silbidos breves, seguidos inmediatamente por el sonido de pasos acompasados.

La mujer se asomó ligeramente y, aguzando sus ojos húmedos a la luz de la linterna, fijó su mirada en la corpulenta silueta que se acercaba. De su garganta se escapó un suspiro.

–Aquí estás –susurró–. Acércate y sonríe.

La pequeña figura junto a ella no se movió, y la mujer masculló un insulto entre dientes.

La corpulenta sombra acortó rápidamente la distancia, manteniéndose en el lado opuesto de la calle. A medida que se acercaba a los muros de las casas, se había ido perfilando paso a paso en un hombre, imponente bajo la amplia capa que se ceñía en sus remolinos y dibujaba su evidente complexión, cercana a la obesidad. A medida que se acercaba, el sonido ronco de su respiración agitada se hacía cada vez más audible.

La mujer levantó un poco el farol, como si quisiera hacerse ver.

Cuando llegó a su altura, el hombre miró a sus espaldas, circunspecto; luego, cruzó la calle y se plantó frente a la mujer.

–Baja un poco esa luz –susurró.

Bajo la capucha calada hasta la frente, se veía un rostro redondo y perfectamente afeitado, mientras un pequeño enjambre de sombras inquietas jugaba sobre sus facciones, haciéndolas casi ilegibles.

–Bueno, vamos a ver qué tenemos por aquí…

Tras la amplia sonrisa, la dentadura desigual de la mujer emitió un destello.

–Ella es Chiara… –dijo, llevando la mano izquierda tras la espalda de la niña que tenía a su lado y empujándola hacia delante.

A regañadientes, Chiara se acercó para que los ojos titilantes del observador pudieran examinarla adecuadamente.

El hombre asintió, exagerando su complacencia con un gemido. Levantó con dos dedos el mentón de la niña para verla mejor a la luz; después, con esos mismos dedos, recorrió su mejilla con una lenta y lasciva caricia.

–¿Doce años? –preguntó el hombre.

–Doce –confirmó sin vacilar la mujer con un hilo de voz–. Una auténtica flor. ¿No estáis de acuerdo, señor?

El hombre permaneció durante unos instantes examinando aquellos ojos atemorizados, ese cabello negro bien cepillado, el tono de rojo cuidadosamente pintado en sus labios. Le temblaba la mano de emoción mientras alisaba la piel inmaculada de aquella carita. La mujer posó una mano sobre el hombro de Chiara, y la presión de sus dedos indujo a la niña a esbozar una patética sonrisa.

–Bien –susurró por fin el hombre–. ¿Podemos entrar?

–Por supuesto, señor… –La mujer dudó un momento, como avergonzada–. En cuanto al dinero, acordamos…

–Ya te he dicho que te pagaré después –estalló el hombre, esforzándose por mantener bajo el tono de voz–. Siempre que tu hija me satisfaga tal y como me has prometido. ¿Dudas acaso de mi palabra?

–Claro que no, señor –balbuceó la mujer, y la llama de la lámpara se agitó igual que ella–. Venid, apresurémonos a subir. La habitación está…

De repente, una voz masculina se hizo eco en la calleja; venía del lado opuesto por el que había llegado el hombre.

–Os lo ruego… ayudadme…

El hombre se giró bruscamente, reduciendo sus ojos porcinos a simples rendijas. No dijo una palabra, pero tanto él como la mujer y la niña se quedaron mirando a aquella figura apoyada contra la pared de una casa, a unos veinte pasos de ellos.

–¿Quién es? –preguntó Chiara en voz baja.

–No tengo la menor idea –respondió la madre–. Probablemente, alguno que ya está borracho a estas horas…

–Os lo ruego… Estoy muy mal…

El tono quejumbroso del desconocido se dejaba arrastrar por el viento de tal manera que su súplica parecía surgir del aire mismo… La silueta caminaba con dificultad, tambaleándose. Tenía un brazo levantado con la mano presionando la cabeza.

–¡Sigue tu camino y déjanos en paz! –le increpó el hombre obeso con rabia.

Siguieron unos instantes de silencio. El desconocido se quedó inmóvil, con una pierna ligeramente doblada, y con el hombro y el torso apoyados contra la pared.

–Vos… –empezó, interrumpiéndose un instante para avanzar otro paso incierto.

Su equilibrio era evidentemente muy precario.

–Vos… ¿no sois el consejero Bortoli?

El hombre corpulento escupió una blasfemia. Ahora, su enrojecido rostro estaba reluciente, perlado por el sudor.

–Calla, mentecato. Estás desvariando…

–Sois vos, sí, os reconozco… Ayudadme, os lo ruego… Yo…

El pobre hombre tropezó, cayendo sobre una rodilla, y sus gemidos se diluyeron en un pequeño charco de agua estancada entre la grava.

Entonces, el hombre de la capa dejó escapar un improperio sin sentido. Lanzó una mirada furiosa a la mujer, y luego a Chiara. Finalmente, se dio la vuelta y regresó sobre sus pasos a un ritmo sorprendentemente ágil para un individuo de su tamaño.

La mujer solamente consiguió balbucear alguna palabra incoherente, pero su tono desconsolado delataba ya que nada incitaría a su potencial cliente a dar marcha atrás.

Cuando la gruesa silueta desapareció tras una curva, se escuchó otro lamento, más débil, proveniente del hombre que gateaba en la penumbra.

–¡Que te parta un rayo, maldito! –gruñó la mujer.

Hizo ademán de volver al portal, pero Chiara la sujetó por el brazo.

–Está herido, mamá. ¡Deberíamos ayudarle!

–¿Sabes lo que nos ha hecho perder ese desgraciado? Tú vuelve arriba, y reza para que encuentre otro cliente…

12

La niña no se quedó para escucharla y, agarrando el bajo de su larga falda para no tropezar, corrió hacia el hombre que ahora yacía de costado en el suelo.

–¡Vuelve aquí! –exclamó inútilmente la mujer, levantando la lámpara instintivamente.

Vio que Chiara se inclinaba sobre aquel desconocido. Los oyó hablar, pero no pudo distinguir una sola palabra. Le pareció incluso que aquel hombre estaba susurrándole al oído a su hija, arrodillada junto a él.

–¡Al infierno! –murmuró.

Avanzó con pasos nerviosos, acercándose a ambos e inundándolos con una luz anaranjada.

–Qué demonios... –empezó a decir, pero en ese momento su hija se echó hacia atrás mientras el hombre intentaba levantarse haciendo palanca con un brazo.

Debía tener unos treinta años, quizá menos, y su pelo rizado y desgreñado ondeaba de un modo extraño, casi como si fuera una peluca.

–Yo... yo... –intentó mascullar el desventurado, esforzándose por mantener la cabeza levantada para poder mirar a la mujer a los ojos.

Pero el cansancio le obligó a darse por vencido y, entre jadeos, tuvo que recostarse de nuevo. Con aquel movimiento brusco, parte de su cabello se desprendió, colgando como un trozo de tela mojada sobre una oreja.

Chiara se llevó ambas manos a la boca, aspirando ruidosamente entre los dientes. Su madre, en cambio, retrocedió y soltó un agudo alarido que retumbó en todo el callejón. Sus entumecidos dedos soltaron la linterna, que fue a estrellarse estrepitosamente contra los adoquines, apagándose al instante. Y de pronto las sombras del crepúsculo lo sepultaron todo, incluso la visión de aquella porción de hueso y el tétrico ojo negro pintado sobre la palidez del cráneo desnudo.

Los tres golpes en el portón resonaron como si fueran cañonazos en el silencio del viejo edificio. Desde su habitación en el segundo piso, Flaviano Altobrandini súbitamente levantó los ojos del tratado de astronomía que estaba estudiando, secándosele la garganta del susto. Ese tipo de golpes en la puerta no podían significar más que malas noticias, o aún peor, un peligro. Se quedó quieto durante unos instantes, con los doloridos omóplatos pegados al respaldo del pequeño sitial. Observó casi sin respirar la llama que oscilaba suavemente en la gruesa vela sobre el escritorio. Contempló, casi sin aliento, la tenue llama de la vela que parpadeaba sobre el escritorio. Le asaltó el pensamiento –bastante inapropiado en aquel momento– de que debería haber prestado más atención al alumbrado cuando se disponía a leer por la noche; sus ojos, ahora que habían perdido su agudeza a lo largo de los hilos de tinta sobre el papel, parecían arder por la repentina irrupción de la penumbra. Debería haber encendido...

Otros tres aldabonazos más, seguidos esta vez por una voz que reclamaba desde la calle:

–Messer Altobrandini, ¿estáis en casa? ¡Os necesito!

Fue en ese momento cuando Flaviano abandonó su puesto de estudio y se acercó a la ventana. Las persianas estaban apenas bajadas, así que le fue posible acercarse y mirar sin ser visto. En mitad de la calle, totalmente desierta, había un hombre robusto con el pelo largo recogido en una cola de caballo. Con una mano sujetaba un sombrero amplio a la altura del pecho, y con la otra un papel doblado. Miraba hacia lo alto, vagando de una ventana a otra, intentando adivinar cuál era la que buscaba.

–Messer Altobrandini, se requiere vuestra presencia con...

Flaviano abrió lentamente los postigos y, asomando la cabeza, se mostró al desconocido.

–¡Alabado sea el cielo! –exclamó el visitante con un tono claramente aliviado–. ¡Entonces estáis aquí, messere!

–¿Quién sois? ¿Y qué queréis de mí a estas horas?

El hombre escudriñó su entorno nerviosamente, luego levantó la mano con la que agarraba con fuerza una carta. A la luz de la luna y de una pequeña lámpara de aceite, pudo distinguir la mancha rosada del lacre.

–Me llamo Maso, señor. Es mi amo quien me envía. Dice que necesita hablar con vos urgentemente. No sé nada más, messere. Esto es para vos…

–¿Y puede saberse si vuestro amo tiene nombre?

–Por una cuestión de confidencialidad, que imagino comprenderá, señor, preferiría no gritarlo desde aquí, en plena calle.

Flaviano se concedió unos segundos para reflexionar, después respondió:

–Esperad un momento, ahora bajo.

Y volvió a entornar las contraventanas.

Tras cerrar de mala gana el *Sphaera Mundi* de Biancani, que se quedó esperándole en el escritorio, se echó una capa sobre los hombros, y a la luz de un candil que sostenía firmemente frente a sí, descendió los dos empinados tramos de escalera de madera hasta llegar al pequeño vestíbulo. Aquí, en lugar de abrir la puerta tras la que le esperaba Maso, dijo:

–Pasadme la carta. Por aquí debajo.

Al cabo de unos instantes, a la luz amarillenta de la llama, entre el borde inferior de la puerta, reforzado con metal, y la piedra pulida del umbral, apareció crujiendo un folio de papel doblado. Flaviano lo recogió y examinó el sello: un búho entre dos rosas, el escudo de una de las ramas secundarias de la antigua dinastía que todavía, aunque cada vez con más dificultades, regía el destino de Florencia. Una vez partido el lacre, leyó el conciso contenido de aquella misiva escrita con apresurados trazos de pluma de oca.

*Respetable messer Altobrandini:*
*Yo mismo, Paolo de Médici, os ruego que aceptéis esta carta*
*de invitación que os envío a través de Maso Rolfi, uno de mis*

*más fieles servidores. Comprobaréis su identidad preguntándole cuántos años lleva a mi servicio, y él deberá responder que las rosas volverán a florecer.*

*Por motivos absolutamente reservados me encuentro en la necesidad de tener que departir con vos, por lo que, si tuviera a bien complacerme, no dejaré de mostrarle mi gratitud y la de mi familia.*

A continuación, seguía una firma temblorosa. La mano que la había escrito no debía andar del todo segura.

Flaviano dobló de nuevo el folio y se lo metió en el bolsillo. Realmente se trataba de una invitación un tanto curiosa…

–¿Vuestro amo no puede esperar hasta mañana? –preguntó en voz alta.

Desde fuera llegaban las pisadas inquietas de las botas sobre la grava.

–En fin, señor, no sabría… A mí me han encomendado venir a buscaros de inmediato, así que me imagino que debe tratarse de una cuestión urgente. Mi amo lleva fuera de casa unos días, y ya se temía lo peor… Pero esta noche ha regresado, y después de que le viera el médico ha preguntado por vos…

A lo lejos se oyó el ladrido de un perro.

Flaviano, cerrando los ojos, apoyó la frente contra el portón. Aquello tenía toda la pinta de ser un asunto turbio, y no estaba seguro de sentirse preparado para implicarse. Por otro lado, no sería oportuno ignorar aquella petición. En Florencia él era un huésped bien considerado, pero no podía permitirse el lujo de socavar esa hospitalidad rechazando la invitación de un Médici, por mucho que fuera un segundón de la familia.

Al otro lado de la puerta, la voz insegura de Maso se oyó de nuevo:

–¿Seguís ahí, señor?

Flaviano respiró hondo.

–¿Cuántos años lleváis prestando servicio a vuestro amo, Maso?

Un momento de silencio, y luego:

--Las rosas volverán a florecer.

Los dos pestillos se deslizaron con un chirrido oxidado. Flaviano abrió la puerta y se dejó envolver por una ráfaga de aire fresco.

–Sí, aquí estoy.

## 3

El palacio de Paolo de Médici estaba a poco más de un cuarto de hora andando desde la casa de Flaviano. Los dos recorrieron el camino con paso ligero, sin decir una palabra, bajo el ojo casi perfectamente redondo de la luna. No se cruzaron con un alma, a excepción de un viejo borracho que balbuceaba para sí mismo y un perro sarnoso callejero que les siguió con indiferencia durante un rato antes de desaparecer en un callejón maloliente.

La carta que Flaviano llevaba en el bolsillo tenía todas las de la ley para ser auténtica. Además, le había bastado estudiar en pocos segundos la actitud, la expresión y el tono de voz de aquel Maso para asegurarse de su total buena fe. No era la primera vez que confiaba en su instinto, dejándose llevar por él, y raramente se había arrepentido. Jamás llevaba armas consigo, en parte porque la sola idea de tener que usarlas le inquietaba en lo más profundo. En aquella especial circunstancia, efectivamente, no habría estado de más haber tenido la precaución de llevar consigo al menos una daga, o cualquier otro artilugio apto para la defensa, en el caso de que la situación se revelara distinta a como se esperaba. De todas formas, incluso si algún malhechor se interponía en su camino, el tamaño y las manos de Maso serían una sólida garantía de seguridad.

Un vívido rectángulo luminoso se encendió en una de las entradas secundarias del palacio en donde residía Paolo de Médici. En el umbral, un criado alto y enjuto con un farol en la mano recibió a los dos recién llegados haciéndose a un lado para dejarles entrar. No se dignó a mirar a Maso, pero inclinó la cabeza cuando pasó Flaviano.

Siempre detrás de su acompañante, Flaviano recorrió varias salas en penumbra, mirando con el rabillo del ojo las estatuas, pinturas y plantas ornamentales a su paso; subió un tramo de escaleras, llegó hasta el final de un pasillo, y por fin se detuvo ante una puerta cerrada.

Maso llamó con los nudillos, tres golpes rápidos.

Al otro lado, se oyó un suave susurro y, a continuación, se acercaron unos pasos ligeros. La manivela bajó y por la rendija iluminada apareció el rostro de una mujer de mediana edad.

Maso se quitó el sombrero llevándoselo al pecho.

—Messer Altobrandini está aquí, mi señora.

Acto seguido, la dama de rostro pálido y alargado entreabrió la puerta.

—Gracias, Maso. Puedes irte.

El sirviente inclinó la cabeza en señal de respeto, y luego hizo otro tanto con Flaviano antes de alejarse y desaparecer por el pasillo.

La dama retrocedió entonces un paso, mirando a Flaviano a los ojos.

—Se lo agradezco, messer Altobrandini.

Y le extendió una mano repleta de anillos que Flaviano se apresuró a coger para rozar el dorso con un leve beso.

—No podía ignorar una invitación expresada en un tono tan sincero, señora. Además, estoy seguro de que esta premura está más que justificada.

—Lo juzgaréis vos mismo. Por favor, pasad.

Mientras se cerraba la puerta a sus espaldas, Flaviano dirigió su mirada al rostro cerúleo del hombre tendido en la suntuosa cama con dosel. Luego, en un instante, captó la austera presencia masculina, de pie junto a la cama, y la femenina, sentada en un pequeño sillón en un rincón, apenas tocada por la luz temblorosa de las llamas que ardían en la chimenea frente al lecho. Un fuerte olor a sudor y medicinas flotaba en el ambiente.

–Adelante, messer Altobrandini, pasad –dijo el joven acostado bajo las mantas de damasco.

El timbre de su voz quería aparentar firmeza, pero se veía a todas luces que delataba una nota de sufrimiento. Tenía la parte superior de la cabeza enteramente envuelta en una especie de turbante blanco, formado por numerosos entrelazados de gasas y paños.

–Su cortesía es digna de su reputación de caballero, así como de persona de elevado nivel intelectual.

Flaviano avanzó unos pasos, acercándose al dosel.

–Me halagáis, señor de Médici. Reconoceréis, sin embargo, que tal invitación, a altas horas de la noche, por parte de alguien que, hasta donde se sabe, nunca he tenido la fortuna de conocer personalmente, habría podido encontrar un comprensible rechazo…

Paolo de Médici procuró incorporarse un poco sobre la almohada con un cauteloso movimiento de hombros. El hombre mayor junto a él intervino de inmediato:

–Tened cuidado, señor, no debéis moveros, ni hacer esfuerzos. Además, os había aconsejado encarecidamente que tampoco os reunierais con nadie en vuestras condiciones. No debéis…

El joven se permitió una sonrisa triste, y siguió dirigiéndose a Flaviano:

–Este es mi queridísimo médico personal, el doctor Albizzi, que ha cuidado de mí desde mi nacimiento. Una persona excelente y que se preocupa por los demás, a veces demasiado.

Flaviano hizo una leve inclinación en dirección al galeno, quien se la devolvió con expresión afligida.

–Ahora os ruego que nos dejéis, mi querido doctor. Y también vos, madre, si tenéis la amabilidad…

La mujer que había recibido a Flaviano en la puerta se quedó mirando un momento a su hijo, transmitiéndole en silencio un torrente casi palpable de preocupación y reprobación maternal. Esperó a que el doctor Albizzi la acompañase a la puerta y, murmurando algo entre dientes, ambos abandonaron la estancia. Entonces la mujer joven hizo ademán de levantarse para seguirlos, pero Paolo la detuvo.

–Vos no, querida Lidia. Vos no. Quedaos, os lo ruego. Esto os atañe en parte, y esta conversación no debe tener secretos para vos.

La joven, cuya belleza se había hecho patente en el instante en que había entrado en el halo de luz de la lámpara, volvió a su sitio. Lucía un vestido largo de terciopelo verde oscuro, llevaba el pelo recogido en la nuca y un hilo de pequeñas perlas impedía que un mechón de color castaño le cayera sobre la frente.

–Ella es mi prima, Lidia Grandeschi.

–Un honor conoceros, madamisela –dijo Flaviano inclinando rápidamente la cabeza y levantándola enseguida de nuevo con la esperanza de captar la expresión de la muchacha. Pero la zona de sombra en la que se encontraba le impidió descifrar cualquier emoción.

–Una vez hechas las presentaciones, aunque de manera un tanto informal, lo reconozco –continuó Paolo–, ¿podría pediros, messere, que acerquéis aquella silla y os sentéis junto a mí? El bueno del doctor Albizzi seguramente tiene razón, debería descansar, después de lo que me acaba de suceder. Pero también me he negado a tomar la decocción a base de láudano que quería suministrarme para hacerme dormir, porque hablar con vos me urgía realmente. Vamos, acercaos…

Flaviano cogió una silla, con el asiento y el respaldo acolchados, y se sentó junto a la cama. Al acercarse, el hedor a alcohol y sudor corporal era más punzante, pero procuró no darlo a entender manteniendo un semblante lo más neutro posible.

Al otro lado, Lidia seguía observando a ambos en silencio.

–Tenéis razón, ser Flaviano, nunca nos habíamos visto antes. Pero yo os conozco, últimamente he recabado información sobre vos. Sé que estáis emparentado con Su Santidad Inocencio XI, ¿o me equivoco?

Flaviano se puso rígido por un instante.

–Oh, tranquilizaos, no tengo intención alguna de crearos problemas. Sé que hace tiempo el santo padre os encomendó algunas indagaciones, investigaciones en las que habéis tenido ocasión de demostrar vuestra perspicacia. Sé que después abandonasteis Roma y que desde hace un año os habéis establecido aquí, en Florencia, donde os dedicáis al estudio y lleváis una vida irreprochable. No sé qué desavenencias habrán surgido entre vos y la Santa Sede, ni me interesa conocerlas... En fin, como veis, si me he dirigido a vos es porque reconozco vuestra valía, vuestro ingenio, vuestra intuición... Y para encontrar al Grabador necesitamos todas estas cualidades.

–¿El Grabador?

Paolo dio un suspiro. En su aliento flotaban intensos aromas de almendra y corteza de quina.

–¿Acaso todavía no habéis oído hablar de él?

Flaviano se cruzó de brazos.

–Solo sé lo que se cuenta por ahí...

# 4

El primer cadáver había sido hallado hacía menos de dos meses. Pertenecía a Ettore Mercatanti, apreciado boticario, padre de familia y propietario de un modesto terreno a las afueras de la ciudad. Le había encontrado su hijo mayor, Pietro, por la mañana temprano, tirado frente a la verja de su casa. Ettore había desaparecido un par de días antes sin dejar rastro, pero los familiares todavía no habían denunciado su desaparición a las autoridades de la ciudad; desde luego nunca se les habría ocurrido pensar en un secuestro, ni mucho menos habrían imaginado un homicidio. El cuerpo presentaba un corte triangular de cuero cabelludo separado del hueso por dos lados y cuidadosamente levantado. Debajo, en el cráneo, se evidenciaba una incisión en forma de ojo de unos milímetros de profundidad. Todo ello se había llevado a cabo con extrema pericia, con mano segura e instrumental especializado, y dado que realmente no se podían hacer conjeturas relacionadas con los motivos y el significado de aquella acción, se había supuesto que el culpable formaba parte del ambiente médico, o al menos del círculo científico.

Un detalle, tan inquietante como incomprensible, era que el sutil surco que trazaba el dibujo de un ojo estaba impregnado con una sustancia grisácea que también había calado en la superficie inferior de la piel. Un rápido análisis había identificado esa sustancia como mercurio.

El segundo cadáver había sido arrastrado durante un buen trecho por las aguas del Arno, acabando varado en una rama y provocando pánico y desvanecimientos entre las lavanderas que lo habían encontrado. El cuerpo estaba en pésimas condiciones, señal de que debía llevar en el agua varios días; sin el trozo de cuero cabelludo que le habían quitado del cráneo, mostraba en el lado derecho del hueso frontal la misma incisión hallada en Mercatanti. Se llamaba Folco Grandeschi, acaudalado y noble erudito, desaparecido de su casa desde hacía cinco días. La noticia de su desaparición no había sido divulgada por voluntad expresa de la familia, que había preferido no dar lugar a escándalos que habrían podido afectar a la dinastía de los Médici, a quien estaba ligado por lazos de parentesco.

Así que los rumores acerca de los dos cadáveres torturados de manera tan extraña se habían entrelazado y habían empezado, como era de esperar, a correr por toda la ciudad.

Y el misterioso asesino no había tardado en ganarse el apodo popular de «Grabador», elevándose a la categoría de hombre del saco hasta en las más truculentas canciones infantiles.

«El Grabador se acerca por la noche…».

Paolo de Médici permaneció inmóvil durante unos segundos, con los párpados bajados. Flaviano aprovechó para buscar con la mirada el rostro de Lidia, descubriendo que sus ojos estaban fijos en él. La expresión de la muchacha, aunque confusa entre los destellos de las llamas y las sombras recogidas en aquel rincón de la habitación, era tensa, como si estuviera tratando de dominar sus emociones. Flaviano observó el ritmo de su respiración y las imperceptibles contracciones musculares en su cuello. Era muy probable que la joven estuviera deseando hablar.

Paolo abrió los ojos de nuevo, y su voz ronca volvió a llamar la atención del invitado.

—He sido muy imprudente, lo admito. Normalmente, cuando salgo de noche, nunca suelo ir solo. Casi nunca… Hace un par de noches estaba en un local con unos amigos. Habíamos bebido. No creo que me hubiera excedido, o quizá sí, no lo tengo muy claro… O quizá aquel vino fuera el culpable, ya sabéis, esos vinos traicioneros, porque bajan como el néctar, y luego te suben lentamente a la cabeza…

Levantó despacio el brazo derecho, posando la mano en el vendaje.

—A la cabeza, sí… De todos modos, al final de la velada, cuando abandoné el local, iba solo. No sé qué hicieron los demás, les perdí de vista. A lo mejor se quedaron dormidos sobre la mesa, o puede que se hubieran marchado ya… El caso es que me encontré en la calle. Creo que escuché un toque de la campana de San Aurelio… Y desde ese momento, la oscuridad.

Se quedó callado, observando el semblante impasible de Flaviano. Luego se volvió hacia su prima, quien enseguida se incorporó en su silla, haciendo oír su voz por primera vez:

—Estáis exhausto, primo. Debéis descansar. ¿Deseáis que continúe con vuestro relato?

Paolo levantó el dedo índice, moviéndolo de izquierda a derecha.

–Os agradezco de corazón vuestras atenciones, querida prima, pero ese repugnante caldo que me ha hecho beber el bueno del médico está haciendo un óptimo trabajo. Me siento bien, a pesar de todo… Entonces, ser Flaviano, lo que quería contaros eran las circunstancias que llevaron a mi secuestro. Solamente recuerdo un golpe en la nuca, de repente, tal cual, como un relámpago… y ya nada más. Hasta el momento en que recobré el conocimiento.

Casi sin darse cuenta, Flaviano había empezado a frotarse repetidamente las yemas de los dedos pulgar e índice. Desde niño llevaba consigo ese pequeño gesto inconsciente, señal de que el tema había despertado su interés.

–¿Y dónde estabais en aquel momento?

Ahora la mirada de Paolo fue a parar a las llamas de la chimenea. Inquietos reflejos amarillos bailaban en el fondo de sus ojos.

–Tendido en una mesa, en la oscuridad más absoluta. No tengo la menor idea de cuánto tiempo permanecí inconsciente. Hasta esta noche no he sabido que transcurrió un día entero. Me llegaba un fuerte olor a alcohol, a medicinas, a hierbas… pero también a moho y a carne putrefacta. Intentaba hablar, gritar, pero sentía la cara y la cabeza completamente entumecidas, como si me hubieran inyectado algún líquido anestésico. Tenía la sensación de que la lengua y la mandíbula no formaban parte de mí. De repente… un crujido y una luz. Un pálido destello detrás de mí. Quería ver quién era, pero no podía mover el cuello. En la pared, frente a mis ojos… una sombra. La silueta de una persona. Empecé a agitarme, pero estaba atado a la mesa, tenía correas que me retenían por los tobillos y por las muñecas. Oí pasos, vi una tenue luz que se acercaba… la luz de un candil. Con esa vela, mi captor debió encender una lámpara, porque de pronto el techo apareció sobre mí. Era bajo, de ladrillo… debía ser una cripta, o una bodega, no sé. Luego…

Paolo guardó silencio durante unos segundos, pasándose la lengua por los labios, con la mirada perdida en el vacío.

–De verdad, no consigo describir aquella sensación. Carecía de sensibilidad en toda la cabeza y, sin embargo, notaba una especie de presión en varios sitios… e imaginé que aquel hombre me estaba tocando; me estaba manipulando de alguna manera. Recuerdo un hormigueo difuso, que se movía entre mis cabellos y me producía escalofríos en todo el cuerpo, hasta la punta del pie. ¿Qué me estaba haciendo? Creía que gritaba, pero solamente jadeaba, resollaba, nada más. Y entonces él… me habló.

Paolo tenía la frente perlada de sudor, y su rostro parecía aún más pálido. Respiraba con dificultad, y fue entonces cuando Lidia se puso en pie de un salto y se acercó a su lado, agarrando ambas manos de su primo.

–Ya es suficiente, Paolo. No estáis en condiciones de continuar con vuestro relato. Insisto porque…

–Este es el ojo que te mirará por dentro.

Flaviano dio un respingo.

–¿Qué habéis dicho?

–Paolo, os repito que… –continuó Lidia.

Paolo miró a Flaviano con una expresión que delataba un incipiente estado febril. El efecto de los primeros medicamentos que el doctor Albizzi le había suministrado para mantenerlo despierto estaba empezando a agotarse.

–Utilizó exactamente estas palabras. El ojo… me miraría por dentro…

–Messer Altobrandini, debo pediros que le permitáis descansar –intervino Lidia con decisión.

En sus ojos se reflejaba una preocupación sincera.

Flaviano se puso en pie lentamente, pero Paolo liberó una mano de entre las de su prima y le agarró por la manga.

–Todavía no, ser Flaviano, todavía no. Me siento lo suficientemente fuerte. Ya descansaré después. Tengo intención de acabar mi relato.

Lidia, de brazos cruzados, miró primero a Paolo y luego a Flaviano, con aire reprobatorio. Abrió la boca, pero enseguida volvió a cerrarla, apretando firmemente los labios.

–¿Conseguisteis verle? –le apremió Flaviano.

–¿Al Grabador? –le preguntó Paolo a su vez, enfatizando con sorna aquel nombre–. Oh, en cierto modo sí, le vi… Cuando se puso a mi lado, en mi campo de visión. Pero no había suficiente luz, y su rostro estaba totalmente envuelto por la oscuridad… Sostenía unos hierros, instrumental afilado, no tengo ni idea de lo que eran. Sin embargo, había entendido perfectamente lo que me estaba sucediendo, lo que iba a sucederme… Desde ese momento, tengo como una mancha oscura en la memoria. ¿Oigo ruidos, voces? ¿O solo me las he imaginado? Quizá he perdido el sentido… No lo sé, no lo sé… Únicamente recuerdo que, cuando volví a abrir los ojos, ya no estaba atado. Ni siquiera me hallaba en aquella especie de cripta. Me encontraba al aire libre, sí… y estaba caminando… Era libre… Había una luz roja, en lo alto, sí, como un círculo ardiente suspendido en el cielo. No lo sé, ya no sé nada… –Una pátina opaca pareció velar sus ojos. Los párpados apenas podían mantenerse abiertos, ni tampoco la voz encontraba la fuerza para salir de sus labios, que ahora temblaban como si el hombre siguiera hablando en silencio, para sí mismo.

Lidia no dejó escapar la ocasión.

–Venid conmigo a la otra habitación, messer Altobrandini. Mi primo ya no está en condiciones de hablar. Yo continuaré con su relato.

Flaviano se quedó mirando a Paolo, que ahora tenía los ojos cerrados. Sus rasgos parecían relajados, y su respiración era regular. Esa noche ya no podría añadir nada más.

–Por supuesto, madamisela. Vos primero.

## 6

En el gabinete contiguo al dormitorio, hizo sentar a Flaviano en un sillón, mientras la joven se acomodó en un pequeño diván frente a él. Sobre una ménsula de mármol había un candelabro con cinco brazos, pero solo tres velas estaban encendidas.

Flaviano se cruzó de brazos.

—Soy todo oídos.

Lidia le observó pensativa durante unos instantes, luego asintió.

—No os robaré más tiempo, messere. Se ha hecho tarde, y me imagino que para vos el venir hasta aquí ha debido ser un sacrificio, además de una indudable muestra de confianza. Os estoy infinitamente agradecida, y…

—Folco Grandeschi era pariente vuestro, ¿verdad? ¿Hermano, tal vez?

La muchacha pareció quedarse un momento sin respiración, y se mordisqueó el labio superior. Luego, con un leve estremecimiento en la voz, asintió:

—Sí, mi hermano.

Flaviano adoptó una expresión contrita.

—Lo siento de veras.

—¿Puedo preguntaros quién os lo ha dicho?

—Nadie, en realidad. Al escuchar vuestro apellido, y valorando las circunstancias, me he limitado a hacer una simple deducción. Grandeschi, la segunda víctima del Grabador. El hombre hallado en el Arno. Pero os lo ruego, no era mi intención interrumpiros. Os pido disculpas.

Las llamas de las velas se engarzaron por un segundo en los ojos de Lidia, reflejando minúsculos cristales de lágrima.

—No hay nada por lo que pedir disculpas, creedme. En cualquier caso, os habría proporcionado esa información yo misma, ya que en parte constituye el motivo de vuestra presencia aquí.

—No lo dudo. Continuad.

Lidia suspiró.

—Cuando me llegó la noticia del hallazgo del primer cadáver, el de Ettore Mercatanti, hace un par de meses, me sentí incapaz de formular ninguna conjetura. Lo que pretendo decir es que no consideré que el asunto pudiera tener nada que ver conmigo, naturalmente. Pero después…

—Después le tocó a vuestro hermano.

—Así es.

Otro profundo suspiro siseó entre las sombras.

—Y entonces… no pude por menos que preguntarme qué relación habría entre los dos. No creo que fueran a los mismos sitios ni que tuvieran ningún asunto en común, al menos recientemente. Quizá en el pasado… Hablé de ello con mi primo, Paolo, y él me respondió que no estaba al tanto de nada por el estilo. Pero enseguida comprendí que no me estaba diciendo la verdad. Fui testigo de cómo cambió tras la muerte de Folco. Culpaba al dolor por la pérdida de un primo muy querido. Me parecía una razón más que plausible para justificar su diferente estado de ánimo. Casi me había resignado a esperar que las indagaciones oficiales encontraran alguna pista, pero luego…

De repente se quedó callada, con la mirada fija en Flaviano. Este permaneció impasible, devolviéndole la mirada; después bajó los ojos hasta las manos que la muchacha tenía entrelazadas en el regazo. A pesar de la tenue luz, su temblor era evidente.

—Luego ocurrió lo que ya sabemos, madamisela. Me imagino que ahora, en cambio, os habéis hecho una idea, o por lo menos habéis encontrado una respuesta a vuestras preguntas —reflexionó él en voz alta—. Dos víctimas escogidas aparentemente al azar, de extracción social y profesión muy diferentes, podría parecer una coincidencia. Pero la tercera, un Médici, nada menos, con todos los riesgos que esa acción implica… exige trazar una línea de unión. Vos habéis encontrado esa línea. Pero no habéis hablado con las autoridades. Aunque ahora estáis haciéndolo conmigo. No os fiais del todo, puedo leerlo en vuestros ojos, porque no me conocéis. Sin embargo, vuestro primo parece tener depositada en mí una confianza de la que no me siento merecedor. Espero poder ganarme también la vuestra. Si me permitís una suposición, creo que fue vuestra tía, la madre de Paolo, quien os dio la clave. Cuando mencionó alguna antigua relación entre los tres. ¿Voy por buen camino?

Lidia pareció desconcertada, como si necesitara unos segundos para registrar las palabras de Flaviano. Por fin se recompuso, procurando tomar de nuevo las riendas de la conversación.

–Mi confianza en vos, messer Altobrandini, es irrelevante. El hecho de que mi primo os la haya entregado incondicionalmente para mí es una garantía; por tanto, no tengo el más mínimo inconveniente en exponeros todo lo que debáis saber. Seréis vos quien deberéis sacar vuestras propias conclusiones.

Flaviano esbozó una reverencia, y con un rápido movimiento de la mano invitó a la joven a continuar.

–Los hechos se remontan a quince, dieciséis años atrás. En aquella época, yo era tan solo una niña, únicamente conservo vagos recuerdos. Ejercía un médico en Florencia al que se consideraba un gran conocedor del esoterismo y la alquimia. Se llamaba Ermete Moraldi, y era de origen toscano. Había abierto aquí un laboratorio, una especie de taller en el que impartía clases a grupos de jóvenes, casi todos pertenecientes a familias adineradas. Enseñaba medicina, naturalmente, pero no solamente eso. Ser admitido en sus cursos se convirtió en una cuestión de prestigio; debían ser muy selectivos. Seis o siete alumnos al año, como máximo. Supongo que en este punto es del todo superfluo especificar que…

–Las tres víctimas eran estudiantes de Ermete.

–Al menos durante el último año de su instrucción. Sabía que mi hermano salía de casa todos los días por motivos de estudio. Pero nos llevábamos once años, y yo no tenía noción de lo que hacía. Luego hubo un incendio. Nunca se esclarecieron las causas, pero con todas las sustancias potencialmente peligrosas que había en aquel taller, no fue difícil imaginar un accidente. Por suerte, no había ningún estudiante en ese momento. Únicamente estaba Ermete.

—¿Murió en el incendio?

—Lo más seguro es que así fuera. A pesar de que, efectivamente...

—Nunca encontraron su cuerpo. ¿Es así?

Lidia asintió, apretando los labios.

Flaviano la imitó, inconscientemente, luego se frotó enérgicamente las mejillas sin afeitar.

—Creo haber entendido en qué dirección van vuestras sospechas. Y estoy de acuerdo con vos en que esta podría ser una pista razonable a seguir, al menos para empezar. Pero, por el momento, procurad imaginar dónde puede haber estado retenido vuestro primo, según lo que nos ha contado.

—He estado pensando en ello... Después de haber sido liberado, Paolo estuvo vagando por ahí en un estado delirante, y luego fue a parar a la calle de los Armati. Fue allí donde halló las fuerzas para decirle su nombre a una niña, antes de perder el sentido por completo.

—Y a vos, ¿cómo os avisaron?

—Fue la madre de la niña. Le arrastraron desde la calle hasta su casa. Después vino corriendo hasta aquí para dar la voz de alarma.

Flaviano resopló.

—Un buen trecho, desde la callejuela de los Armati hasta aquí...

—Una pobre mujer, un alma desesperada. Contaba con que le diéramos una recompensa económica, lo dijo claramente. Y la obtuvo.

—Entiendo...

—Así que enviamos un carruaje inmediatamente. El resto de la historia ya lo conocéis.

—Sí.

Flaviano se palmeó las rodillas.

—Y... decidme, Lidia: ¿vos habéis visto el ojo dibujado en el cráneo de vuestro primo?

La joven arqueó una ceja con aspecto desconsolado.

–Solo un momento, antes de que el doctor Albizzi me hiciera alejarme.

–¿Podríais describírmelo?

Lidia reflexionó un instante, luego se levantó del diván para acercarse a un escritorio sobre el que había una pila de papel de carta y una pluma de oca metida en un tintero. Se entretuvo unos segundos, al cabo de los cuales volvió junto a Flaviano y le tendió el dibujo que acababa de esbozar.

–Más o menos… –dijo, como si pretendiera excusarse por la calidad de la imagen.

Flaviano solamente dedicó una breve ojeada al dibujo de la muchacha; luego asintió, dobló la hoja de papel en cuatro y se lo metió en el bolsillo.

–De acuerdo –dijo, poniéndose en pie.

–¿Dónde vais? –le preguntó de repente Lidia.

–Bien, por esta noche he recopilado suficiente información. Creo que ya es hora de que vuelva a…

Lidia le dirigió una mirada de sorpresa.

–¿A casa? Messer Flaviano, no me obliguéis a suplicaros. Estoy demasiado cansada para discutir. Se os ha preparado una habitación de invitados para que paséis la noche. Encontraréis todo lo necesario.

–Pero yo, madamisela, no…

–Es la expresa voluntad de mi primo, y también la mía. Mañana por la mañana nos levantaremos temprano y, acompañados por Maso, iremos a buscar el lugar en el que por poco fue asesinado también Paolo. Seguidme.

Flaviano sintió que una protesta le pellizcaba la lengua, pero al instante se dio cuenta de su inutilidad.

–Como deseéis. Me considero desde este momento a vuestra entera disposición.

Si Lidia captó el matiz irónico en la voz de Flaviano, no lo dio a entender.

La cama presentaba esa rigidez típica de los colchones que rara vez se utilizan, pero Flaviano no dudaba que, a pesar de todo, conseguiría conciliar el sueño. Claro que tenía muchas ideas que mantenían su cerebro activo; pero con el paso de los años y con autodisciplina, había aprendido a frenar y canalizar el flujo a menudo caótico de sus propios pensamientos, llegando a sentirse dueño de su propia mente. Hasta cierto punto, naturalmente. Dependía en gran medida del estado de ánimo en que se encontrara. Ahora mismo, honestamente, podía decir que estaba relativamente relajado.

En tales condiciones, como siempre le ocurría, la agitación mental, obligada a aquietarse para plegarse al agotamiento del cuerpo, se transformaba en una secuencia aparentemente inconexa de imágenes y recuerdos, que se sucedían libremente por anodinas analogías. Y Flaviano estaba acostumbrado a abandonarse con el ánimo sereno, sin oponer resistencia. De este modo, sin darse cuenta, se encontró pensando en sus padres. Ambos habían muerto hacía mucho tiempo, pero de vez en cuando reaparecían sus figuras desvaídas. Casi siempre queda algo sin resolver entre el que se queda y el que se va. Para él habrían deseado un futuro diferente, otra vida distinta. Una carrera eclesiástica, en realidad. Sobre todo, su madre, que era una Odescalchi, prima hermana del actual pontífice. Por lo demás, ella misma, si no hubiese aceptado la propuesta de matrimonio por parte de un Altobrandini, puede que hubiera terminado sus días en un convento, previsiblemente con el hábito de abadesa. Pero Flaviano tenía un temperamento demasiado inquieto, un instinto demasiado racional como para adaptarse a seguir los sosegados senderos del espíritu. Fue así como, apoyado sobre todo por su padre, había estudiado, y mucho, nutriéndose con las matemáticas, la astronomía y la literatura. No confiaba especialmente en la providencia, pero en el fondo de su corazón no dejaba de sentirse agradecido al destino que le había hecho nacer en el seno de una familia acomodada, evitándole la mortificación de su propia naturaleza. Hacía un año que el azar había cambiado el curso de su vida para siempre. Un fraile del convento de la Santa Croce de Benevento había enviado una carta al pontífice denunciando que desde hacía algún tiempo la comunidad pagana matriarcal local se dedicaba a la celebración de ritos misteriosos en torno a un nogal legendario, al que se le hacían sacrificios y ofrendas de carácter indudablemente diabólico. La misiva era igualmente una acusación contra ciertos eclesiásticos, tanto a nivel local como dentro de la Santa Sede, prelados que tenían tendencia a encubrir, complacer y «abrazar las seducciones del maligno». A raíz de la petición de intervenir para poner fin a aquella cuestión, el Vaticano había enviado un contingente armado, y la situación degeneró de un modo trágico.

Tres meses después, Inocencio XI le había confiado la misión de investigar sobre lo acontecido y asegurarse de que no subsistían más focos de herejía. Así pues, Flaviano había partido hacia lo que se conocía como el país de las brujas, infestado de superstición y paganismo. Y, finalmente, siguiendo un intrincado laberinto de indicios, había descubierto que todos los enigmas estaban relacionados con una única verdad que habría podido revelarse devastadora para la Iglesia de Roma misma. En consecuencia, sospechando que su vuelta a la capital no le habría traído más que problemas, había elegido Florencia como su nueva residencia, dejando que su pasado reciente permaneciera en la sombra. Mientras fuera posible.

De hecho, por lo que parecía, su «fama» le había seguido, y se le había ido de las manos, sin que ni siquiera fuera consciente de ello. Procurar llevar una vida lo más discreta posible no había dado los frutos deseados. Así que, ahora...

La percepción de haberse embarcado en una investigación del todo inesperada –aunque excitante, debía admitirlo– seguía llamando con insistencia a la puerta de su conciencia, pero el agotamiento físico la habría silenciado sin excesivo esfuerzo.

Ciertamente, la imagen de aquel ojo que Lidia había garaba-
teado pesaba sobre él, en la penumbra escarlata producida
por las brasas que aún brillaban en la chimenea. Un dibujo
extremadamente estilizado: el típico doble arco especular
dentro del cual se inscribía un círculo, en cuyo centro había
un punto. Una representación elemental, muy rudimentaria,
y precisamente por ello, en cierto modo siniestra. Parecía
evocar un mundo infantil, incluso. Un ojo que habría podido
llevar consigo un mundo de bagaje simbólico, primitivo, y a
partir de sus estudios podría sacar una cantidad ingente de
ideas.

Pero no ahora. Ese ojo negro como el azabache se estaba di-
luyendo, iba perdiendo consistencia, desdibujando sus formas
básicas, intentando transformarse en otra cosa. ¿Llegaría a
convertirse alguna vez… en un rostro? Flaviano deseaba fer-
vientemente que así fuera, porque eso era lo que se esperaba
de él. Que consiguiera sacar de las sombras una identidad, un
nombre…

El del Grabador.

# CAPÍTULO II
## El laboratorio secreto

### 1

–Vos os estáis escondiendo, ¿no es cierto?

Flaviano no respondió, y continuó con la mirada fija al frente, procurando no dejar que aflorase ninguna emoción en su rostro, porque sabía que Lidia le estaba observando.

Iban a caballo, uno al lado del otro. Las afueras de la ciudad estaban impregnadas del gris plomizo de un cielo nublado, y el aire frío producía un desagradable picor en la piel del rostro. Considerando que el cuerpo de Folco Grandeschi había aparecido bajo el puente de Santa Trinita tras haber sido arrojado a las aguas del Arno, les había parecido lógico dirigirse hacia el este, remontando el curso del río. Además, por esa parte, se encontraba también la calle de los Armati.

Respetando la debida distancia detrás de ellos, Maso cabalgaba tranquilo pero circunspecto. Probablemente, nadie habría podido acercarse sin antes tener que dar explicaciones a la punta de su espada.

Cuando Maso había llamado a la puerta de su dormitorio, muy temprano, Flaviano ya estaba listo. No había pasado una noche tranquila, y no se sentía descansado, ni física, ni mucho menos mentalmente. Recordaba retazos de sueños, de horribles sueños, pero sabía que era del todo inútil perder el tiempo en intentar hilarlos. No podían ser más que una mezcolanza de todo lo que había oído la noche anterior y de la maraña de pensamientos en que se había sumergido antes de coger el sueño. Imágenes de cabezas ensangrentadas, de sombras indefinidas, de cuerpos devorados por las llamas… Paolo seguía durmiendo. Su madre y el doctor Albizzi ya estaban levantados, disponibles para cualquier necesidad. Y así, intercambiando apenas un par de palabras, habían salido.

«Que si me estoy escondiendo…». Era la primera vez que le hacían aquella pregunta desde que se había mudado a Florencia, y era inevitable que antes o después se la hicieran. En el fondo, lo sabía desde el primer momento en que había decidido no regresar a Roma después de huir de Benevento el año anterior: dondequiera que se escondiese, sería descubierto. Era una cuestión de tiempo, de días, meses o quizá años, si tenía la suerte de su lado, pero al final sus raíces nobiliarias le traicionarían. Ahora había quien lo «sabía», y esto significaba que ya no estaba seguro en aquella ciudad. Su tío, Inocencio XI, no andaba detrás de él por la simple razón de que lo daba por muerto, pero ¿qué ocurriría si le llegaban noticias de que estaba vivito y coleando? ¿Haría que lo arrestaran para llevarle de vuelta públicamente al Vaticano, o mandaría a alguien a buscarlo en el mayor de los secretos? En ambos casos, Flaviano estaba convencido de que su destino tendría un fin ingrato si no demostraba ser más que hábil.

–¿Qué os hace pensar eso? –quiso saber Flaviano tras un prolongado momento de reflexión.

–Muchas cosas –respondió la joven con una sonrisa intrigante y ambigua–. Para empezar, sois sobrino del papa, pero la vida apartada y solitaria que lleváis no se corresponde con vuestro rango. Nadie os conoce, porque es como si nadie supiera que vivís aquí. En esta ciudad, sois como una sombra entre las sombras.

–Es mi manera de ser –rebatió Flaviano–. Simplemente rehúyo de la vida palaciega, porque no es lo que deseo para mí. Es más, os haré una confidencia: en muchos aspectos me gustaría renegar de mis orígenes. He escogido una existencia dedicada a la contemplación y a los estudios: matemáticas, astrología y filosofía son las disciplinas que prefiero…

—Además —prosiguió Lidia interrumpiéndole, casi como subrayando su indiferencia hacia aquella respuesta—, no tenéis la apariencia ni mucho menos la mentalidad de un erudito que ha abrazado la reclusión. Es vuestro porte el que engaña, vuestros ojos los que os desmienten. Sois un hombre valiente y seguro de vuestras dotes y capacidades. La falta de amigos, pero sobre todo de una mujer a vuestro lado, no hacen más que alimentar las sospechas sobre la vida que lleváis.

—Vuestras palabras me halagan, Lidia. Lo más seguro es que sea un solitario «atípico...».

La mujer pareció irritarse, lanzándole una mirada que en cierto modo era agresiva y sensual al mismo tiempo.

—Sabéis perfectamente que vuestro secreto está seguro conmigo. Pero debemos aclarar algo cuanto antes: no me subestiméis y no me tratéis como si fuera estúpida, o me convertiré en vuestra enemiga.

Lidia no volvió a dirigirle la palabra durante un rato, mientras cabalgaban por la orilla del río. Un cielo encapotado, surcado de nubes lívidas y deshilachadas que ocultaban el sol, parecía traducir los matices más sutiles del alma de Flaviano, que una vez más se preguntaba por qué se había dejado involucrar en este asunto. Todo había sido demasiado rápido. Pero el hombre siempre tiene una respuesta para sus propios tormentos interiores, aunque continuamente practique consigo mismo la forma más elevada de mentira fingiendo no entender, no ver, no saber. Flaviano no se encontraba allí para ayudar a Paolo de Médici (que seguía siendo un desconocido de quien en realidad no sabía hasta qué punto podía fiarse realmente), ni mucho menos para seguir la pista de un misterioso asesino, aunque desde niño su naturaleza fuera la de un «investigador» de los recónditos rincones de la mente humana marcados por lo insondable, por esa forma de oscuridad que secuestra los pensamientos para abandonarlos a los crímenes más atroces. Él había aceptado el encargo únicamente por aquella joven que ahora cabalgaba arrogante a su lado, ignorándole. Desde el primer momento en que la había visto, su corazón marchito había vuelto a latir. Un corazón que era como un campo arrasado, un pozo seco. Un corazón que había renegado del cielo, que había repudiado a Dios y a una parte de sí mismo tras la muerte de la única persona a la que verdaderamente había amado.

Habían pasado casi tres años desde la desaparición de Lucrezia (largos meses envenenados por el delirio y el remordimiento, días interminables con ese regusto agrio en la garganta) y por primera vez desde ese momento, dos ojos femeninos despertaban su atención. Durante todo aquel tiempo había frecuentado esporádicamente los burdeles, porque no se pueden ignorar las necesidades de la carne, pero nunca había mirado a una mujer impulsado por la mente, por la búsqueda de caricias o de aquellos detalles que encienden la imaginación. Llegados a un punto, Lidia detuvo su caballo, siendo imitada, acto seguido, por Maso. Con actitud de alerta inmediata, el criado se acercó a ella y le preguntó:

–¿Ocurre algo, señora?

–Nada de lo que preocuparse –le contestó ella, dirigiendo su mirada a la izquierda, hacia un arbolado.

Luego, dirigiéndose a Flaviano:

–Messere, ¿qué idea os habéis formado del hombre que estamos buscando?

–Ninguna en particular. Solamente una impresión dictada por lo que es evidente para todos.

–¿Podríais ser un poco más claro?

–Obviamente estamos hablando de una persona que sabe de medicina, de cirugía, capaz de llevar a cabo esos cortes limpios sobre la piel y esas incisiones tan precisas en el cráneo, según nos han informado…

Mientras hablaba, se giró un momento hacia donde estaba mirando Lidia, intentando comprender qué habría llamado su atención, pero no vio nada en particular.

–Sin embargo, a través del ojo grabado en el hueso, nuestro asesino nos está revelando que es un nigromante, o un alquimista. Por tanto, podríamos deducir que estamos hablando de un hombre culto, inteligente, astuto y, evidentemente, muy peligroso.

La muchacha asintió complacida.

–Desde que oí hablar del primer delito, pensé que sería un alquimista. Si tomamos por buena esta hipótesis, ¿qué podríamos deducir? Los alquimistas son «esclavos» de su propia simbología. La totalidad del universo de la «ciencia» que han abrazado está llena de imágenes, emblemas, iconos, signos de reconocimiento...

Lidia señaló hacia el Arno.

–Si miráis ahora la otra orilla, podréis divisar, en parte, la pequeña iglesia del Sacro Cuore. Desde aquí apenas puede verse, pero el remate con el rosetón es bien visible. ¿La habéis contemplado alguna vez al atardecer? Pues bien, el enorme corazón en el centro de la vidriera recoge los últimos rayos del sol justamente cuando se está escondiendo en el horizonte y parece que se enciende, como si fuera de fuego...

–Entiendo –comentó Flaviano.

–Exacto. Apostaría a que esa podría ser la luz roja que vio Paolo...

Luego, interrumpiendo de repente la frase, la muchacha señaló hacia el bosque que tenían a la izquierda, el que parecía haber llamado su atención un momento antes.

–En cambio, desde esta parte, ¿qué veis, Flaviano?

–Árboles, matorrales, vegetación variada –respondió él.

–Mirad con más atención...

Flaviano no sabía si sentirse molesto o divertido con aquel interrogatorio.

–No sé adónde queréis llegar, Lidia.

–El roble...

En mitad del arbolado se erguía un gran roble. Las dimensiones del tronco y de las raíces sugerían que el árbol podía tener entre trescientos y cuatrocientos años. Medía más de diez brazadas, sus largas y nudosas ramas parecían dominar el paisaje boscoso hasta donde abarcaba la vista. Pero a Flaviano se le escapaba lo que la joven estaba intentando comunicarle.

—¿Y…?

Lidia resopló por la nariz.

—En la filosofía alquímica, el roble representa el «árbol de la vida», cuyo fruto es la fuente de la juventud de los antiguos alquimistas, la fuente de agua viva que brota de sus raíces más profundas —explicó—. En fin, una especie de puente entre el cielo y la tierra. Hay un tratado, el *De quercu*, en donde se exaltan sus virtudes, comparándolo con el árbol en el río de la vida del que se habla en el Apocalipsis…

Flaviano le sonrió.

—Entonces, ¿habéis leído vos también a Giovanni da Correggio?

Apareció un fugaz rubor en las mejillas de Lidia.

—¿Os sorprende?

—En absoluto. Por cómo os expresáis se evidencia vuestra cultura, y me alegro de que me ofrezcáis la oportunidad de ampliar la mía. Pero no hagáis caso de mi interrupción, continuad, os lo ruego.

Lidia reflexionó un momento, arrugando la frente, dudando si seguir o no. Luego retomó, aunque con menor seguridad en la voz, el hilo de la conversación:

—Pues bien, estaba diciendo… En la parte más alta, la que toca el cielo, se dice que habita el ave fénix, el mítico pájaro que para los alquimistas representa el renacimiento de la persona como resultado final de la gran obra. Al fin y al cabo…

—«Fénix» era el nombre que los alquimistas daban a la piedra filosofal —no pudo reprimirse Flaviano.

—Oh, veo que empezáis a seguir mi razonamiento —comentó Lidia arqueando las cejas.

—Pero admito que todavía no comprendo de qué manera ese árbol puede sernos de utilidad.

—Los alquimistas necesitan estar rodeados de las «vibraciones» de sus símbolos, y un roble tan antiguo es un emblema muy poderoso. Seguramente, si yo fuera alquimista, querría tener mi laboratorio en las inmediaciones de este árbol.

Flaviano la observó perplejo durante un instante. Estaba empezando a cambiar de opinión sobre la oportunidad de que la joven se uniera a él en esa investigación: Lidia acababa de demostrar un intelecto fuera de lo normal para su edad. Sintió admiración por ella, pero al mismo tiempo advirtió un toque de desconfianza, porque si esa muchacha conocía la obra de uno de los alquimistas menos conocidos como Giovanni da Correggio, era de suponer que sus competencias en la materia no eran nada despreciables. Esto era bastante «único»; pero aún más insólito era el anillo que llevaba en el dedo índice de la mano izquierda.

—Me sorprenden vuestras osadas conclusiones —se limitó a comentar por fin.

—No deberíais asombraros —replicó Lidia con una sonrisa mordaz—. Al fin y al cabo, no sabéis nada de mí. Hablo tres idiomas, me fascina la medicina, y también tengo conocimientos de farmacia, de química y de otras variadas materias. Además, gracias a los vínculos familiares, puedo decir que por mis venas también corre la sangre de un antepasado importante cuyo camino pretendo emular.

—Imagino que os referís a la poderosa y temida Caterina Sforza.

Fue como si una mano invisible le hubiese abofeteado de repente. Lidia apretó los labios con expresión desconcertada.

—¿Y esto cómo lo sabéis?

—Ahora sois vos quien me subestima, Lidia. El anillo que lleváis en el dedo revela vuestro linaje. La serpiente de los Visconti es uno de los emblemas más significativos del ducado de Milán. Y si mi recuerdo de la historia no me engaña, Caterina se casó en terceras nupcias con un Médici…

—Disculpad que os interrumpa, señores —se entrometió Maso, que hasta aquel momento se había mantenido al margen de la conversación.

Levantó un dedo indicando el cielo, que comenzaba a ponerse cada vez más oscuro.

–Los nubarrones amenazan lluvia, quizá sería mejor que nos pusiéramos en marcha.

–Estoy de acuerdo –asintió Flaviano y, sin añadir nada más, empezó a avanzar en dirección al roble.


## 2

Nada más adentrarse en la espesura encontraron un sendero, y este camino enseguida les condujo frente a la verja abierta de una hacienda. Era una construcción de piedra compuesta por un edificio central en dos plantas de forma cuadrada, unido a una segunda edificación lateral de ladrillo con tejado de madera que parecía no tener ventanas.

–Por lo que parece teníais razón, Lidia. Ahora nos queda averiguar si este es realmente el lugar que estábamos buscando.

–Es este –respondió ella, convencida.

–¿Y cómo estáis tan segura?

–Percibo algo «hostil». En el aire. ¿No lo notáis también vos?

En efecto, así era. Lo sentía en la piel. Hay lugares que, al igual que los hombres, poseen un «alma» perversa, lugares que de alguna manera han sido transgredidos por el mal, la impiedad, el sufrimiento, la muerte. Lugares donde el mal echa raíces imposibles de extirpar. No era la primera vez que experimentaba esa sensación tan desagradable. Mirándolo ahora, ese caserón le recordaba a una tumba, pues parecía que en el silencio estancado que lo rodeaba por completo no había nada con vida. La verja de hierro estaba allí, delante de ellos, entreabierta, como si alguien les estuviera esperando. Pero Flaviano, que había hecho de la razón y la racionalidad la esencia primordial de su carácter, sabía que había que mantener a raya la imaginación. Los sentimientos eran fundamentales, pero a veces se convertían en malos consejeros que inflamaban la fantasía hasta confundirla y desorientarla, haciéndole percibir malos augurios donde en realidad no los había.

–Sugestiones –concluyó Flaviano, expresando un pensamiento en voz alta–. Vayamos a presentarnos a los dueños de la casa.

Mientras cruzaban el umbral de la verja, vibró un trueno sobre sus cabezas. Comenzó a caer una lluvia fina. Se pararon frente al edificio. Los tres, en silencio, se percataron de que el portón estaba abierto de par en par.

–¿Hay alguien en casa? –gritó Flaviano.

Silencio. El inmueble parecía abandonado.

–Ya voy yo –se adelantó Maso–. Entraré a dar un vistazo. Vos esperadme aquí.

De dentro de la manga de su abrigo, el hombre se sacó una daga de fabricación francesa y se la llevó a la mano derecha. Luego se dio media vuelta, encaminándose hacia la casa, y no tardó en verse engullido por la inmóvil semioscuridad que se extendía más allá del umbral.

Flaviano y Lidia permanecieron en silencio bajo la lluvia. La joven miró a su alrededor, atenta para captar el mínimo ruido o movimiento.

–¿Nerviosa?

Ella le devolvió una mirada inquieta sin añadir palabra. Parecía estar estudiando detenidamente la fachada de piedra gris del caserón, y por fin comentó:

–¿Es aquí donde mi hermano encontró la muerte?

–Sinceramente, no lo creo.

–¿Por qué sois tan escéptico?

–Me resisto a creer que sea tan fácil encontrar la madriguera del Grabador. Con las vagas indicaciones que Paolo nos ha dado, podría llevarnos semanas dar con el sitio. Pero si, en efecto, esta fuera realmente la casa del asesino, entonces…

Dejó voluntariamente la frase en suspenso.

–¿Entonces qué? –le invitó a seguir la muchacha.

–Entonces imagino que debería sospechar de vuestra persona –concluyó Flaviano casi en un susurro–. Porque habéis sido vos quien nos mostró el camino al identificar en aquel viejo roble una pista fascinante y a la vez «demasiado» audaz.

–Decís bien. Las mujeres dotadas con una gran intuición siempre despiertan desconfianza entre los hombres –rebatió Lidia sin pestañear–. Entonces, ¿acaso osáis insinuar seriamente que yo pudiera ser el Grabador?

–Por supuesto que no –replicó Flaviano casi distraído, sin perder de vista la puerta de la casa, con una molesta inquietud que empezaba a deslizarse bajo su piel.

¿Dónde estaba Maso? ¿Por qué no regresaba?

–Sin embargo, no puedo descartar que el hombre que buscamos tenga uno o dos cómplices, que podrían estar escondidos entre las personas que nos rodean, o que conozcamos… Muy a mi pesar, pasé un breve periodo de mi vida junto a los inquisidores, y si algo he aprendido de cómo funcionan, y que he incorporado a mi acervo, es que el primer deber de un buen investigador, igual que el de un buen inquisidor, es aquel que sospecha en primer lugar de aquellos que parecen sinceros.

Como queriendo imprimir una amenazante profundidad a sus palabras, en aquel momento un rayo a lo lejos partió en dos el cielo, y mientras la lluvia se hacía cada vez más intensa, Maso apareció por la puerta.

–¡Venid, poneos a cubierto! –gritó haciendo señas para que se reunieran con él.

Ataron las bridas de los caballos a la misma rama de poca altura en la que Maso había amarrado la suya, y juntos caminaron hacia el umbral.

–He registrado todas las habitaciones, incluso el piso de arriba –informó el sirviente–. No hay nadie. Este sitio parece haber sido abandonado recientemente.

–¿Por qué habéis tardado tanto? –lo interrogó Flaviano–. Empezaba a preocuparme.

–Estaba buscando la entrada del otro edificio –respondió el hombre señalando la construcción de ladrillo y madera contigua a la mansión–. Al no encontrarla por dentro, pensé que debía haber alguna puerta en el exterior. Así que salí por la puerta de atrás que hay en la cocina, pero nada. Ese edificio no tiene acceso y, como seguramente habréis notado también vos, tampoco tiene ventanas.

En este punto, Maso se echó a un lado invitándoles a entrar, porque la lluvia era cada vez más copiosa.

Flaviano y Lidia cruzaron el umbral y se adentraron en la casa. La enorme estancia con techo alto estaba limpia y flotaba un olor agradable, algo parecido a incienso mezclado con especias perfumadas. Había pocos muebles: dos sillones y una mesa junto a la chimenea, un escritorio en el centro de la habitación con una silla, un aparador de nogal de cuatro puertas con un estante de al menos dos brazas de largo y una librería vacía. Las ventanas alargadas tenían cortinas rojo púrpura con cordones dorados y estaban entreabiertas. En el suelo había tres alfombras fabricadas en el Cáucaso con hilos de algodón y motivos florales.

Al mismo tiempo que un cuervo emitía en el exterior su ronco y desagradable graznido, Flaviano se adentró unos pasos en el salón, observando detenidamente su entorno, y luego se volvió hacia Maso:

—¿En qué te basas para pensar que este lugar ha sido abandonado recientemente?

—En las habitaciones de arriba no hay mantas en las camas, ni ropa en los armarios, ni otros objetos personales, sin embargo... —Se acercó a la chimenea y tocó la parte inferior—. La piedra aún está ligeramente caliente, messere...

«Valiente y perspicaz», pensó. Ese hombre empezaba a gustarle, estaba revelando ser mucho más que un simple acompañante y podía convertirse en un inesperado e interesante recurso para la misión en la que se había dejado involucrar. Flaviano se acercó a la pared de piedra que dividía el salón del edificio anexo, sin acceso aparente, y empezó a palparla en varios puntos.

—¿Qué pensáis que puede haber al otro lado? —le preguntó de repente Lidia.

–En breve lo averiguaremos –le respondió sin dejar de palpar e inspeccionar la pared que parecía un bloque compacto.

No se veían grietas ni piedras sueltas que indicaran un ingenioso sistema para franquearlo.

–A lo mejor deberíamos llamar a alguien que nos ayude a abrir un paso en la pared –propuso Maso.

Flaviano no le respondió y, mirándole, Lidia comprendió que era bastante probable que el solitario aristócrata a quien Paolo había elogiado tanto ni siquiera había oído la sugerencia del sirviente, porque en aquel momento parecía completamente ajeno a la realidad, concentrado totalmente en seguir quién sabe qué elucubraciones interiores. Sus ojos estaban examinando todos los rincones de la pared, luego se levantaron hacia el techo, para acabar posándose en la alfombra que cubría el suelo, y allí se quedaron, como si estuviera estudiando la manufactura o los motivos florales…

De repente ella también lo comprendió, antes incluso de que él empezara a golpear con sus botas la alfombra en varios puntos, hasta que…

«¡Pum! ¡Pum!».

Un sonido apagado.

Allá abajo sonaba a «hueco».

Flaviano llevó la mirada a Lidia sonriendo complacido, y luego se dirigió a Maso:

–Echadme una mano para levantarla.

Entre los dos enrollaron la pesada alfombra para descubrir una trampilla cuadrada en el suelo.

## 3

Bajo la trampilla, unos peldaños de madera se perdían en una oscuridad recalcitrante, densa y turbia. De aquel agujero salía un hedor a tierra rancia y moho similar al aliento de un anciano moribundo de fiebre.

–Un pasadizo subterráneo que une la casa con el edificio exterior –comentó la muchacha con voz seca–. Para ser sincera, no me apetece en absoluto la idea de bajar ahí.

–No os preocupéis, doña Lidia –la tranquilizó Maso–. Bajaré yo primero para inspeccionar…

Hizo amago de dar un paso, pero Flaviano lo paró.

–Esta vez no –le advirtió–. Yo también estoy convencido de que es el acceso que estábamos buscando, pero por lo que sabemos, ahí abajo podría haber cualquier cosa. Incluso una trampa. Además, está negro como la boca del lobo, no verías nada de todos modos.

–Entonces, podría volver a casa para coger…

–Tardaríais demasiado. –Miró a su alrededor–. Si este pasadizo lo usaba alguien de manera regular, como así creo, debe haber por aquí alguna lámpara, o una vela. –Señaló el gran aparador–. Comprobaré si hay algo en aquel mueble, vos registrad las demás habitaciones.

Maso se movió con agilidad y corrió a la cocina, desapareciendo de su vista. Flaviano abrió las puertas del aparador, luego los cajones, inspeccionó los estantes. Nada.

–¡La encontré! –gritó Maso de repente volviendo al salón.

En la mano sostenía una vela consumida hasta la mitad y un chisquero.

Los dos hombres se acercaron a Lidia, que no se había alejado de la trampilla. Flaviano cogió la vela y la encendió.

–Yo iré primero. Si no hay peligro, os llamaré.

Entonces inició el descenso, y en un instante las densas tinieblas se cernieron sobre él.

Fue como si el agujero en el suelo se lo hubiera tragado.

## 4

–¡Venid! –los llamó al cabo de un rato Flaviano.

Lidia soltó un sonoro suspiro.

–Ya voy… –murmuró.

Al pie de la escalera había un túnel bajo y estrecho excavado en la tierra; mientras caminaba por él, la muchacha se sentía sofocada por una insoportable sensación de angustia inminente, como si aquellas paredes subterráneas pudieran derrumbarse en cualquier momento, dejándoles ahí sepultados. El túnel discurría bajo el suelo de la casa, paralelamente al muro perimetral que bordeaba la misteriosa construcción adyacente. Al fondo, encontraron un segundo tramo de escaleras que les condujo a la superficie a través de una trampilla, que estaba abierta.

Aquel pasadizo secreto los había llevado exactamente al interior del segundo cuerpo de la casa: una construcción sin ventanas ni rendijas por las que pudiera entrar la luz del día, completamente inmersa en la oscuridad.

–¡Aquí dentro el hedor es insoportable! –susurró Lidia.

--Parece carne podrida… –añadió Maso.

Ahora los tres estaban quietos y en silencio, intentando vislumbrar algo al débil resplandor de la vela que Flaviano había levantado sobre sus cabezas. Pero la tiniebla era demasiado profunda, absoluta, casi impenetrable. El único sonido perceptible, aparte de su respiración, era el repiqueteo de la lluvia sobre el tejado de madera.

–¿Qué es esto? –dijo Maso de repente, separándose del grupo para recoger algo del suelo junto a la trampilla. Una lámpara.

–El depósito está casi vacío –informó a los demás mientras comprobaba el contenido, entrecerrando los ojos–, pero diría que tiene suficiente aceite como para una media hora por lo menos.

La encendieron. Poco a poco la oscuridad empezó a disiparse, yendo a refugiarse en los rincones más alejados. El espacio alrededor de ellos comenzó a dibujar contornos y profundidad. Entre las formas que emergieron de las sombras…

–*Pater noster*… –susurró Lidia.

Maso se hizo la señal de la cruz.

–¿Qué lugar es este?

–Su escondrijo –respondió Flaviano–. Lo hemos encontrado.

Avanzó un par de pasos para acercarse al horror, a la crueldad que sus ojos no podían dejar de mirar. Una mujer desnuda de edad indefinida había sido atada a la pared: su cuerpo se mantenía erguido gracias a los estribos de hierro clavados en la piedra y firmemente apretados en torno al cuello, las manos y los pies. Solamente le quedaba una porción de la cabeza, ligeramente reclinada hacia delante, ya que la zona superior había sido cortada aproximadamente hasta la mitad de la frente; el resto del cráneo había sido vaciado. Ahora solo quedaba un gran agujero con sangre oscura y seca incrustada, allí donde debería haber estado el cerebro.

Los ojos sin vida de la mujer estaban muy abiertos y miraban hacia un punto del suelo. También la boca estaba abierta, congelada en un último grito de auténtico terror.

Lidia se quedó junto a Flaviano y por un momento sus manos se rozaron. Él la miró y dijo:

–Creo que la muerte de esta pobre desgraciada se remonta a no más de tres o cuatro días. El cadáver todavía tiene pocas evidencias de los primeros signos de descomposición.

–Su cabeza –replicó Lidia con la voz deshilachada por el asco y la incredulidad–. ¿Qué le ha hecho?

Flaviano apartó la mirada de aquella visión. De repente notó la urgencia de subir. Se le vino a la cabeza la imagen de ellos tres encerrados como insectos en una tumba, porque, después de todo, habían sido imprudentes: fue en ese momento cuando tomó conciencia por primera vez de la posibilidad de que el Grabador, o un cómplice suyo, les estuviera esperando, y que en cualquier momento sellara la trampilla desde fuera condenándoles a morir. Nadie sabía que estaban allí. Nadie los buscaría.

–Démonos prisa en inspeccionar el resto del edificio –urgió a la muchacha; luego se dirigió al sirviente–: Maso, coged la vela y esperadnos en la casa grande.

El hombre abrió los ojos como platos, como si hubiera sido capaz de intuir sus temores.

–¡Rápido, messere!

Y obedeció, precipitándose hacia las escaleras. Un segundo después había desaparecido de su vista.

Los dos se acercaron a una gruesa mesa situada en el centro de la habitación. Estaba provista de fuertes correas de tela y cuero que servían para mantener sujetas las piernas y los brazos de quien estuviera tendido sobre ella.

–Esta debe ser la mesa sobre la que ha practicado sus operaciones –conjeturó Flaviano, pero la joven estaba concentrada en algo a su izquierda. Él siguió la dirección de su mirada y vio un dibujo en la pared. Representaba una mano de color rojo con el dedo índice apuntando hacia arriba, mientras los demás dedos estaban doblados sobre la palma. El dedo índice sujetaba el brazo de una balanza inclinada hacia la izquierda, en cuyo plato había una única bola roja. En el otro plato, sin embargo, dispuestas en forma de pirámide, había seis bolas negras. En la base del dibujo había una inscripción:

AD VOS QUI ME SEGUIMINI:
MENDACIUM LATET SUB TERRA

–Para vosotros que me seguís: la mentira se esconde bajo la tierra –leyó Flaviano–. Al margen de su significado, sospecho que esto es un mensaje dirigido a nosotros.

Lidia parecía confundida.

–Sí, pero… ¿cómo podía el Grabador saber que vendríamos?

Él volvió a fijarse en el dibujo. Un millar de angustiosos interrogantes le zumbaban en la cabeza. La muchacha tenía razón. Si aquel mensaje estaba realmente destinado a ellos, algo no encajaba. Faltaba una «lógica» temporal, habían pasado únicamente unas horas desde que Paolo de Médici le había convocado para confiarle el encargo. El asesino no podía estar al corriente.

—Encontraremos la manera de interpretar el dibujo y esa frase —se limitó a manifestar—. Por el momento, creo que tenemos una cuestión más importante de la que ocuparnos: ¿cómo consiguió vuestro primo salir de este lugar? Solamente hay dos posibilidades: o nos ha mentido, o bien… alguien le ayudó.

# CAPÍTULO III
## El ojo y la puerta

### 1

En un arrebato de ira y decepción incontenibles, el hombre levantó la mesa y lanzó por los aires todo lo que había sobre ella: junto con el *Sapientia Chymica*, había instrumental quirúrgico y dos velas; el recipiente de cristal en el que estaba sumergido el cerebro de la mujer en la solución que debía activar la palingenesia se hizo añicos en el suelo con un estruendo ensordecedor. En la amplia sala subterránea con arcos apuntados, el sonido se multiplicó con una molesta reverberación que pronto se dispersó como un eco fantasma en el interior de las diversas galerías conectadas con aquella estancia central. Las velas se habían apagado y el hombre se quedó quieto en la más absoluta oscuridad, mientras sus sienes palpitaban salvajemente. El tiempo se consumía.

Ya habían pasado tres días, y a pesar de hallarse conservado en sal, en una caja escondida en el punto más frío y profundo de las catacumbas de la iglesia, el cadáver mostraba los primeros signos de la putrefacción de la carne. Dentro de poco todo se habría perdido, él ya no podría arrancarle los secretos que llevaba enterrados en la mente…

Era el destino el que le había traicionado, lo «imprevisible», que como por encanto arrastra a las afiladas espirales de lo imponderable y del negro abatimiento. Antonio de Ferrai había muerto repentinamente mientras se afanaba en la delicada operación de seccionar el hueso craneal. Pero el gran plan que estaba llevando a cabo no podía detenerse, ni siquiera ante la muerte. Ahora no le quedaba más remedio que dedicarse a lo que la ciencia de siempre había considerado una herejía: intentar devolver a la vida el cerebro humano, aunque fuera solamente por un breve lapso de tiempo. Sobre dicha «filosofía» existían estudios secretos de sabios ilustres dedicados a la medicina más oscura, entre ellos el *Sapientia Chymica*.

Pero antes de aplicar directamente en humanos los desconocidos procesos de palingenesia descritos en el libro, era necesario probar sus efectos reales en un conejillo de Indias. Si hubiera estropeado el cerebro del hombre, habría sido realmente el final de todo. Así que unos días antes, con la promesa de una considerable recompensa, había convencido a una prostituta para que le siguiera, y había iniciado... Pero, una vez más, el experimento había fracasado. Sus esfuerzos y las largas noches pasadas aprendiendo los principios de esa ciencia arcana habían sido en vano. Todos los intentos de devolver la vida a esta mujer o a su cerebro, aunque fuera por un instante, habían fracasado estrepitosamente.

–¿En qué me estoy equivocando? –masculló para sí mismo en medio de esa oscuridad que le estremecía hasta los huesos.

Había seguido meticulosamente todas las complejas fases y los delicados pasajes descritos en el *Sapientia Chymica*, la obra prohibida del médico y ocultista alemán Karl van Helmot. Había sido capaz de seleccionar y mezclar los ingredientes para la creación del *liquor amniotico* en sus exactas proporciones, había trabajado en la cabeza del cadáver durante el tiempo necesario, irrigándola con sangre no adulterada a través de orificios practicados en la frente y en el punto donde la base del cráneo se une a las vértebras. Había puesto todo su empeño en ejecutar servilmente los procedimientos subsiguientes del libro, y finalmente había esperado. La emoción, por momentos, le cortaba la respiración en el pecho... Pero la palingenesia no se había producido. Ninguna señal de «renacimiento», ninguna forma de regeneración en lo que quedaba de aquella cabeza sin vida, con los ojos muy abiertos e inertes.

Había fallado por segunda vez. Esto, en realidad, era solamente un procedimiento complementario que podía ser aplicado a cualquier parte de un cadáver. El primer gran fracaso había tenido lugar al intentar el sumo *experimentum* que van Helmot definía *Reditus ex morte*: resucitar el cuerpo de la mujer al completo. Pocas horas después de haberla estrangulado, le había sustituido la médula espinal con una mezcla a base de plata y zinc, inyectándole su propia sangre directamente en la mitad izquierda del corazón, en los riñones y en los pulmones.

El dolor en las sienes era ahora tan feroz que le llenaba la visión –como siempre que le arreciaba el dolor de cabeza– de pequeñas manchas blancas y brillantes que parecían pegársele a los ojos.

«Impuro», se dijo por fin. Seguramente aquella sangre estaba corrupta, la mujer debía esconder en sus venas alguna enfermedad que había frustrado el éxito del proyecto. Tenía que ser así, era la única explicación.

Necesitaba cuanto antes una nueva cobaya y savia roja prístina. Pero antes, había una cuestión en el aire de la que debía ocuparse: recuperar lo que Paolo de Médici le había negado huyendo del caserón abandonado que había elegido prudentemente como su escondite alternativo. Después se ocuparía también de los demás… de todos aquellos que le habían obstaculizado el camino.

Sin necesidad de luz, se encaminó directamente hacia la salida de su escondrijo, como si la oscuridad le perteneciera.

## 2

Después de que Lidia terminara de contar a su primo lo que habían encontrado, un silencio denso y opresivo tomó posesión de la habitación. El único ruido de fondo era el de la leña crepitando en la gran chimenea. Durante un interminable momento, pareció que todos los presentes se habían transformado en estatuas de yeso por un sortilegio capaz de congelar el transcurrir del tiempo: la joven sentada en el sillón junto a la chimenea, Paolo de Médici tendido en su cama mirando al vacío con una expresión ininteligible en su pálido rostro, y finalmente Flaviano, de pie frente a la ventana, concentrado en estudiar el cielo color ceniza. En la última media hora, la lluvia había amainado, como si estuviera recuperando el aliento a la espera de la llegada de más nubarrones.

Paolo fue quien quebró esa siniestra calma:

—Creo que el primer paso a dar es llamar al capitán del pueblo e informarle sobre el hallazgo del cadáver de esa pobre mujer. Mandaré a Maso de inmediato…

—No —le interrumpió secamente Flaviano, sin mirarle—. No creo que sea una idea muy sabia llamar la atención sobre nosotros en este preciso momento. Tendríamos que dar demasiadas explicaciones acerca de nuestra presencia en aquella hacienda.

—Pero nosotros no tenemos nada que esconder, ser Flaviano —replicó Paolo—. ¿Por qué razón no deberíamos cumplir nuestro papel de ciudadanos respetuosos, además de fieles cristianos?

Flaviano apartó los ojos de la ventana, suspirando.

—A estas alturas, ya nada se puede hacer por esa mujer —dijo, aproximándose a la chimenea—. Al fin y al cabo, ni siquiera sería fácil proceder a la identificación de un cuerpo en tales condiciones.

—Pero es un deber moral, además de una obra caritativa, hacer lo posible para que esos miserables restos reciban digna sepultura —insistió el hombre.

Mostraba unas visibles ojeras y un aspecto extremadamente fatigado. Su voz le delataba. Su estado de salud no parecía haber mejorado en absoluto en las últimas horas, al contrario…

—Estoy de acuerdo con vos. Enterrar a esa mujer es un acto de piedad y de fe, pero… debo advertiros que, si las autoridades se involucran, nuestra investigación se vería irremediablemente comprometida, y por dos motivos. El primero es que os veríais obligado a revelar lo que se ha perpetrado en vuestra persona.

La noticia de que el Grabador ha intentado asesinaros pronto sería de dominio público, y no creo que ese sea vuestro deseo; de lo contrario, habríais alertado de inmediato al capitán mismo, una vez a salvo en vuestra casa. En cambio, es a mí a quien habéis pedido ayuda.

Flaviano buscó durante un instante la mirada de Lidia.

—El segundo motivo es, sin embargo, totalmente personal. Como probablemente ya habréis intuido, me he «exiliado» aquí en Florencia porque tomé la decisión de renegar del vínculo familiar que me une con Inocencio XI. Durante mi misión en Benevento, me topé con circunstancias que un hombre de mi temperamento no debería haber sabido y, muy a mi pesar, me vi obligado a hacer frente a mi conciencia…

—Yo tenía razón —intervino Lidia en ese punto—. Vos os estáis escondiendo y no queréis que Su Santidad se entere de dónde os encontráis.

Pero no era un reproche. Al contrario, a Flaviano le pareció percibir cierta benevolencia en sus palabras.

—Lamento admitir que así es —confirmó él—. Por desgracia, tener fe en la propia moral antes que en Dios tiene un precio, doña Lidia.

—¿Y cuál sería esta «moral» vuestra, si me permitís preguntároslo, messer Flaviano?

—Muchos en mi familia me califican de rebelde solamente porque no me pliego a quien tiene la autoridad, si considero que está del lado equivocado. Porque no me convierto en un perro faldero al servicio de los poderosos. Por tanto, siento comunicaros que, si decidís informar a las autoridades sobre lo sucedido esta mañana, me veré obligado a abandonar la ciudad inmediatamente, y en consecuencia también este encargo.

—No os preocupéis —se apresuró a tranquilizarle la joven, devolviéndole una de sus imperceptibles sonrisas, de esas que se desvanecen al nacer—. Tenéis nuestra palabra. —Miró a su primo—. ¿No es así, Paolo?

—De acuerdo —se avino el hombre cerrando la cuestión—. Parece que la situación no nos deja otra opci...

Un golpe de tos le quebró las palabras en la garganta y le obligó a llevarse instintivamente las manos al vendaje de la cabeza con una mueca de dolor que le esculpió nuevas arrugas en su ajado rostro.

—¿Os encontráis bien? —se alarmó Lidia.

—Sí, sí... Es solo una punzada en la cabeza... Sigamos adelante. ¿Cuál es vuestra opinión respecto a lo que habéis descubierto, Flaviano?

—Para empezar, a partir de ahora tendremos que movernos con la máxima prudencia —respondió él—. Tanto Lidia como yo estamos de acuerdo en el hecho de que aquel mensaje en la pared dejado por el Grabador estaba destinado a nosotros. Esto significa que el asesino nos observa y conoce nuestros movimientos.

—Pero ¿cómo es posible? —rebatió el noble—. Anoche habría tenido que estar presente en esta habitación entre nosotros para saber que esta mañana os pondríais a rastrear su pista.

—Buena observación —confirmó Flaviano—, y ello nos lleva a suponer que el Grabador, o su posible cómplice, es alguien muy cercano a vuestra familia.

—Todo esto es absurdo —masculló Paolo, clavando la mirada en Lidia.

Le temblaba el labio inferior.

—«Absurdo» e «imposible» son las primeras palabras que hay que eliminar en el curso de una investigación. Además, la experiencia me ha enseñado que a menudo el mejor modo de ocultarse, para un asesino, es aquel de no esconderse en absoluto.

—Existe también una segunda posibilidad —intervino Lidia con expresión preocupada—. Que el asesino estuviera escondido dentro del palacio, y que de alguna manera haya escuchado nuestras conversaciones.

Flaviano observó pensativo las llamas que se reflejaban con un brillo enigmático en sus pupilas.

–Una hipótesis plausible, y en cierto modo atractiva. Esta posibilidad añadiría un elemento útil más a la hora de definir su personalidad. Porque es esencial que asumamos a quién nos estamos enfrentando. ¿Qué sabemos de él? Primero: indiscutiblemente, es una persona muy astuta, inteligente y culta. Estoy convencido de que el cuerpo de aquella mujer, y sobre todo la parte de la cabeza que no se encontraba en la casa, son la prueba de un experimento médico o quirúrgico que definiría como sin escrúpulos. Segundo: si la suposición de Lidia es certera, significa que estamos tratando con una persona a la que le gusta el riesgo. Lo cual nos conduce inevitablemente al tercer punto: un asesino inteligente, malvado y audaz es un asesino que sin duda no teme desafiar a quienes se cruzan en su camino… Que es exactamente lo que ha demostrado con su mensaje: nos está «provocando».

El sonido de la lluvia, que había empezado a caer de nuevo con insistencia, irrumpió en la habitación con un suave rumor que evocaba el movimiento de miles de arañas diminutas. Flaviano se acercó de nuevo a la ventana y retomó la palabra:

–No obstante, debemos mirar más allá de los detalles que suponemos conocer y centrarnos en lo que no sabemos: por ejemplo, ¿cómo tenía el Grabador la certeza de que Lidia, Maso y yo encontraríamos su habitáculo secreto? El mero hecho de que vaciara su taller la noche antes lo confirma.

–A lo mejor simplemente tuvo miedo de que yo pudiera recordar el camino para llegar a la hacienda –soltó en ese punto Paolo de Médici.

–Improbable. Si sabía que íbamos tras su pista, sabía también que vos no recordabais lo que os había pasado… A menos que…

Dejó la frase en un repentino suspenso, como si hubiera recordado algo fundamental.

Se dio la vuelta para mirar fijamente a Paolo.

—A menos que nuestro asesino no se haya visto obligado a abandonar repentinamente su refugio porque alguien más le encontró antes que nosotros.

—¿Eso qué significa? —quiso saber Lidia.

Ahora parecía confundida.

Flaviano seguía con los ojos clavados en el noble.

—Decidme la verdad, Paolo: ¿nos habéis mentido?

El hombre abrió los ojos como platos, cogido por sorpresa.

—¿Qué insinuáis, messere? —Su voz destilaba una nota amenazante—. Me estáis ofendiendo…

—Pido disculpas si os he parecido irrespetuoso —se excusó Flaviano sin bajar la mirada en ningún momento.

Su semblante estaba pálido por las primeras sombras de la tarde, a las que el mal tiempo parecía haber absorbido prematuramente casi toda la luz del día.

—Pero mi deber es barajar todas las posibilidades sin excluir ninguna. Veamos… si no nos habéis mentido, y de momento no tengo elementos para dudar de vuestra palabra, no queda más que una posibilidad: alguien os ha liberado de una muerte segura ayudándoos a salir de aquel horrible laboratorio. En vuestras condiciones jamás habríais sido capaz de encontrar el pasadizo secreto bajo el suelo de la casa, levantar la pesada trampilla al otro lado y finalmente huir atravesando el bosque.

Paolo de Médici miró a Lidia, luego a Flaviano. Parecía cansado y desorientado, como si aquellos razonamientos fueran para él un descomunal agravio para sus maltrechas fuerzas.

—Qui-zá… —Le temblaba un párpado—. A lo mejor ha sido el Grabador… Me ha dejado con vida a propósito por alguna oscura razón —se atrevió a decir, pero sus palabras no sonaban muy convincentes.

—No tendría sentido —rebatió Lidia, levantándose bruscamente de su sillón—. Sin embargo, imagino que Flaviano tiene razón: es factible que el Grabador no terminara su trabajo con vos, porque alguien le «interrumpió». —Se cruzó de brazos, mordiéndose el labio inferior—. Pero, si así fuera, probablemente deberíamos poner también en duda la autoría de aquel mensaje. Tal vez no sea obra del asesino que estamos buscando, sino de alguien más…

Flaviano sonrió a la muchacha, complacido y fascinado una vez más por su capacidad de lógica.

–El dilema que se plantea es: ¿sería nuestro aliado o un enemigo más del que defendernos?

Lidia extendió los brazos en señal de rendición.

–¿Y cómo averiguarlo?

–Las respuestas llegarán en su momento –replicó él–. Lo nuestro son únicamente conjeturas a las que llegamos por medio del razonamiento.

–Y ahora… ¿cuál sería el siguiente paso? –preguntó Paolo con voz exhausta.

–Necesito consultar algunos textos –respondió Flaviano–. Y os confieso que siento la necesidad de descansar un poco, sobre todo mentalmente. La noche pasada estuve despierto demasiado tiempo, y sé que podré ser de mayor utilidad si tengo la mente despejada. Os ruego, por tanto, que me disculpéis. Nos veremos pronto, quizá hoy mismo.

Se abotonó el abrigo, listo para enfrentarse a las inclemencias del tiempo. La lluvia arreciaba, golpeando los cristales de las ventanas como si estuviera intentando entrar con desesperación.

–Lo importante es que todos los habitantes de esta casa tengan los ojos bien abiertos. Messer Paolo, que revisen todos los rincones de este recinto, atranquen las puertas y ordenen a Maso, o a cualquier otro sirviente, que monte guardia esta noche… No quiero ser pesimista, pero siempre es mejor estar prevenido contra visitas no deseadas…

## 3

Mientras avanzaba por la calle Tornabuoni, el viento cobró fuerza y la lluvia pareció aumentar en intensidad. Las pocas personas que había en la calle se apresuraban para buscar refugio. Un anciano frágil que iba descalzo empujando un carro cargado de verduras, tratando de llegar a un local adyacente a la entrada del Palacio Minerbetti, resbaló y cayó, golpeándose la cabeza. Flaviano se acercó para echarle una mano. Le cogió del brazo y le ayudó a ponerse en pie.

—¿Estáis bien? —le preguntó, observando el pequeño corte que se había hecho en la frente.

Un hilillo de sangre recorrió enjuto el rostro del anciano hasta empapar su barba blanca. El hombre asintió, mirando a Flaviano con aire aturdido, y luego volvió a empujar su carro.

Ahora la lluvia se había hecho más intensa. Repiqueteaba contra las lonas de las tiendas y en los charcos que se formaban en la calle. Flaviano se caló la capucha, lanzó una mirada furtiva por encima del hombro y reanudó la marcha con su paso habitual. No le molestaba la lluvia, al contrario, nunca antes le había parecido tan fresca y vigorizante. Sentía la frente ardiendo, como si tuviera fiebre. En las últimas horas, habían tenido lugar demasiados acontecimientos extraños, hasta el punto de impedirle encauzarlos, deslizándose por sus resbaladizos pensamientos sin una dirección. De repente había sido arrancado de la quietud de su morada para convertirse en el protagonista de una historia cuyos ingredientes eran tres homicidios con tintes de alquimia («ojos grabados en el cráneo de las víctimas»), un noble que había escapado de la muerte («¿con la ayuda de quién?»), un laboratorio secreto («había sido demasiado fácil encontrarlo»), y prácticas quirúrgicas desconocidas («una cabeza sin el cerebro»). Y, sobre todo, no había nadie de quien poder fiarse, ni de la hermosa Lidia con sus «intuiciones», ni del mismo Paolo de Médici, cuya fuga de la guarida del asesino generaba bastantes dudas.

La experiencia le había enseñado que se necesita tiempo para intuir la lógica entre las sombras de un enigma. Pero, en aquel caso, el enigma se perdía en un misterio tan afilado como la hoja de un cuchillo, y el tiempo no parecía estar de su parte.

Porque los acontecimientos de aquella mañana habrían llevado al Grabador a acelerar sus planes, cualesquiera que fuesen, y muy pronto habría más víctimas, de eso estaba seguro. Además, no se le iba de la cabeza la imagen del cuerpo de aquella pobre mujer: ¿qué clase de abominables prácticas estaba llevando a cabo el asesino? Había una innombrable falta de humanidad en aquel designio, y otra lección importante que había aprendido era que siempre es mejor temer a los locos, porque son capaces de cualquier cosa.

Sin embargo, en aquel momento había otra cuestión inesperada que resolver: alguien le estaba siguiendo. Se había dado cuenta cuando se había parado a ayudar al pobre anciano a levantarse. Había visto una sombra huidiza desaparecer fugazmente dentro del portal de un edificio. No podía estar completamente seguro, pero había desarrollado una especial destreza a la hora de guardarse las espaldas. Después de mudarse a Florencia, había pasado meses temeroso de que los emisarios del Vaticano estuvieran tras sus pasos… Se detuvo en seco, girándose bruscamente. Por el rabillo del ojo vio desaparecer la punta de una capa de color verde oscuro en un callejón.

Flaviano se quedó ahí parado un momento, inmóvil, como si estuviera esperando alguna sugerencia de la lluvia que le había empapado la ropa y que estaba ya inundando la calle con un chasquido incesante que anulaba cualquier otro ruido en los alrededores. Cuando se dio cuenta de que su hombre no se daría a conocer, empezó a correr y llegó hasta el callejón.

Pero allí no había nadie.

Quien le estuviera siguiendo se había desvanecido como el polvo en el agua de lluvia.

## 4

Desde los albores de la civilización, el ojo humano siempre ha sido uno de los símbolos esotéricos más poderosos. Lo encontramos en casi todas las épocas y culturas del mundo, unido a conceptos espirituales como la divinidad y la magia. En las culturas antiguas, como la egipcia, este emblema venía asociado al sol en la personificación de un dios con un solo ojo, cuyo significado oculto era «que todo lo ve». Las lecturas vinculadas al símbolo han sido múltiples y todas ellas difíciles de interpretar. Entre sus principales significados, el ojo que todo lo ve podría ser una representación de la mirada vigilante de Dios, pero también personificaría el objetivo último del ocultismo, a saber: la culminación de un estadio adivinatorio mediante la transformación de uno mismo a través de una serie de prácticas a realizar sobre el propio cuerpo y el alma. La única certeza (utilizando el término con la debida precaución) sobre el tema era que el ojo abierto, sin párpados, era señal de trascendencia y espiritualidad. Además, había que tener siempre en mente una aserción fundamental: en el campo de la alquimia y del ocultismo los símbolos no se usaban para revelar, sino para «ocultar». Fue el alquimista francés Arnaud Foucault, en su obra *Dissertation sur les Ténèbres* de 1598, quien afirma que «cada símbolo de las excelsas artes antiguas es un enigma que resolver y no una lección que aprender».

Flaviano pasó el resto del día inmerso entre sus libros. En la biblioteca que había creado desde su llegada a Florencia había muchos textos raros que no le habían sido fáciles de conseguir, y obras de referencia fundamentales que podían ayudarle a profundizar en lo que sin duda era una cuestión primordial sobre la que reflexionar: ¿por qué el Grabador dejaba un ojo en los cráneos de las personas a las que mataba? Cuando había corrido por la ciudad la noticia del primer homicidio, recordaba haber pensado que se trataba de una especie de venganza pergeñada en el mundo de los ocultistas: el asesino simplemente había castigado a su víctima, marcándola con aquella enigmática y a la vez macabra «firma». Pero cuando apareció el segundo cadáver, y especialmente después de enterarse de que en las incisiones del hueso se habían encontrado restos de mercurio, Flaviano había intuido que el ojo era parte esencial de un «ritual» con una finalidad específica.

La revelación de Lidia sobre el hecho de que Ettore Mercatanti, Folco Grandeschi y el mismo Paolo de Médici habían sido alumnos de un maestro relacionado con la alquimia, dirigía cualquier hipótesis hacia una dirección precisa. Había que remover el pasado, el significado de aquellos delitos se anclaba en la historia de aquel laboratorio que quince años atrás había sido incendiado en circunstancias bastante poco claras.

Que el cuerpo de Ermete Moraldi no fuera encontrado jamás, por ejemplo, ¿no era también un misterio? Los cadáveres no desaparecen en la nada. La carne se quema, pero los huesos permanecen, incluso donde las llamas más voraces han echado raíces.

Ya bien entrada la noche (había dejado de llover y un temprano e inusual silencio se había apoderado de la calle que daba a la ventana de su estudio), tropezó con un dibujo que despertó por primera vez su interés: un ojo con una cruz en el centro de la pupila. Se hallaba en el tercer capítulo del *De occulta doctrina* del filósofo y médico alemán Alberich von Schröder, en el que se citaba un grimorio de magia negra escrito anónimamente en 1511 titulado *In abyssum*. Von Schröder transmitía la revelación de que aquel texto, misterioso y extremadamente raro, custodiaba las instrucciones para acceder a los secretos de la mente humana: al grabar el ojo en la cabeza de una persona y seguir ciertos dictados, era posible «abrir una puerta a la psique». Pero no había más indicaciones, solo aquellas pocas líneas.

¿Tal vez el Grabador estaba intentando entrar en la cabeza de sus víctimas? Eso era una absoluta locura. Por otra parte, tanto la alquimia como el ocultismo eran materias que se basaban en afirmaciones que desde los límites de la condición humana se adentraban en territorios de bosques inverosímiles y arbustos espinosos de auténtica demencia…

Casi sin darse cuenta, mientras que la última vela sobre la mesa estaba próxima a extinguirse completamente, empujando al estudio en la espiral de la noche, Flaviano se quedó dormido.

Se deslizó en uno de esos sueños que parecen hechos de arenas movedizas en los que uno se ahoga de repente, donde nada es lo que parece y la esencia misma de su razón de existir se revela siempre como un gran engaño. Se encontraba en una celda iluminada por dos antorchas colgadas de un techo que parecía estar hecho de negra pez. En el centro de la celda había un pozo, y delante del pozo se veía a una mujer desnuda, de espaldas, inmóvil. La piel de su cuerpo era blanca como el nácar. Lucrezia.

La mujer movió un brazo y con la mano indicó el brocal del pozo.

—Es allí en el fondo donde habito ahora —murmuró, y él advirtió el dolor punzante de un cuchillo que le traspasaba el corazón, porque habría podido reconocer esa voz entre un millar—. Ahí abajo donde yacen nuestros huesos y nuestros deseos vuelven al polvo.

Él no dijo nada. Incapaz de mover un dedo, estaba subyugado por aquella visión, por el terror de lo que pudo haber sucedido…

—Me has dejado morir —continuó Lucrezia—. Decías que me amabas y, sin embargo, dejaste que exhalara mi último aliento en esta celda, donde me han condenado al frío, con las ratas como única compañía. He esperado hasta el último momento que vinieras a salvarme… Cerraba los ojos y me refugiaba en tu pensamiento mientras los carceleros abusaban de mí… ¿Por qué me mentiste, «maldito seas»?

—Te amaba con toda mi alma —replicó Flaviano mientras se le doblaban las piernas.

Cayó de rodillas, su mente ardía por las imágenes que esas palabras habían evocado. Solo Dios sabe cuán complicado era el sentimiento que incluso ahora, años después, le unía a ella.

—No fue culpa mía… —susurró con lágrimas en los ojos.

Un joven al que la muchacha había rechazado había urdido una conspiración contra ellos y, gracias a la complicidad de un juez eclesiástico de Ferrara, había conseguido que la acusaran de estar implicada en prácticas contrarias a los dictados de la Iglesia. Lucrezia había sido condenada a dos meses de prisión, y su adversario le había lanzado un ultimátum a Flaviano: si no abandonaba la ciudad, su amada se consumiría en una celda subterránea.

A él no le había quedado más remedio que aceptar el acuerdo para salvarle la vida, pero ella murió súbitamente en circunstancias nunca esclarecidas.

–Al fin y al cabo, ¿qué podía esperar de ti, sino mentira y falsedad? –prosiguió ella, provocándole con la voz impregnada de un amargo resentimiento, mientras su cuerpo empezaba a derretirse como una vela encendida por dentro–. Eres un noble, mientras que yo solamente era la hija de un herrero y una curtidora de pieles…

Aquel cuerpo había perdido ya casi toda apariencia humana, era una masa que se licuaba y se expandía en un charco parecido a la cera caliente sobre el suelo de tierra batida.

–¡No es verdad! –gritó Flaviano llorando, porque ya no podía retener en su pecho aquella maraña de emociones latentes y cargadas de veneno.

–Pero algún día nos encontraremos de nuevo juntos en el fondo del pozo, amor mío –le advirtió ella–. «Porque el ojo es la puerta…».

Pero ya no era Lucrezia.

Aquel cuerpo sin cuerpo ahora tenía el rostro de Lidia.


## 5


Los pasos lentos y cadenciosos sobre los adoquines sacaron inmediatamente a Maso de sus pensamientos. A lo largo de su vida había tenido la oportunidad de presenciar en diversas ocasiones los estragos que la violencia puede originar en un cuerpo humano, el brutal espectáculo que pueden ofrecer las armas blancas movidas por la rabia o la locura. Pero el horror que encontró en aquella casa de campo se resistía a abandonar su cerebro, la imagen de aquella mujer que parecía una espantosa marioneta salida del infierno…

Pero su mente pronto se puso en alerta en cuanto el ruido de aquellos pasos empezó a acercarse. Escondido al abrigo del portal que conducía a una entrada secundaria del edificio, Maso se apoyó contra la pared, con la mano en la empuñadura. La llama de una pequeña farola, del edificio de enfrente, proyectaba un titilante resplandor amarillo a su alrededor, lo suficiente para dar la ilusión de que la oscuridad de la noche no podía ocultar peligros.

Conteniendo la respiración, Maso clavó los ojos en la arcada que unía el oscuro portal con el callejón lateral, esperando que pasara el solitario noctámbulo. Poco a poco fue apareciendo en el adoquinado la sombra de la persona que se acercaba. Maso observó sus contornos alargados, diluidos, procurando formarse una idea mental antes de poder ver el original.

Se trataba de un hombre alto, con capa y una capucha calada hasta la frente. Por su forma de andar, tranquila y segura, no se diría que fuese un borracho, ni tampoco su porte daba la impresión de furtividad o malas intenciones. Y quizá precisamente por ello, Maso experimentó una sensación de alarma.

Como para confirmar esa especie de intuición, el viandante se detuvo. Justamente delante del portal. Y lentamente se giró hacia el oscuro recoveco donde Maso le esperaba en guardia. Luego se quedó ahí, inmóvil, durante una décima de segundo. Finalmente, en voz baja, casi un susurro, preguntó:

–¿Estáis tal vez esperando a alguien?

En ese momento, Maso no pudo contenerse. Se precipitó hacia delante, saliendo de las sombras, con la espada ya desenvainada.

–Podría ser –rugió–. ¡Rezad para que no seáis vos!

El tono era amenazador, pero entre una frase y otra se coló

un ápice de inseguridad. Maso no se dio cuenta, y eso le irritó. Con desprecio, escupió en el suelo.

El extraño no mostró temor alguno. Se quedó quieto a pesar de tener la punta del arma contra su pecho, y replicó casi susurrando, como si estuviera haciendo una confidencia:

—Me temo que sí soy yo. Estoy aquí por Paolo. ¿Puedo pasar?

Al oír aquellas palabras, Maso abrió los ojos, notando que una oleada de fuego le atravesaba las venas. Tenía el puño bien aferrado al mango, preparado para la acción. Pero en esa fracción de segundo, el hombre que tenía frente a él se levantó la capucha, mostrando su rostro...

Maso se quedó con la boca abierta, brazos y piernas se quedaron petrificados. Sintió un escalofrío entre el cuello y las escápulas.

—Vos... Vos no...

Un salto repentino, una presión en la garganta, un destello rojo, y su boca se vio invadida por un sabor amargo, ferroso. La espada cayó de su mano, pero no llegó a oír el choque de la hoja contra la piedra. La luz de la farola se contrajo, cada vez era más débil...

Y la oscuridad de la noche se abalanzó sobre él.

# CAPÍTULO IV
## En los límites de la ciencia

### 1

No pensaba que conseguiría dormir, o al menos no tanto, a pesar de la sombría visita de Lucrezia. Hacía tiempo que no soñaba con ella, y desde luego no en unas circunstancias tan inquietantes. La culpa era de todas las pesadas elucubraciones que se había permitido antes de irse a la cama, eso estaba claro. Además, se había lanzado de cabeza, y por voluntad propia, a aquella aventura que apestaba a oscuridad, a alquimia, a ritos sangrientos. ¿Por qué lo había hecho? ¿Por miedo al resentimiento o a las denuncias sobre su presencia en Florencia? ¿Por los ojos de Lidia? ¿O tal vez porque sentía como una misión personal la de arrojar la luz de la ciencia y de la razón en el pozo del oscurantismo y de la ignorancia que, en una de sus mil facetas, también se había tragado a Lucrezia? De lo que no había duda, en cualquier caso, era que el camino que acababa de emprender no tendría vuelta atrás, donde quiera que le llevara.

Cuando Flaviano salió de casa, la ciudad ya se veía recortada por la luz blanca y rasante del este que se inmiscuía en cada callejón y plazuela para aplastar las sombras más obstinadas contra las paredes. En la superficie de los charcos, el sol conjuraba enjambres de mosquitos centelleantes. De todas partes surgían voces, llamadas, chirridos de ruedas al paso de carros y carruajes, con los cascos pisoteando el pavimento mojado.

Esta vida ruidosa, aunque corriente y repetitiva, tenía inevitablemente el poder de instilar en Flaviano una especie de ligereza espiritual, distrayéndolo al menos por un tiempo de sus habituales esferas de pensamiento que, por el contrario, a menudo eran sofocantes, e incluso opresivas. Sin embargo, aquella mañana su mente se encontraba demasiado encadenada a los hechos ocurridos en la víspera como para que la vitalidad y la luminosidad que le rodeaban pudieran donarle alivio, aunque fuera solo un poco. Nunca había creído en las premoniciones, pero en más de una ocasión se había visto obligado a admitir que ciertas sensaciones nacían y se nutrían de fuentes interiores cuya naturaleza no había logrado aún explicar, al menos no con los instrumentos de la ciencia. Y caminando a paso ligero hacia la residencia de Paolo de Médici, no podía ignorar esa punzada que a veces sentía a la altura del corazón. Es verdad que nadie había venido a despertarle en mitad de la noche –como se temía– para traerle malas noticias. Pero esto, queriendo seguir los tortuosos senderos de la lógica, no significaba necesariamente que todo fuera como se esperaba. La suposición de que nadie de la familia o de la servidumbre de Paolo hubiese venido a buscarle, también podía encontrar una desagradable explicación en el hecho de que nadie hubiera tenido la oportunidad de hacerlo… Y cuando, a poco más de una manzana de su destino, empezó a oír un griterío más fuerte, más confuso y bullicioso, el alfiler de su corazón dejó de solo pincharle para hundirse con firmeza.

Según se acercaba, se cruzó con dos niños que iban corriendo. Se reían y sus rostros, cubiertos de polvo y sudor, desprendían una euforia siniestra.

–¡El Grabador ha vuelto! ¡El Grabador ha vuelto! –cantaban sin aliento.

Cuando pasaron junto a él, Flaviano por instinto extendió una mano intentando agarrar a uno de ellos por los pelos. Pero el chico, al darse cuenta de la jugada, le esquivó en el último segundo, riendo aún más fuerte, y ambos se alejaron, sin dejar de repetir su mantra de horror.

El aire que rodeaba a Flaviano, aunque caldeado por la luz del sol que se abría paso entre los edificios, parecía cuajarse a su alrededor en un manto de hielo. Con la respiración entrecortada, soltó un improperio y aceleró el paso.

## 2

Frente al portón de la residencia de Paolo de Médici se había formado una agitada aglomeración de personas, en su mayoría curiosos y alarmados. Algunos gritaban, otros murmuraban, atónitos. Muchos miraban a su alrededor, enredados en una confusión que recordaba a la de las ovejas atrapadas por el olor de una presencia depredadora pero invisible. Delante de la puerta, las lanzas de dos guardias ducales se ocupaban de mantener una apariencia de orden para impedir que nadie se introdujera en el palacio. O que saliera. Flaviano se mantuvo prudencialmente a una cierta distancia, permaneciendo a la sombra de un pórtico. No necesitaba preguntar qué había pasado, porque su imaginación ya le había proporcionado un escenario desolador y preciso. Paolo había muerto. Rezó por que fuera la última víctima.

Escudriñando con la mirada la fachada del edificio, fue cuando se dio cuenta del aliento que había estado reteniendo demasiado tiempo en sus pulmones y que estalló de su boca en una exhalación abrasadora. Tras una ventana del primer piso, Lidia observaba con ojos distraídos la multitud bajo la casa. Movía la cabeza de un lado a otro. Era evidente que estaba intentando encontrar a alguien. Flaviano se mordió el labio. No podía hacer otra cosa. Tenía que dejarse ver.

Saliendo del ángulo de la sombra, avanzó hasta situarse a unos pocos metros del edificio, evitando dejarse confundir con la gente. Sin dejar de mirar hacia la ventana, levantó lentamente una mano. La joven le divisó al instante. Abrió de par en par ojos y boca, luego retrocedió y desapareció.

Flaviano se quedó en el sitio, rodeado por una algarabía en la cual era difícil, por no decir inútil, abrirse camino. La gente sabía poco, y ese poco, como siempre, se inflaba y se transformaba a cada paso. Flaviano no tenía ni ganas ni necesidad de escuchar. Bajó la mirada hacia el portón de entrada, y al poco vio salir un tercer guardia que se acercó hasta él. Como era de esperar.

–¿Sois vos messer Altobrandini?

El hombre, de considerable tamaño, venía acalorado por haber bajado corriendo las escaleras.

–Para servirle –respondió Flaviano.

El guardia se sacó del bolsillo un pañuelo grande para enjugarse la frente.

–Madamisela Grandeschi desea que entréis.

Flaviano prefirió no dar a entender que ya sabía la razón de aquella invitación.

–¿Yo? ¿Estáis seguro?

El hombre se giró hacia la ventana, donde, mientras tanto, Lidia había reaparecido. La joven asintió, con las manos entrelazadas en el pecho, y el guardia reiteró su invitación a Flaviano.

–Por favor, seguidme.

No fue necesario abrirse paso a codazos para llegar hasta la puerta, ya que la muchedumbre se separó espontáneamente en dos alas que murmuraban. Ambos soldados estacionados en la entrada asintieron respetuosamente, y Flaviano se vio así escoltado al interior del palacio, cuyas paredes parecían rezumar el olor a muerte que, estaba seguro, encontraría.

## 3

Lidia le recibió extendiendo ambas manos, y él las tomó entre las suyas como si entre ellos, de manera espontánea, se hubiera instaurado una especie de amistad íntima nacida del dolor. El semblante de la muchacha se veía demacrado bajo la luz grisácea que empapaba la casa, y sus pálidos labios procuraban articular con palabras la confusión que se transparentaba a través de sus ojos brillosos y enrojecidos.

–Messer Flaviano… –balbuceó–. Paolo… Paolo…

Él solamente levantó el dedo índice, y con aquel gesto dejó en el aire la inutilidad de proseguir.

–¿Está en su habitación? –se limitó a preguntar.

La muchacha confirmó con un ademán de cabeza, luego se dirigió al guardia que había acompañado a Flaviano.

–Deseo que este hombre lo vea. ¿Le permitiríais entrar?

El hombre lanzó una mirada vacilante hacia el dormitorio de Paolo de Médici, y luego murmuró:

–En lo que a mí respecta, no hay problema. Si el capitán no tiene inconveniente.

Lidia abandonó por un instante la expresión contrita para endurecer sus facciones.

–No tendrá inconveniente. Por favor, messere, por aquí…

Al entrar en el dormitorio de Paolo, Flaviano notó la presencia de Lapo Maffei, el capitán del pueblo, discutiendo en voz baja con el doctor Albizzi. Sus ojos y su atención se enfocaron de inmediato en la cama, donde el cuerpo de Paolo estaba cubierto con una sábana.

Cuando entró precedido por Lidia, el capitán se volvió para evaluarle, mientras que el médico, con la cara colorada y los ojos un poco llorosos, simplemente dio un paso atrás.

–¿Y vos quién sois?

Fue Lidia quien respondió, en tono firme.

–Este es messer Flaviano Altobrandini, capitán. Un amigo de la familia. Está aquí por expresa invitación mía. Y es mi deseo que se le permita… inspeccionar el cadáver.

Lapo Maffei, durante unos instantes, se quedó mirando directamente a los ojos al recién llegado, rascándose su espeso bigote negro; luego, hizo una inclinación de cabeza en señal de saludo. Flaviano hizo lo mismo.

–Sea, pues. Doctor… por favor.

Albizzi carraspeó, acercándose al cuerpo inerte. Cogió con delicadeza el borde de la sábana que le cubría, y con una lentitud casi irritante, expuso nuevamente el cadáver a la mirada de los allí presentes.

Lidia emitió un sonoro suspiro cuando Flaviano se acercó a la cabecera de la cama.

Paolo de Médici era ahora un muñeco grotesco. El rostro parecía una máscara de yeso, con churretes de sangre seca oscura que le caían del cabello. Los párpados estaban a medio cerrar, y entre las pestañas despuntaba el blancor opaco de la esclerótica. La cabeza ya no estaba tapada con el vendaje. La cabellera parecía desaliñada o, mejor dicho –pensó Flaviano– «recompuesta». El pedazo de piel que dos noches antes el doctor Albizzi había tratado lo mejor que pudo, era obvio que había sido levantado. El crimen interrumpido se había consumado.

Flaviano se volvió un instante hacia Lidia.

–¿Puedo…?

Hubo un fugaz intercambio de miradas entre la joven, el capitán y el médico, tras el cual este último, autorizado mediante un ademán de cabeza por Maffei, con unas pinzas, apartó un mechón del cadáver y levantó con cuidado una sección del cuero cabelludo.

Flaviano se inclinó aún más y abrió mucho los ojos.

Ahora sí se veía un área pequeña del cráneo, y a pesar de la carnicería de sangre coagulada y otras sustancias de color oscuro, se distinguía lo que Flaviano se esperaba ver: el famoso ojo, muy estilizado, grabado en la superficie ósea. Era muy parecido al que había dibujado Lidia, excepto por el detalle de dos pequeños segmentos cruzados en el interior de la pupila; en el punto donde se entrecruzaban, además, en el centro exacto del ojo, se veía claramente un minúsculo círculo completamente negro. Flaviano asintió, retrocediendo, y Albizzi dejó que la piel volviera a ocultar aquel estropicio.

Flaviano sintió cómo se le llenaba el pecho de preguntas, pero la presencia del capitán le impulsó a contenerse. Por lo demás, si Lidia le había presentado sencillamente como un amigo de la familia, significaba que su implicación a nivel de las investigaciones privadas debía permanecer en secreto, por lo menos a los ojos de las autoridades oficiales. Y sobre este punto, Flaviano no podía estar más de acuerdo.

–¿Cómo ha podido suceder? –preguntó solamente a media voz.

–Es lo que intentamos averiguar –respondió enseguida Maffei–. Es evidente que es obra del Grabador. Sin embargo, dicho esto, dejad que se ocupe de ello quien tiene la competencia.

–Naturalmente –replicó Flaviano, retrocediendo sin quitar los ojos de la cabeza de Paolo. En realidad, del capitán no se esperaba ninguna respuesta satisfactoria. Su pregunta iba dirigida a Lidia.

–Narcotizó a todos… –se arriesgó a decir Albizzi–. A casi todos… Maso…

–También mató a Maso –intervino Lidia.

Flaviano la miró con dolor.

–Le ha… degollado… –continuó la muchacha–. Luego subió y…

Un guardia se presentó en el umbral.

–Disculpad, capitán. Está aquí fray Gregorio para darle la bendición.

A espaldas del soldado, un fraile alto y delgado ya estaba haciendo la señal de la cruz, murmurando, y con un pequeño rosario oscuro entre los dedos.

–¿Y su madre…? –había empezado a decir mientras tanto Flaviano, indicando al cadáver con el mentón.

La voz de Maffei asumió un tono autoritario, rozando el límite de la arrogancia.

–Por favor, salid de aquí, los dos. –Miró primero a Flaviano, después a Lidia–. Ya habéis visto todo lo que había que ver aquí. Os lo ruego.

Lidia se volvió hacia la puerta y salió con paso decidido. El guardia y el religioso tuvieron que hacerse a un lado para dejarla pasar. Flaviano hizo una inclinación al capitán y al médico; luego abandonó también la habitación.

Solo con Lidia en el gabinete en el que se habían apartado la noche de su primer encuentro, Flaviano permaneció en silencio mientras la joven le informaba de lo sucedido, sin interrumpirla en ningún momento. Sus preguntas no necesitaban ser formuladas: estaban todas allí, frente a él, en mitad de los dos, en espera de ser satisfechas con las respectivas respuestas. De las que habían quedado huérfanas, en cambio, encontraría la manera de ocuparse a continuación.

Lidia hablaba de pie, retorciéndose las manos y moviéndose con pasos cortos de izquierda a derecha.

—Y esto es todo lo que puedo contaros —concluyó.

Flaviano dejó de frotarse las yemas de los dedos y respiró hondo, como si acabara de salir de una prolongada apnea.

Por lo visto, el Grabador había actuado de manera coherente, segura, con una eficiencia casi militar. Había eliminado al pobre Maso, fuera de la casa y, utilizando sus llaves, se había introducido en el palacio; había aturdido con un golpe en la cabeza a otro sirviente, un tal Rolfo, que estaba de guardia en lo alto de las escaleras (y que probablemente —según la opinión de Lidia— se había quedado adormilado en una silla); debió encontrarse después por el camino con la madre de Paolo y la narcotizó con éter, abandonándola inconsciente en el pasillo donde había sido encontrada aquella mañana (en ese preciso momento, doña Giacinta de Médici estaba en el piso de arriba, en su habitación, atendida por dos doncellas); entonces se coló en el dormitorio de Lidia, que se había despertado sobresaltada, pero la durmieron con un paño empapado en la nariz y la boca, sin tener la mínima oportunidad de distinguir a su agresor; y finalmente el criminal había entrado en la habitación de Paolo, y había terminado el horrendo ritual que por algún motivo se había visto obligado a interrumpir.

—Lidia, debéis hablar con vuestra tía, y quizá también con ese tal Rolfo... Pero soy consciente de que ahora no es el momento.

Prefiero dejar que el capitán y sus hombres cumplan con su deber, sin interferencias. Vuestro relato me ha resultado muy útil, y os agradezco que me hayáis dedicado todo este tiempo, en semejante trance.

Es cierto que podría haber aportado algún motivo de reflexión, pero juzgó que no era el momento adecuado para añadir más angustia. Habría podido señalar, por ejemplo, que el asesino debía conocer el palacio, y la ubicación de las distintas habitaciones; como también habría podido sugerir la posibilidad, sin duda inquietante, de que no se hubiera marchado, que todavía estuviera ahí dentro, escondido en cualquier parte. Poco probable, pero tenía por costumbre no descartar nunca ninguna idea *a priori*... Por lo demás, cualquier hipótesis era válida a la vista del estado de sus pesquisas particulares.

En la casa, mientras tanto, una algarabía generalizada vibraba por todas partes, entre pasos, órdenes y sollozos. Lidia permanecía con la cabeza gacha, absorta, como a la escucha.

—Ahora, si me lo permitís, Lidia, os dejo con vuestras obligaciones y vuestro luto. Sin duda debéis sentiros...

La joven se dejó caer en un sillón.

—¿Destrozada? —comentó, torciendo los labios en una sonrisa amarga.

Flaviano la observó, arrugando la frente.

—¿Es que no lo estáis?

Lidia se pasó las manos por las mejillas, como si quisiera lavarse de la cara cualquier pensamiento que pudiera delatarla.

—Estoy afligida, es verdad. Lo que le ha sucedido a mi primo es algo espantoso. Le tenía aprecio, naturalmente, pero...

Dudó, permitiéndose un suspiro. Luego se enfrentó directamente a la mirada de Flaviano.

—Supongo que os habréis preguntado por qué una joven de mi edad no se ha casado todavía.

Flaviano no se inmutó.

—Tenéis razón, me lo he preguntado. Pero no entiendo a dónde queréis ir a parar...

–Mi hermano estaba de alguna manera celoso de mí. Hubo pretendientes, claro, pero él… los rechazó a todos. Decía que me necesitaba, y que no podía soportar verme al lado de alguien que no estuviera a mi altura. O a la suya, quizá. De hecho, tras la muerte de Folco, que en paz descanse, Paolo se ofreció a acogerme en su casa. Acepté y aquí estoy. Pero, tal y como me esperaba, pronto me pidió que me convirtiera en su esposa.

Se quedó callada, como esperando captar alguna reacción en su interlocutor.

Flaviano se pellizcó distraídamente la piel áspera del mentón y luego comentó:

–Y le dijisteis que sí.

Lidia se limitó a bajar los ojos.

–Pero le pedisteis que os concediera tiempo –añadió enseguida Flaviano–, con la excusa de que no era apropiado organizar festejos tan pronto tras la muerte de vuestro hermano.

Lidia volvió a mirar al joven.

–Así fue.

–Por cómo os miraba, deduje que sus sentimientos hacia vos eran algo más que el simple afecto entre primos. Así como he notado, si me lo permitís, que este sentimiento no era correspondido. No en la medida en que pudiera preverse un matrimonio feliz, al menos.

Con aquellas palabras, Flaviano se levantó del diván y se acercó a la ventana que daba a la fachada principal del palacio, la misma desde la cual Lidia se había asomado poco antes. De la pequeña plaza seguía subiendo el bullicio de la multitud de curiosos.

–Pero no os sintáis en absoluto obligada a justificaros ante mí, ni mucho menos a fingir, si vuestro dolor no es tan profundo como cabría esperar de una futura esposa. Sobre todo, porque yo…

Se interrumpió. Su mirada se concentró en un punto concreto, en el pórtico bajo el cual se había escondido cuando había llegado a la plaza.

Lidia le miró perpleja.

–¿Qué estabais diciendo?

Flaviano se giró de repente y se fue corriendo hacia la puerta del gabinete.

–Perdonadme… –se limitó a responder, levantando un dedo.

Luego bajó por las escaleras y salió de la casa como una exhalación. Los dos guardias de la entrada apenas se inmutaron al verle pasar con tanta prisa, pero al no oír órdenes ni gritos desde el interior, no se atrevieron a detenerle.

Flaviano se abrió paso entre la gente y se dirigió al pórtico, y una vez allí, bajo aquellos arcos a la sombra, escrutó los alrededores con impaciencia… Nada. Tal y como imaginaba. Habría podido echar a correr por aquí y por allá, metiéndose en calles y callejuelas al azar, pero sabía que no serviría de nada. Aquella figura con la capucha y el abrigo verde oscuro, la misma que había avistado la noche anterior, no se habría dejado encontrar.

Volvió desconsolado a la soleada plaza. Levantó la mirada. Lidia le estaba observando, allí, desde la ventana. Debido a la distancia y a la ilusión visual generada por los reflejos y las distorsiones del cristal, aquel rostro pálido le hizo pensar en un fantasma. O en una calavera.

## 5

–Sentaos, messer Altobrandini. Imaginaba que, apenas tuvierais la ocasión, me haríais una visita.

Flaviano le dio las gracias al doctor Albizzi con una breve inclinación, acomodándose en un taburete en su pequeño consultorio doméstico.

Esa mañana no tenía ganas de regresar a la casa donde yacía el cuerpo de Paolo. En una situación como aquella, caótica y funesta, su prolongada presencia habría resultado cuando menos incómoda, quizá incluso inoportuna, a pesar de que Lidia le había invitado expresamente. Y, además, tenía en la cabeza tal torbellino de ideas que necesitaba un poco de tranquilidad. Se abrían ante él demasiados caminos posibles, así como demasiadas piezas que encajar... Y cuando algunas de esas piezas se esforzaban por unirse unas con otras, si no a costa de esfuerzo imaginativo, era imperativo detenerse un momento e intentar poner las cosas en orden.

Flaviano había esperado, pues, hasta primera hora de la tarde antes de llamar a la puerta del doctor Albizzi.

—Debéis comprender –empezó–, que la tarea a la que me comprometí con Paolo me obliga a no dejar ningún camino sin recorrer. Y dado que mis conocimientos en el campo médico me han permitido hacerme una cierta idea de las operaciones realizadas por este... Grabador, como todo el mundo le llama, creo que debo tener una conversación con vos. Y más, cuando habéis tenido la ocasión de estudiar y evaluar su operación mejor que nadie, ¿no es así?

Volviéndose hacia una ventana, Albizzi se quitó los anteojos y puso las lentes a contraluz, moviendo la cabeza. Los frotó vigorosamente durante unos segundos con un pañuelo, volvió a mirarlos, luego se puso de nuevo los quevedos en el enrojecido tabique y fue a sentarse frente al joven.

En la habitación se podían detectar los olores más dispares, pero predominaban con fuerza los de alcohol y mentol. Flaviano tardó un poco en acostumbrarse, al principio solo respiraba por la boca, y tuvo que frotarse los ojos un par de veces porque se le saltó alguna lágrima. Un cráneo humano le observaba sonriente desde una vitrina, rodeado de instrumental de variadas formas y tamaños. Por lo demás, estaban rodeados de armarios y estanterías con libros, frascos y jarrones semitransparentes en cuyo interior flotaban indefinibles corpúsculos opacos.

—Todo el mundo sabe lo que hace este esquivo Grabador –dijo el médico–. Hasta los niños. ¿Habéis escuchado alguna de sus cantinelas?

—Algo he oído, sí.

—Ocurre a menudo que los horrores más atroces se convierten en alimento de la imaginación del pueblo. A veces, incluso, son motivo de hilaridad. Ayudan a la mente a aceptar lo inaceptable. En cualquier caso, ¿qué deseáis saber con exactitud?

Flaviano se cruzó de brazos.

–He visto en qué condiciones se encontraba el cráneo de Paolo. He visto el ojo. He visto el agujero...

–El agujero, sí... Un trabajo de gran precisión, ejecutado con mano segura. Y con el instrumental adecuado.

–Supongo que habréis tenido oportunidad de ver algo parecido con anterioridad.

El médico asintió.

–No tuve ocasión de examinar el cuerpo de la primera víctima, ese tal Mercatanti. Pero sí tuve algo que ver, por desgracia, con el cadáver de Folco, el hermano de doña Lidia. La misma incisión, la misma perforación... Aún quedaban rastros de mercurio en el hueso, pero muy tenues. No pude profundizar en el análisis, en parte porque el cuerpo, como podréis imaginar, llegó hasta mí en condiciones realmente deplorables. Los peces y las ratas no son muy sutiles... –Hizo una mueca, pero enseguida recuperó la compostura–. Si bien es verdad que a lo largo de mi carrera he visto cosas peores, y ya no debería sorprenderme de nada. El cuerpo humano es uno de los elementos más complejos y frágiles de la creación, y a veces basta muy poco para cruzar la línea que separa la belleza del horror. Pero no divaguemos...

Se quedó absorto, observando el dorso de sus manos durante unos instantes, como si estuviera contando los pelos o las manchas de la piel.

Como de costumbre, Flaviano evitó intervenir. Dejar que los pensamientos del interlocutor fluyan libremente, sin trabas, se revelaba en general como la manera más segura de llegar a escuchar las cosas más interesantes.

–Pero a Paolo... –continuó por fin Albizzi– lo examiné a conciencia, seguro. Empezando por la noche en que fue encontrado y llevado a casa. La incisión en la piel se había realizado con un bisturí. La superficie craneal expuesta había sido lavada, y el famoso ojo había sido diseñado con carboncillo: los trazos iniciales para seguir después con el resto del trabajo, es decir, la operación que se concluyó ayer noche…

Suspiró, y tras las lentes, sus pupilas se estremecieron como si la imagen descrita volviera a desplegarse ante ellas.

—El hueso fue rascado cuidadosamente, sin duda con un escalpelo quirúrgico, siguiendo la línea del diseño. Una obra de cincel. Un surco, de un par de milímetros de profundidad, en el que luego se derramó una pequeña cantidad de mercurio. ¿Acertáis a imaginar el efecto, messere? Este ojo blanquecino que gradualmente se vuelve plateado oscuro, apareciendo en el cráneo… Carezco de elementos para probarlo, obviamente, pero considero que este Grabador experimenta algo parecido a la exaltación cuando admira esta fase en particular de su obra.

Albizzi sacudió la cabeza, mostrando su consternación. Después levantó la mirada y miró a Flaviano a los ojos.

—Soy médico, y puedo evaluar el aspecto puramente científico y quirúrgico del caso. Dejo para los demás la búsqueda de explicaciones sobre el significado de este… «ritual». Porque se trata de un ritual, claramente. Pero más allá del dibujo del ojo, y de la referencia a quién sabe qué esfera del pensamiento, intuyo que todo el asunto debe basarse en un proceso fisiológico.

Sin dejar de frotarse las yemas de los dedos, Flaviano arqueó una ceja.

Albizzi se apuntó la frente con un dedo.

—El cerebro humano, messere, es uno de los misterios más grandes del universo. Nuestro conocimiento de su estructura y de su funcionamiento es, por decir algo, rudimentario, a pesar de los grandes pasos llevados a cabo de un siglo a esta parte. Y no hay experimentación que valga, ¿sabéis? Abrir o diseccionar un cerebro muerto nos permite, como mucho, saber cómo está hecho, pero solo físicamente. Nombramos sus partes, las observamos, las describimos… pero el verdadero secreto permanece enterrado en lo incognoscible. Al menos para la ciencia.

—¿Qué queréis decir con eso?

—En fin, simplemente que, si la medicina no ha sido capaz, por el momento, de progresar de manera significativa en el estudio del cerebro, no se puede decir que otras disciplinas no avancen por senderos diferentes, abordando la materia desde puntos de vista alternativos. La filosofía, por ejemplo. O la religión. O la alquimia...

Albizzi pronunció esta última palabra bajando levemente el tono de su voz, casi como si se avergonzara. O como si tuviera miedo. Distraídamente, se quitó las antiparras y se quedó mirando a Flaviano. Este asintió. La alusión a la alquimia no le había cogido por sorpresa. El ojo que te mira por dentro... El Grabador debía poseer profundos conocimientos sobre la materia, además de una base intelectual científica. Tras una breve reflexión, y considerando que el galeno parecía haber concluido su discurso, volvió a uno de los puntos que le había intrigado en mayor medida.

–Ese agujero en el centro del ojo, doctor... ¿Qué podríais decirme de ello?

Albizzi se calmó y se puso los anteojos.

–La trepanación del cráneo es una práctica ancestral, como método terapéutico y como parte de rituales espirituales y religiosos. Disponemos de sabios estudios sobre el tema que se remontan al siglo XVI, estudios con los que nuestro hombre está sin duda familiarizado. El *De re anatomica* de Colombo, por ejemplo. O los tratados de De Laval, hasta llegar a los muy recientes estudios Valsalva...

Aunque sabía que estaba transgrediendo su propia regla, Flaviano no pudo evitar insistir:

–Pero ¿es posible llevar a cabo semejante operación en condiciones tan precarias? ¿Así, en un dormitorio, con todos los riesgos que ello supone? Lo que quiero decir es que, por muy hábil que sea...

–La noche en que Paolo regresó, messere, el agujero ya estaba hecho.

Flaviano se quedó con la boca abierta.

–¿Ya... estaba hecho?

–Exactamente. El Grabador le practicó la perforación en su guarida, tras lo cual dibujó el ojo con carboncillo. Creo que utilizó un instrumento bastante preciso, el moderno abaptista. Yo también tengo un par de ellos, pero es un tipo de instrumental que, afortunadamente, en mi época de estudiante, nunca tuve oportunidad de usar. En cualquier caso, jamás con pacientes vivos. Pocos milímetros de diámetro, la profundidad exacta del grosor del cráneo en el lóbulo frontal… Un excelente trabajo, si me permitís la observación desde el punto de vista profesional. No pude comprobar si llegó a tocar también el cerebro, pero lo dudo. La lucidez demostrada por Paolo me induce a descartarlo.

–¿Creéis entonces que pudo llegarle el mercurio?

Albizzi apretó los labios y arrugó la frente.

–Lo único que puedo decir es que, claramente, el mercurio entró en contacto con la red de capilares del cuero cabelludo. Queda por determinar con qué resultados. El agujero era realmente sutil, sí, pero debido a la presión ejercida sobre la piel, una vez realizada la operación, considero factible que una pequeña cantidad penetrase en la piel. Debo admitir que no tengo idea de cuáles pueden ser los efectos, si una o más gotas de mercurio entraran en contacto con la membrana cerebral. Pero no debéis olvidar, messere, que represento a la ciencia oficial, con todas sus limitaciones. No obstante, creo que otras… llamémoslas ciencias puras, podrían, tal vez, proporcionar respuestas más satisfactorias.

Flaviano apartó la mirada del médico para posarla sobre la calavera que había dentro de la vitrina. Realmente parecía que aquel símbolo de la caducidad humana le estuviera estudiando, a su vez, con esa especie de mueca que exhiben todas las calaveras, dejando al descubierto su dentadura amarillenta.

–¿Como, por ejemplo, la alquimia, doctor?

Albizzi, sencillamente, confirmó con su silencio.

Así como aquella mañana Flaviano había fantaseado sobre los efectos creados en el rostro de Lidia con la reverberación de las luces en el cristal de la ventana, ahora mirar fijamente aquella calavera le produjo la impresión de ver un rostro superpuesto a esa osamenta sin vida. Podía ser el reflejo de su propia cara, pero también podía tratarse de una extravagancia de la propia imaginación. Aquel rostro, en su mente, tenía rasgos suaves, desenfocados. ¿Quemados?

«¿Qué me estás sugiriendo, amigo mío?», pensó.

De repente se levantó, y el médico hizo lo mismo.

–Se lo agradezco, doctor Albizzi. Esta conversación ha sido, sin duda, muy interesante y constructiva.

–Me alegro. Y si puedo contribuir con algo más a la captura de ese malnacido, os ruego que no dudéis en consultarme.

Flaviano le estrechó la mano con fuerza.

–Así lo haré, puede estar seguro de ello.

Antes de salir de su consultorio, lanzó una última ojeada a la calavera de la vitrina. El rostro imaginario superpuesto a la osamenta, como es natural, ya no estaba.

## 6

–Debéis perdonar la descortesía, si esta mañana he salido corriendo sin daros explicaciones, pero os ruego que me creáis cuando os digo que no pretendía ser irrespetuoso. Tenía mis buenas razones.

Flaviano guardó silencio, sosteniendo la mirada seria de Lidia.

–No tengo nada que perdonaros –replicó ella–. Supuse que habríais visto a alguien ahí fuera que os urgía ver. Y espero que me lo contéis, cuando lo estiméis oportuno.

–Así es.

–Sin embargo, el hecho de que hayáis vuelto aquí, esta misma tarde, me autoriza a plantearos al menos una pregunta.

Ahora, en la residencia de Paolo, había caído una capa de silencio generalizado, solo interrumpido de vez en cuando por los pasos y murmullos de la servidumbre. El cadáver ya había sido depositado en la cripta de la familia, dispuesto para el velatorio, a la espera del funeral que se celebraría al día siguiente de manera absolutamente privada.

Flaviano permaneció impasible.

—Estáis en vuestro derecho.

—Habéis visto el trabajo llevado a cabo en el cráneo de mi pobre primo. ¿Os habéis hecho al menos una idea de su significado?

—Para mí es aún prematuro comprometerme, pero... creo haber comprendido algo.

Durante un instante, en el semblante de Lidia afloró una expresión confusa.

—¿En serio?

—Intuyo que por medio de este procedimiento el asesino intenta «acceder» de alguna manera a la memoria de los hombres a quienes ha arrancado la vida –explicó Flaviano–. «El ojo que te mirará por dentro...». ¿Recordáis? Me explicaré mejor: creo que Paolo, Ettore Mercatanti y vuestro hermano Folco tenían en común el hecho de compartir cierta información que el asesino necesita desesperadamente... Algo que ninguno de ellos quiso, o pudo, revelar al Grabador...

—¿Y vos creéis que el asesino ha conseguido sonsacar esta información?

Flaviano dejó escapar una sonrisa, que pareció recalcar toda la ingenuidad inherente a aquella pregunta.

—Soy un defensor a ultranza de las disciplinas científicas, Lidia. No confío en las prácticas de la alquimia y el ocultismo, del mismo modo que no creo en la brujería.

—¿Estáis convencido de vuestras palabras? –rebatió Lidia.

Había un atisbo de decepción en el tono de su voz.

—Os creía mucho más audaz de pensamiento...

—Aquí no se trata de ser intelectualmente atrevido, sino de mantener una racionalidad lúcida respecto a temas que carecen de fundamento práctico o demostrable, al menos en lo que respecta al conocimiento oficial de nuestro tiempo.

Flaviano puso cara de decepción.

–Podemos diseccionar un cuerpo humano para estudiar las diversas partes e intentar comprender el funcionamiento de los nervios, de los órganos o de las venas por las que fluye nuestra linfa vital, pero las ideas no están hechas de carne y hueso. Es imposible aferrarlas. –Se dio un golpecito con el dedo en la sien–. Todas mis reflexiones, mis emociones y mis recuerdos conviven en esta blanda materia gris y, sin embargo, si me abrierais el cráneo ahora mismo, no encontraríais rastro alguno... Y esta es la razón por la que el Grabador está fallando en sus intentos. Puede que sea un médico, seguramente muy competente e inteligente, que está llevando a cabo experimentos audaces y atroces. No obstante, al mismo tiempo, está tan cegado por un delirio de locura omnipotente que le impide concebir su «derrota...». Si el Grabador hubiera obtenido de alguna de sus víctimas lo que está buscando, seguramente ya habría dejado de matar. Por el contrario, no parará, continuará dando caza a todo aquel que guarde la información secreta que necesita. Y únicamente existe una posibilidad de detenerle: adelantarnos a sus movimientos.

–¿Cómo?

–Encontrando a su siguiente víctima. Pero el tiempo es nuestro enemigo, y en este punto debo confesaros que he vuelto aquí porque también necesito hablar con vuestra tía, con la esperanza de que pueda ayudarnos. ¿Pensáis que sería posible?

Lidia negó tristemente con la cabeza.

–Por desgracia, no lo creo. Es una mujer muy fuerte, pero en este momento le falta lucidez...

La voz de la mujer les cogió por sorpresa:

–La pérdida de un hijo es la prueba de fe más grande a la que Nuestro Señor pueda llamarnos.

Doña Giacinta estaba de pie en el umbral del gabinete, y les observaba: una figura inmóvil, enjuta y austera a quien el dolor le había vaciado las mejillas y marcado arrugas alrededor de la boca hasta casi hacer desaparecer los labios.

—Tía, lo siento —se apresuró a explicar Lidia—. No pretendía ofender…

—Estás diciendo la verdad —la interrumpió la mujer—. Mi corazón aún late, pero mi alma está muerta, junto a Paolo…

Se movió, entrando en la habitación y apuntando con sus pequeños ojos brillantes hacia Flaviano.

—¿Cuál es el motivo por el que deseáis hablar conmigo, messere?

—Permitidme expresaros mis más sentidas condolencias, señora. Vuestra pérdida me entristece inmensamente.

Doña Giacinta se detuvo a menos de diez pasos de él y en cierto modo su noble porte pareció desafiarle.

—Os agradezco y acepto vuestras palabras. —Pero su voz destilaba severidad—. Uno de los pocos privilegios de la vejez es la experiencia para saber reconocer las mentiras… Sois un hombre sincero, Flaviano. Sin embargo, sois en parte culpable de lo que ha ocurrido. Paolo se fiaba de vos, y vos no habéis logrado salvarle.

Flaviano habría deseado contestarle que no había sido llamado para proteger a su hijo, sino para descubrir quién le había secuestrado, pero prefirió aceptar en silencio aquella acusación.

—Repetiré mi pregunta, messere. ¿En qué puedo ser de utilidad?

—Necesito conocer los nombres de los otros muchachos que, junto a vuestro hijo, hace quince años, fueron alumnos de un tal Ermete Moraldi.

La mujer desvió la mirada hacia Lidia y luego la devolvió a Flaviano con un profundo suspiro.

—¿Creéis entonces que el asesino pudiera ser uno de ellos?

—De momento no existe ninguna certeza para formular tal hipótesis —le respondió—. Pero supongo que no se habrá escapado a vuestra atención la circunstancia de que las tres víctimas del Grabador frecuentaban hace años el laboratorio de Moraldi. Mi experiencia personal me ha enseñado a mirar con recelo dos coincidencias. Tres empiezan a ser algo más.

La mujer se distanció para ir a sentarse en uno de los sillones. Cerró los ojos y se llevó una temblorosa mano a la frente. Permaneció un rato en aquella postura. Lidia se le acercó para preguntarle si se sentía bien. Ella asintió, abriendo de nuevo unos ojos que parecían perdidos en un tormento interior.

–Fue mi marido quien insistió en que Paolo acudiera al taller de Ermete Moraldi –retomó la mujer–. Entre la aristocracia, en aquella época, su nombre era célebre por ser un excelso maestro de medicina y «disciplinas antiguas». Un *magnus magister*. Venía de Siena, había pasado muchos años en Francia, pero... –titubeó, como si su boca de labios finos y pálidos estuvieran cansados y no dejaran salir las palabras–. Aquel hombre no me gustaba.

–¿Por qué? –la apremió Flaviano.

–Él... tenía una manera «innatural» de mirar a los muchachos –se liberó por fin Doña Giacinta–. Era como si sus ojos traicionaran una atracción prohibida hacia sus alumnos... Que Dios me perdone, pero cuando me enteré del incendio en el laboratorio y de su muerte sentí un gran alivio en el corazón.

Hizo una pausa. Estaba visiblemente cansada.

–Obviamente, como habéis tenido la agudeza de observar, tras la muerte de mi sobrino empecé a albergar sospechas, porque tanto Ettore Mercatanti como Folco frecuentaban la escuela de Ermete. Pero no fue hasta después del secuestro de Paolo cuando me asaltó la escalofriante certeza de que el Grabador estaba relacionado de algún modo con lo sucedido quince años atrás. Intenté hablar con mi hijo, que minimizó el asunto rehusando afrontar el tema. Entonces, hace tres días, mandé a los sirvientes que buscaran a los otros jóvenes que formaban parte del grupo: Arnaldo Carraccini, Antonio de Ferrai y Girolamo Buonavia. Todos exponentes, aunque en diversa medida, de la alta burguesía florentina.

–¿Y lograsteis encontrarlos? –quiso saber Flaviano, intuyendo que la respuesta le decepcionaría.

La mujer movió la cabeza lentamente, con la mirada fija en el suelo.

–¿Podríais decirme cómo puedo averiguar su paradero, señora?

–No podéis.

Flaviano tragó saliva, notando cómo un escalofrío le subía por la espalda.

–¿Qué queréis decir con eso?

La madre de Paolo levantó la mirada.

–Han desaparecido. –Luego suspiró, como si tuviera un gran peso en el pecho–. Arnaldo parece haberse esfumado. Sus vecinos llevan semanas sin verle. Antonio, el notario, por lo que cuenta su esposa, salió de viaje súbitamente al día siguiente del secuestro de Paolo. La mujer dijo que su marido no quiso confiarle el motivo de su apresurada fuga, y que parecía trastornado. Lo mismo podemos decir de Girolamo, el comerciante de piedras preciosas. No ha sido posible dar con él. En mi modesta opinión, sospecharon que estaban en peligro y abandonaron la ciudad a toda prisa…

Por un momento, un silencio sepulcral se apoderó de la sala, cargada de funestos presagios. Flaviano se dejó caer contra el respaldo de la silla, desilusionado.

–Maldita sea –blasfemó en voz baja.

–No perdáis la calma –intervino de repente Lidia para tranquilizarle–. Os he visto en acción y tengo depositada una gran confianza en vuestras aptitudes.

–Os lo agradezco –dijo él. Era hora de despedirse–. Por desgracia… –se interrumpió, porque inesperadamente las imágenes del sueño de la noche anterior volvieron para invadir su mente, como relámpagos cegadores en una noche de tormenta: Lucrezia, de espaldas frente al pozo, acusándole de no haberla salvado, su blanco cuerpo licuándose, su rostro tomando las facciones de Lidia en forma de un oscuro presagio…

Se puso en pie, procurando alejar de su mente aquella desagradable visión.

–El fracaso está a la vuelta de la esquina para cualquier hombre. Pero haré todo lo posible para no defraudaros.

## 7

Lidia y Flaviano caminaron en silencio hasta la salida del palacio.

–¿Estáis seguro de no querer quedaros a dormir aquí esta noche? –le preguntó ella.

–Creo que no procede –rehusó Flaviano–. Mi asidua presencia en esta casa podría dar lugar a… «habladurías», y no querría que el capitán sospechara. Al fin y al cabo, debemos tener en consideración que soy un extraño, no conocía a vuestra familia, y vos erais la prometida de Paolo. –Le cogió las manos entre las suyas, procurando transmitirle tranquilidad–. Además, dudo mucho que el Grabador tenga intención de regresar a este lugar.

Lidia se mordió el labio inferior, mirándole con ojos enigmáticos.

–¿Y si, en cambio, fuera a buscaros a vos?

–Obviamente, es una teoría que he barajado.

Flaviano recordó al hombre con la capa verde que le había seguido la víspera, y que aquella mañana se había ocultado entre la multitud.

–No lo hará, porque en este momento no represento ninguna amenaza para él.

Soltó sus manos y retrocedió un par de pasos, despidiéndose con una leve inclinación de cabeza.

–Procurad descansar…

–Compartiréis conmigo cualquier avance en vuestras indagaciones, ¿verdad?

–¿Acaso lo dudáis? –le sonrió Flaviano–. Es lo menos que puedo hacer –añadió, dándose la vuelta.

Lidia no le devolvió la sonrisa y se quedó mirándole pensativa mientras él se alejaba.

Rolfo entró en la taberna, se acercó al dueño para pedirle algo de beber y se sentó en una mesa no muy lejos de la entrada. Serían las nueve de la noche. Doña Giacinta le había concedido un par de horas de asueto tras una jornada que él había vivido con angustia y dolor. Una jornada que le había parecido interminable. Se masajeó suavemente la cabeza. Tras haberle medicado, el doctor Albizzi le había explicado que había tenido suerte: el corte en la base de la nuca era profundo y había perdido mucha sangre mientras estaba inconsciente, pero podía haberle ido bastante peor. Un terrible dolor de cabeza le había perseguido desde aquella mañana, sin aflojar de intensidad en ningún momento. Se sentía exhausto, débil, y sobre todo bastante amargado por las acusaciones que la señorita Lidia había lanzado contra él.

De repente sintió una mano posándose en su hombro.

—¿Puedo ofreceros algo de beber?

Rolfo se dio la vuelta lentamente (porque además de la cabeza, el cuello también le dolía a rabiar) y vio que quien hablaba era ese investigador que invitó Paolo de Médici.

—Messer Flaviano… —respiró con una cara que en un momento pasó de la sorpresa a la incredulidad, y finalmente a la preocupación—. ¿Cómo vos por aquí? Quiero decir…

—Vivo cerca, iba camino a casa cuando os vi entrar —mintió Flaviano—. Pensé en invitaros y charlar un rato con vos, siempre que no os importe…

—No lo diga ni en broma, messere —se apresuró a puntualizar Rolfo. Luego indicó la silla a su lado—. Por favor.

Flaviano se sentó y sonrió al hombre, que seguía mirándole con ojos preocupados.

—Entonces, ¿vos sabéis quién soy?

—Desde luego, messere. En casa de los Médici todo el mundo sabe quién sois. —Tragó saliva y se pasó nerviosamente la lengua por los labios—. Estáis indagando a cuenta de mi desafortunado amo y…

–Desearía que esta información fuera confidencial, Rolfo –le interrumpió Flaviano con el semblante serio.

–Ningún problema, messere. Podéis contar con mi silencio.

–Os lo agradezco.

En ese momento, una mujer bajita y robusta de enormes pechos se acercó a la mesa y colocó delante de Rolfo una jarra de medio litro llena hasta el borde de vino tinto. Se secó el sudor de la frente con un trapo que llevaba colgado del hombro, luego miró a Flaviano y le preguntó:

–¿Desea que le traiga algo de beber o de comer, señor?

Flaviano declinó con un ademán y la mujer se alejó.

Rolfo miró la jarra con aire de culpabilidad.

–Yo… yo necesitaba relajarme un poco –pareció justificarse–, ha sido un día horrible, ya sabéis… La muerte de mi señor me ha afectado en gran manera.

–No os preocupéis, Rolfo, no me debéis ninguna explicación –minimizó Flaviano–. Cada uno tiene sus costumbres.

Clavó los codos en la mesa y se echó hacia delante como quien está a punto de hacer una confidencia.

–No estoy aquí para juzgaros, ni mucho menos para robaros tiempo. Solamente quería que vos me contarais lo que sucedió anoche.

El hombre dio un buen trago de vino. Ahora parecía más tranquilo.

–En realidad, como ya le expliqué también al capitán del pueblo, no tengo mucho que decir, messere. Estaba de guardia en lo alto de las escaleras cuando de repente, en mitad de la noche, alguien me golpeó la cabeza por detrás. Me desmayé, no vi ni oí nada…

Se llevó la jarra a los labios nuevamente, después se secó la boca con la manga.

–Ya había amanecido cuando me desperté… La puerta de la residencia estaba abierta, tuve miedo y corrí a buscar a Maso… Le encontré en la entrada, tendido sobre un charco de sangre. Pobre hombre, le tenía mucho aprecio. Sabéis, fue él quien me recomendó a la familia Médici hace muchos años…

—¿Qué estabais haciendo cuando os golpearon a traición por la espalda?

—Estaba sentado en una silla.

—¿Dormíais?

—No, estaba despierto.

—Os pido sinceridad absoluta, Rolfo. Por lo que Lidia me ha contado, creí entender que estabais adormilado…

El hombre hizo un gesto de disgusto y agarró de nuevo la jarra, ya medio vacía.

—Os lo puedo jurar por mi nombre, messere. Precisamente por culpa de la señorita Lidia, hoy tengo el ánimo por los suelos.

—¿Por qué motivo?

—Ella está convencida de que me dormí porque estaba borracho. Pero rara vez bebo cuando estoy de servicio, y mucho menos lo habría hecho anoche. El amo nos había dado instrucciones explicándonos que existía la posibilidad de que el asesino apareciera, y yo estaba… bueno… bastante atemorizado.

Flaviano observó al hombre en silencio, haciendo una pausa para reflexionar. Una insidiosa sospecha llevaba rondándole por la cabeza en esas últimas horas, y le angustiaba. A lo mejor se estaba equivocando, pero su intuición jamás le había traicionado. Ni siquiera una vez, en toda su vida. Solo su corazón era falaz, pues vivía una vida propia y era tan indomable como el de cualquier hombre.

—Únicamente hay algo extraño que no comprendo y en lo que hoy he pensado varias veces —continuó Rolfo con gravedad.

—¿De qué se trata?

—No entiendo cómo el Grabador pudo entrar en el palacio.

Flaviano de pronto se sintió confundido, como si no hubiera captado el significado de aquellas palabras.

—¿Qué queréis decir? ¿No es que el asesino se había apoderado de las llaves de Maso después de asesinarle?

Rolfo le miró estupefacto.

—No, messere, os equivocáis… Maso anoche no llevaba las llaves consigo.

La mujer estaba tan concentrada en disfrutar del fuego dulzón del licor entre la garganta y el estómago que ni siquiera oyó el ruido de los cascos de los caballos ni el rechinar de las ruedas del carruaje. Cuando se dio cuenta de que el pequeño landó se encontraba a unos metros de ella, entrando en la desierta plazoleta, dejó la botella –generoso obsequio de un cliente– y se levantó cautelosa del banco en el que se había abandonado con el fin de prepararse para los encuentros de la noche.

Sentado en el pescante, el cochero la observaba en silencio. Llevaba un sombrero de ala ancha, algo caído, que le oculta- ba casi por completo el rostro, y estaba envuelto en una larga capa gris.

La mujer intentó torpemente esconder la botella, ya mediada, entre las faldas, como si se sintiera culpable por haber sido sorprendida bebiendo de un modo tan vulgar. Le gustaba ser considerada como una verdadera dama, entre otras cosas por- que una apariencia de refinamiento, aunque descaradamente forzada, siempre había jugado a su favor a la hora de regatear la tarifa. Dio una rápida ojeada a su alrededor. Nadie.

–¿Buscáis compañía, messere? –preguntó procurando no arras- trar las palabras a pesar de sentir la lengua un poco acorchada.

–Yo no, señora –respondió el hombre–. Mi señor. Por des- gracia, tiene dificultades para andar, así que…

–Comprendo –comentó la mujer, preparada para gestionar la situación–. ¿Estáis buscando… un servicio a domicilio? El precio, en este caso…

–No es un problema –la interrumpió él.

De debajo de su capa sacó una pequeña bolsa de tela y la arrojó con elegancia en dirección a la mujer. Ella, instintivamente, extendió las manos para cogerla al vuelo, temblando con anti- cipación ante el tintineo de su contenido. No se dio cuenta de que sin querer había soltado la botella hasta que oyó el cristal chocar contra los adoquines. No se rompió, pero rodó a unos pasos de sus pies, derramando un reguero de su contenido ambarino. En otras circunstancias se habría agachado enseguida para recuperarla, pero en tal tesitura la idea del licor desperdiciado apenas le importó. Con dedos inseguros, desató el cordón que cerraba la bolsa y miró en su interior con ojos ligeramente empañados. La visión de las monedas y su peso en las manos le produjo un escalofrío.

–Hay por lo menos el doble esperándola, señora –le informó el cochero–. Pero…

La mujer volvió a cerrar la bolsa y levantó la mirada. Los «peros» le ponían siempre algo nerviosa. A menudo solían ser el preludio de peticiones atrevidas, si no decididamente aberrantes. Pero por una cantidad semejante, se sentía preparada para aceptar casi cualquier cosa.

–Mi señor desea que también venga su hija.

La mujer se quedó atónita.

–¿Chiara? ¿La conocéis?

La voz del hombre, profunda y cálida, se quedó en un tono monocorde.

–La fama de ciertos tesoros locales circula con rapidez, y mi señor tiene muchas ganas de comprobar si lo que ha llegado a sus oídos es cierto.

La mujer debería haberse sentido halagada, pero un atisbo de envidia respecto a su joven hija robándole protagonismo consiguió empañarle su estado de ánimo.

–Entonces –replicó, procurando recuperar la compostura–, ¿tenemos que ir las dos con vos?

–Este es el deseo expreso de mi señor. Sé que vivís aquí al lado, por lo tanto, si queréis ir a llamarla, yo os esperaré con la calesa al final de la calle. ¿De acuerdo?

–Os advierto que, si queréis un servicio doble, la tarifa…

Tirando de las riendas y con un silbido, el hombre dio la vuelta a su alazán y se encaminó hacia el lugar acordado.

–No me hagáis esperar demasiado. Esta es una ocasión que, si la desaprovecháis, no se os presentará una segunda vez.

Madre e hija, sentadas la una frente a la otra en el interior del pequeño carruaje, procuraban dominar su nerviosismo mirando lo que les rodeaba, estudiando el acabado de la madera, la tapicería y los juegos de tachuelas de latón; todos los detalles iluminados a veces por el suave resplandor que acompañaba el paso del vehículo junto a las farolas, e impregnados por el matiz violáceo que imprimían las cortinas bien corridas que oscurecían las ventanillas. El traqueteo y las sacudidas del vehículo obligaban a la mujer a arreglarse de vez en cuando el mechón torpemente atusado que tendía a caerle sobre los ojos. La niña, que también se había emperifollado a toda prisa, se esforzaba por no encontrarse directamente con su mirada, pero no pudo evitarlo cuando su madre se inclinó hacia ella para dirigirle un susurro que apestaba a alcohol:

–Entonces, ¿me has entendido bien? Vamos a casa de un auténtico caballero. No quiero tonterías. Deberá quedar satisfecho contigo… con nosotras. Lo que te pida, lo haces, ¿estamos?

Chiara la escuchaba con el semblante serio, con los ojos bien abiertos y los labios apretados, luego asintió.

–Bien –concluyó la mujer, reclinándose contra el respaldo forrado de satén burdeos–. Tanto dinero junto no lo veríamos ni en un mes de trabajo…

Cuando vieron que ya no podían seguir el camino a través de las ventanas laterales, las dos se limitaron a esperar, cada cual perdida en sus propios sueños o temores… Y así transcurrieron, entre suspiros y miradas taciturnas, al menos veinte minutos durante los cuales cada crujido producido por las ruedas y por el continuo trote parecía saturar el habitáculo, amplificándose, mientras que un difuso aroma a verbena e incienso no podía ocultar del todo el apenas perceptible hedor a fruta pasada o carne podrida que se impregnaba en las telas.

Un sonido grave y prolongado del cochero anunció la ralentización del landó, y cuando el vehículo se detuvo, las dos pasajeras se sintieron inmersas casi físicamente en un silencio meloso que les hizo zumbar los oídos.

La mujer soltó el suspiro que había estado conteniendo y, con dedos nerviosos, le acomodó el pelo detrás de la oreja a su hija. Chiara le clavó los ojos durante unos instantes antes de bajar la mirada y tragarse todas las palabras que le habría gustado decir.

Escucharon el taconeo y los resoplidos del cochero al levantarse de su asiento. Al cabo de unos segundos, la portezuela del carruaje se abrió y la silueta del hombre asomó por el angosto espacio entreabierto; detrás de él apenas podían distinguir otra cosa que la pared de un edificio acechado por las sombras del atardecer y el resplandor amarillo de una farola. Una gélida brisa se coló en el interior del pequeño vehículo.

—Señoras, hemos llegado —anunció el hombre, exagerando una afectada cortesía.

Pero en lugar de hacerse a un lado y tal vez ayudarlas a bajar, el cochero se metió dentro del carruaje. Con un movimiento de todo menos cortés, se acercó y se sentó junto a la mujer, que se vio obligada, emitiendo un gemido, a arrimarse contra el otro lado.

—Pero qué modales son…

La puerta volvió a cerrarse bruscamente, dejando su queja suspendida en el aire.

El hombre ciñó con el brazo derecho los hombros de la mujer, aunque siguió ignorándola, y clavó sus ojos en la niña sentada frente a él.

—Antes de entrar en casa, Chiara, me gustaría hacerte una pregunta: Paolo de Médici, hace dos noches, te dijo quién era, ¿verdad?

Al oír esas palabras, la mujer se volvió de repente para mirar al hombre que, apretado contra su costado, la abrazaba como si fueran viejos amigos. Un súbito terror le blanqueó las mejillas bajo el maquillaje.

—Vos… vos quién…

Sin mirarla siquiera, con un movimiento brusco inesperado, el hombre llevó la mano derecha contra su cara, tapándole la boca y al mismo tiempo bloqueándole la nariz. La mujer empezó a retorcerse, gimiendo enloquecida y pataleando instintivamente contra las piernas de su hija.

La niña apartó las rodillas y observó la escena con ojos perplejos, incapaz de emitir un solo sonido. El hombre, sin dejar de mirarla en ningún momento, la señalaba con el índice de la mano izquierda como si quisiera obligarla, por la fuerza de su voluntad, a permanecer inmóvil y en silencio, a pesar de lo que le estaba haciendo a su madre con un desprecio casi inhumano.

La mujer arañó la mano que le impedía respirar. Sus uñas provocaron la aparición de vetas rojas en el dorso velludo, pero bien cuidado, que permanecía inmóvil como si fuera de mármol.

—Dime, Chiara: ¿fue así?

La niña, con los ojos brillantes, solamente logró asentir.

—Muy bien —comentó el hombre, todavía sin dejar respirar a la mujer que tenía junto a él.

Ahora las patadas de la infeliz perdían impulso y los movimientos de su cuerpo se volvían más deslavazados, espasmódicos. A pesar de la engañosa luminosidad del habitáculo, era imposible no notar el tinte cianótico que le estaba apareciendo en los pómulos y la frente.

Chiara se limitó a entornar sus labios temblorosos, convirtiéndose en testigo impotente de la agonía de su madre.

Ahora le tocaba asentir al hombre.

—Te entiendo, me estoy portando muy mal con tu madre. Pero si tú quieres, puedo dejarla marchar. Mira, te bastará con darme un bofetón, y la liberaré. ¿Quieres salvarla? Dame un bofetón. Ahora. ¿Has entendido?

Esas palabras tuvieron el poder de penetrar en el escudo tras el cual se había refugiado la niña. Chiara devolvió su mirada vidriosa al hombre, y en ese momento su expresión cambió. Una sombra consciente, casi adulta, cayó de pronto sobre su rostro. No hizo ni un solo movimiento. Simplemente, esperó.

Al cabo de unos segundos, con un último estertor, su madre se desplomó sobre el asiento. El hombre le quitó la mano de la nariz y de la boca y, a continuación, su brazo liberó lentamente los hombros de aquel cuerpo inerte. Se quedó mirando a la pobre niña, con un gesto en el que se podía vislumbrar un velo de admiración.

–Lo sabía –comentó para sí mismo. Luego, con dulzura, preguntó–: ¿Cuántos años tienes, Chiara?

El pecho inmaduro de la joven subía y bajaba siguiendo el ritmo acelerado de su corazón. Sin apartar los ojos del cadáver que tenía al lado, respondió con un hilo de voz:

–Doce… para los clientes.

–Lo suponía. Ahora te lo pregunto de nuevo: ¿cuántos años tienes?

–Doce… desde hace más de dos años…

El hombre dejó escapar una risotada áspera.

–Esa es una buena respuesta. Me gustas, ¿sabes? Necesito alguien exactamente como tú. Espero que puedas serme útil.

Dicho esto, el hombre abrió lentamente la portezuela, se bajó de un salto del carruaje, y luego se giró para tenderle la mano a la jovencita. Esta vaciló, estudiando la palma y los dedos que acababan de dejarla huérfana, después extendió la suya. Salió, y sin mediar palabra, desapareció entre las sombras en pos del desconocido.

*Arezzo, A. D. 1334*
*Palacio Episcopal*

A través de dos ventanas a gran altura penetran los rayos opacos y polvorientos en la gran sala. A su alrededor, donde esa luz no tiene fuerza para llegar, vagos oasis de sombra fría se aferran a las paredes de piedra y se extienden por todos los rincones.

Hay un hombre arrodillado en el suelo. La cambiante luminosidad del cielo crea juegos en continua y lenta evolución, y ahora uno de los dos rayos grisáceos ha tocado de lleno su encanecida cabeza inclinada sobre el suelo.

Frente a él hay una mesa larga ocupada por cinco hombres

encapuchados, excepto el que está sentado justo en el centro. Todos ellos tienen la mirada fija en el hombre postrado. Muestran un semblante serio, aunque las capuchas de sus cogullas hacen difícil distinguirlos. El hombre, con la cabeza descubierta y suntuosamente vestido, suspira profundamente.

–Entonces vos, Alberigo Grifi, ¿estáis dispuesto a abandonar vuestras prácticas sacrílegas, vuestros estudios profanos, vuestros oficios heréticos, y abrazar incondicionalmente la fe de nuestra Santa Madre Iglesia?

Uno de los monjes presentes sacude la cabeza. Otro, junta las manos en su regazo murmurando palabras incomprensibles.

–Sí, excelencia –responde Alberigo, levantando la mirada de nuevo–. Esta es mi voluntad.

–¿Renegáis, pues, de la vida que habéis llevado hasta hoy, y escogéis en total libertad uniros a la Orden de los Benedictinos?

El hombre arrodillado se lleva las manos al pecho.

–Es lo que más deseo.

El religioso sentado a la derecha de Uberto degli Ubertini, vicario episcopal, levanta un dedo huesudo.

–Con vuestra venia, excelencia…

El alto prelado le devuelve una mirada pétrea.

–¿Tenéis alguna objeción al respecto?

El anciano fraile se aparta la capucha mostrando parcialmente la frente, revelando la trama de profundas arrugas por encima de sus ojos claros.

–Con todo el respeto, me cuesta convencerme de la conversión auténtica de este hombre. Estáis perfectamente al corriente de su trayectoria, de sus investigaciones impías en áreas que el hombre temeroso de Dios no debería ni soñar. Por no hablar de su presunta ascendencia de aquel hereje, el tal Griffolino, quemado en la hoguera hace sesenta años. Ha practicado la alquimia, el ocultismo… tal vez ha tratado incluso con el diablo… –Con un rápido aleteo de la mano, esculpe en el aire la señal de la cruz, inmediatamente imitado por los demás cofrades–. Yo, vuestra excelencia, propondría…

–¿Vos «propondríais», prior Guglielmo?

El alto prelado entrelaza los dedos sobre la mesa, exhibiendo ostensiblemente el llamativo anillo de oro que simboliza lo sagrado.

–Conozco perfectamente la historia de este hombre. ¿Qué estaría haciendo aquí, pues, si no fuera para juzgar? Poseo elementos suficientes, he tomado en consideración cada aspecto de la cuestión, y ahora pretendo valerme del poder que me confiere la Santa Iglesia de Roma y nuestro reverendísimo obispo. Pero vos, en cambio, querríais… «proponer». Pues bien, escuchemos vuestra propuesta. Que luego no se diga que los pastores no prestan oídos al balido de su amado rebaño.

El prior se humedece los labios con la punta de la lengua. Su mirada está cohibida, pero la voz que sale de su boca es firme.

–Yo… creo que el aquí presente merece como mínimo la reclusión de por vida, si no la pena capital. Realmente me cuesta creer que su alma se haya purgado así de repente, de la noche a la mañana, a no ser por la presión de la mera conveniencia. Alberigo Grifi, también conocido como Grifo, no es hombre de volver la espalda a una existencia dedicada a todo lo que Nuestro Señor nos ha enseñado a rechazar. Sinceramente, no puedo creerlo…

El vicario levanta una mano, y el prior se interrumpe de inmediato.

–Padre Guglielmo, no me tenéis que recordar «a mí» lo que Nuestro Señor nos ha enseñado. He recibido el encargo de ocuparme de este caso, y exijo que se respete mi voluntad. Este hombre… –Y dirige su mirada de nuevo a Alberigo, siempre inmóvil y en silencio, como una estatua gris iluminada por una luz que parece casi el veredicto de una decisión divina–. Este hombre… estaba equivocado, y ahora Dios le ha mostrado el camino recto. Es nuestro deber honrar las promesas de amor, de perdón y de aceptación, que son parte integrante e imprescindible de nuestra vocación, y del papel que el cielo nos ha confiado. ¿Verdad, Guglielmo?

Al prior no le quedó más remedio que asentir.

–Pues bien –prosigue el vicario–, manifiesto que el aquí presente Alberigo Grifi es, a mis ojos, un hombre nuevo. Recibirá la purificación de un nuevo bautismo y entrará a formar parte de nuestra gran familia. No tengo nada más que añadir. Tengo la intención de firmar.

–Como deseéis.

El prior se inclina hacia el hermano sentado en el extremo izquierdo de la mesa, y este no tarda en deslizar hacia el vicario unos pliegos de papel y un tintero del que sobresale una pluma blanca de oca.

En el silencio más absoluto, Uberto degli Ubertini redacta unas líneas al final del informe del interrogatorio reiterando su decisión, tras lo cual escribe su nombre con suaves trazos de tinta.

Un suspiro generalizado recibe la ratificación de aquella sentencia. Ninguno de entre los hermanos testigos osa hacer el mínimo comentario.

También el padre Guglielmo calla, a pesar de que su boca está llena de palabras que nunca pronunciará. Sabe que, en el pasado, en otras ocasiones similares, e incluso menos graves, se han tomado decisiones bastante más drásticas. Se le revuelven las entrañas al pensar en Grifo como un hermano; sin embargo, sabe que debe la obediencia más absoluta al obispo de Arezzo y a su vicario.

–Con esta mi firma –proclama entonces monseñor Ubertini–, yo os declaro a vos, Alberigo Grifi, aliviado de toda culpa, liberado del pecado, y renovado en el espíritu. Que el Señor os acompañe a lo largo del camino en esta nueva vida que os ha sido otorgada.

Una benevolente sonrisa le ilumina el rostro mientras observa al hombre arrodillado frente a él, al otro lado de la austera mesa de roble. Naturalmente, es consciente de haber emitido una sentencia contra corriente, una sentencia que no encontrará en absoluto la aprobación de sus subordinados, y quizá tampoco del pueblo. Pero le importa bien poco. Lo que cuenta es haber cumplido al pie de la letra con la voluntad del obispo que no pudo asistir, quien a su vez no podía ignorar la petición de cierto cardenal muy cercano al papa Juan XXII. Se puede, por tanto, afirmar que ha sido el vínculo de sangre no reconocido entre aquel lejano cardenal y ese tal Alberigo Grifi lo que ha decretado el resultado del rápido, casi farsesco, juicio. Pero nadie necesita saberlo.

—Levantaos, pues, messer Alberigo —le invita el vicario poniéndose en pie.

El prior y los demás hermanos le imitan al instante. El acusado junta las manos en actitud de oración, y el crujido de sus articulaciones al ponerse de pie resuena entre las paredes desnudas.

El monseñor tiende una mano, y Alberigo no duda en acercarse, tomándola respetuosamente entre las suyas; a continuación, se inclina y posa un leve beso sobre el anillo.

—Os estaré eternamente agradecido, excelencia. No os arrepentiréis de vuestra decisión.

—Cuento con ello de todo corazón. Y os aseguro que estaré presente en vuestra investidura monástica.

El vicario no necesita girarse y observar a los religiosos inmóviles a ambos lados para advertir casi físicamente el hielo que emana de sus miradas. Le entran ganas de reír, pero se contiene.

—Messer Alberigo, vuestra gratitud es merecida, y me complace. Ahora, no obstante, es mi deseo que vos deis las gracias a aquel que está por encima de todos nosotros, y a quien se debe atribuir el mérito por cada buena acción realizada en esta tierra.

Dicho esto, el vicario saca la mano de entre las de Alberigo y la extiende hacia la derecha, en dirección al gran crucifijo de metal que se yergue sobre un robusto pedestal de piedra. La muda presencia parece estar allí colocada, en la penumbra, para recibir y bendecir todo lo que se diga o se lleve a cabo en aquella sala.

—Sin la menor vacilación, excelencia.

Alberigo se aproxima lentamente al crucifijo. Sabe perfectamente que varios pares de ojos siguen cada uno de sus movimientos, como también sabe que –a excepción de la del vicario– las miradas que le acompañan no son en absoluto benevolentes. Así que levanta la cara para contemplar aquel rostro sereno y oscuro de Cristo. Luego se inclina, acercando la boca a los pies horadados de hierro forjado.

En la sala desciende un silencio irreal, tejido por respiraciones contenidas, por corazones que laten, por nervios que se contraen. Entonces, Alberigo Grifi muestra su devoción besando las frías y torturadas extremidades de la imagen clavada en la cruz.

Solo entonces el hombre se permitió dar una ojeada de soslayo para interceptar la mirada del prior. El padre Guglielmo da un respingo, como si quisiera rebelarse contra lo que ve. Pero por sentido común, o por miedo a las consecuencias disciplinarias, se queda impertérrito, bajando los párpados. Sabe perfectamente que no serviría de nada denunciar al hombre por algo que él podría negar fácilmente, sobre todo ahora que parece gozar de la confianza plena del vicario. En consecuencia, se limita a recitar una plegaria, recluyéndose en el seguro refugio de su propio corazón.

Por su parte, Alberigo se permite un atisbo de sonrisa. Tras haber lamido voluptuosamente el clavo que atraviesa los pies para fijarlos a la cruz, todavía nota el sabor acre del hierro en la lengua.

# CAPÍTULO V
## El hombre sin pasado

**1**

Aquella mañana, Flaviano se levantó al amanecer con un pensamiento muy concreto en la cabeza: acercarse hasta el Arno, al lugar donde se encontró el cadáver de Folco Grandeschi hacía poco más de un mes. Había llegado el momento de poner orden en su investigación y aclarar definitivamente algunas circunstancias que empezaban a mostrar signos de ambigüedad. Además, dado que se le había impedido la única oportunidad de intentar anticiparse a los movimientos del asesino, porque los últimos exalumnos de Ermete habían desaparecido, más le valía dar un paso atrás y comenzar de nuevo las indagaciones partiendo de los elementos a su disposición, con la esperanza de hallar alguna pista. Confiando en la lógica de los escasos indicios de los que disponía hasta el momento, existía la posibilidad de que el Grabador fuera uno de los antiguos estudiantes... Sin embargo, aquella lógica que él mismo había trazado no le convencía plenamente, y existía una hipótesis que desde hacía unos días había ido adquiriendo consistencia entre sus ideas hasta asumir tintes de posibilidad concreta: ¿y si Ermete seguía aún con vida? Después de todo, podría ser una explicación racional al misterio de su cadáver jamás encontrado. La muerte de Ermete era, por tanto, una mera «suposición».

Sin embargo, a la luz de tal eventualidad, todo se complicaba y se volvía aún más nebuloso. ¿Y si Ermete había regresado, al cabo de quince años, para dar caza a sus exalumnos y matarlos, uno tras otro? ¿Cómo había huido del incendio? ¿Y dónde había estado durante ese prolongado lapso de tiempo?

«A estudiar –le respondió una voz interior–, a avanzar con sus monstruosos experimentos».

Mientras atravesaba la ciudad medio desierta, no dejaba de mirar por encima del hombro, pero lamentó que nadie le estuviera siguiendo. La noche pasada, antes de dormirse, se había prometido que, a la primera oportunidad, habría parado al hombre con la capa verde. Debía averiguar por qué motivo le estaba siguiendo y, sobre todo, si estaba relacionado de alguna manera con los homicidios.

Una vez en el puente de Santa Trinita, Flaviano se asomó para mirar hacia abajo y las vio: cuatro mujeres arrodilladas en la orilla derecha del río, afanadas restregando paños en las piedras y conversando entre ellas. Bajó por uno de los muchos caminos de tierra trazados en la ladera que conducía a la orilla del río. Era precisamente bajo aquel puente donde un grupo de lavanderas había avistado en el agua el cuerpo del hermano de Lidia.

Caminó por el sendero que bordeaba el terraplén, en dirección a las mujeres. Una de ellas debía tener algo más de sesenta años, las otras eran muy jóvenes. Cuando se percataron de su presencia, enmudecieron y se pusieron a mirarle con expresión preocupada.

–Salve –las saludó Flaviano aproximándose a ellas–. Disculpad si os molesto, señoras, solo he venido a buscar información.

–¿Quién sois? –le preguntó la lavandera más madura con expresión arisca.

–Me llamo Marcantonio Vassallo –se presentó él, insinuando una cortés reverencia.

De ninguna manera podía permitir que su verdadero nombre llegara a oídos del capitán del pueblo. Ya se había expuesto demasiado entrando en la residencia de los Médici y pidiendo ver el cadáver de Paolo.

–Soy amigo de la familia Grandeschi, para quienes estoy

llevando a cabo algunas indagaciones tras la prematura desaparición del primogénito Folco y…

–¿Os referís a aquel noble que fue encontrado muerto aquí, en el río?

Quien le interrumpió fue la más joven de las cuatro, una muchacha delgada de unos trece años con el cabello muy corto y los ojos saltones.

–Ese mismo –confirmó él, cariacontecido.

–¿Echaréis el guante a ese monstruo?

Se adelantó otra del grupo, de unos veinte años, pelirroja y de piel muy blanca. Terminó de escurrir un pantalón y lo echó en una cesta que tenía detrás con ropa ya lavada.

–La gente tiene miedo, ¿sabéis? No se habla de otra cosa en la ciudad.

Flaviano abrió las manos con las palmas hacia arriba, como diciendo que no dependía de él.

–Las autoridades están haciendo todo lo posible. Yo solamente estoy procurando ayudar en las investigaciones.

La mujer mayor seguía mirándole con suspicacia.

–¿Qué queréis que le contemos nosotras, messere?

Él señaló en dirección al puente.

–¿Sabéis por casualidad quién encontró el cadáver aquel día?

–Cecilia, la mayor de mis cinco hijas –respondió la mujer–. Vivimos cerca de aquí, y llevamos muchos años viniendo aquí a trabajar, siempre muy de mañana… Pero Cecilia, desde aquel día, no quiere saber nada de acercarse al río. Todavía tiene pesadillas.

Flaviano observó los rostros de las mujeres, uno por uno.

–¿Alguna de vosotras estaba presente?

–Solamente yo –se apresuró a responder la lavandera veterana, pero estaba mintiendo, probablemente con intención de mantener a sus hijas al margen de aquella discusión.

–¿Le importaría decirme qué vio exactamente, señora?

–¿Qué pretendéis? Un muerto en el agua, eso es lo que vi…

–¿En qué condiciones se encontraba el cadáver?

–El cuello estaba lívido e hinchado, y se le veía el hueso de la cabeza, pero...

Dudó frunciendo el ceño, como quien no quiere rememorar ciertos recuerdos; luego se miró las manos, enrojecidas y agrietadas.

–Lo peor era su cara... Casi no le quedaba nada, como si algún animal se la hubiera mordisqueado. Tal vez fueron las ratas, hay muchas por aquí, están hambrientas y son enormes.

–Entonces, ¿el cadáver estaba irreconocible?

–Absolutamente, messere.

Flaviano miró fijamente a la mujer, pensando en lo que acababa de descubrir; finalmente se despidió, agradeciendo a las cuatro lavanderas el tiempo que le habían concedido.

«Ha llegado el momento de afrontar el asunto con Lidia», se convenció a sí mismo mientras subía la pendiente para llegar hasta el puente. Le había asaltado la duda por primera vez la tarde anterior, mientras hablaba con el doctor Albizzi. «No pude profundizar en el análisis, entre otras cosas, porque el cadáver, como podéis imaginar, estaba en un estado absolutamente deplorable». Así se había expresado el galeno, recordaba perfectamente sus palabras, pero en ese momento Flaviano no había hecho preguntas para no levantar sospechas. Pero ahora que la lavandera había confirmado su teoría, tenía verdadera curiosidad por saber cómo habían determinado que el cadáver encontrado en el río era realmente el de Folco Grandeschi.

## 2

Cuando entraron en la vivienda, dejando atrás el chasquido de la cerradura y el crujido de la puerta principal, el olor típico de las casas que llevan mucho tiempo cerradas se hizo sentir en la nariz y la garganta. Flaviano tosió, siguiendo a Lidia al interior del edificio.

A unos pasos de distancia, les seguía una de las damas de

compañía de doña Giacinta, que cruzó el umbral con ellos y cerró la puerta.

Lidia atravesó con paso seguro el vestíbulo poco iluminado, subió los escasos peldaños que separaban la planta baja de un corto pasillo en el entresuelo, pasó otro tramo de escaleras y, finalmente, los tres se encontraron frente a una segunda puerta. La joven volvió a tantear el manojo de llaves, que tintineaban entre sus dedos, evocando una especie de timbre siniestro en el silencio del edificio.

–¿Necesitáis ayuda? –le preguntó amablemente Flaviano, manteniéndose a la debida distancia detrás de ella.

Todavía no había abierto la boca, y le intrigaba sentir el efecto que tendría su propia voz dentro de la casa, quebrando con sus palabras el silencioso polvo que parecía haberse apoderado de ella.

Lidia no respondió. Simplemente introdujo la llave correcta y entró en el espacioso salón de invitados. Un tenue resplandor rubí procedente de dos ventanas geminadas que quedaban semiocultas tras las pesadas cortinas escarlata confería al aire una sensación de ensueño.

–Bien, aquí estamos –se estrenó finalmente Lidia, descorriendo las cortinas para devolver sus formas y colores a la habitación.

Flaviano miraba a su alrededor en silencio, con las manos a la espalda, tratando de memorizar el mayor número posible de detalles. La idea de poder obtener nuevas pruebas –o incluso simplemente alimentar la inspiración– dando una ojeada a la casa en la que Lidia y su hermano habían vivido hasta hacía poco más de un mes, se le había ocurrido aquella mañana, cavilando a raíz de la conversación con las lavanderas. En un primer momento, Lidia había expresado su perplejidad, dudando de que la visita pudiera proporcionar algún indicio sobre la muerte de su hermano.

–Tal vez dentro de unos días –le había dado largas.

Pero Flaviano se había mostrado firme.

–Creedme, el tiempo desempeña un papel fundamental en

110

cualquier investigación. No podemos permitirnos darle fuelle al Grabador. Debemos ser más astutos, y actuar con la mayor presteza posible.

Fue así como a primera hora de la tarde ya se había organizado el pequeño reconocimiento.

—¿Deseabais ver el estudio de Folco, entonces? —preguntó Lidia.

Flaviano esbozó una reverencia.

—Exactamente.

—Por aquí. En el piso de arriba.

Lidia se encaminó hacia una pequeña escalinata. Flaviano siguió sus pasos, y lo mismo hizo la dama de compañía.

—Tú espera aquí, Adele —le dijo Lidia con total frialdad—. Puedes sentarte. Messer Flaviano no tardará mucho.

Adele se detuvo, estupefacta.

—Madamisela, mi dueña me ha encargado expresamente que me quede…

Lidia se volvió de hielo.

—Sé lo que piensa mi tía, y sé lo que piensas tú. Y lo considero algo infinitamente ofensivo. Ahora siéntate, y espera aquí. Las cosas de mi hermano no son de tu incumbencia. Y no tolero que se ponga en entredicho mi conducta. ¿Estamos?

Adele, que le llevaba diez años a Lidia, cerró la boca y, manteniendo el semblante neutro, respondió con una apresurada reverencia antes de sentarse en un sofá frente a las escaleras.

Lidia asintió. Después lanzó una mirada autoritaria a Flaviano y se dirigió a paso ligero hacia el piso de arriba. Antes de seguir sus pasos, Flaviano dedicó a la dama de compañía una sonrisa cómplice. Pero esta, atrincherada tras un semblante adusto, miró para otro lado.

—Este es el estudio de Folco —dijo Lidia, abriendo una puerta blanca al fondo del pasillo—. Aquí es donde pasaba…

Se dio la vuelta esperando encontrar a Flaviano inmediatamente detrás de ella. Él, en cambio, se había quedado rezagado, y en el polvoriento color amarillento que saturaba el ambiente, solo se podía vislumbrar su espalda. Estaba mirando dentro de una de las habitaciones por las que acababan de pasar.

–Ese es… era su dormitorio –le explicó Lidia volviendo sobre sus pasos.

Por su tono se diría que estaba un poco molesta.

–He visto que la puerta estaba entreabierta, y no he resistido la tentación de dar una ojeada –se justificó Flaviano, retrocediendo–. Debéis perdonar mi curiosidad, pero a veces hace que parezca maleducado.

–¿Creéis poder encontrar alguna prueba sobre su asesino ahí también? –comentó Lidia con un deje de enfado en la voz.

Flaviano la miró de reojo.

–¿Por qué no?

Desde el umbral, y recorriendo con la mirada el interior del dormitorio, añadió:

–Vuestro hermano era soltero. Aquí veo una cama de matrimonio. Tened la amabilidad de pasar por alto mi indiscreción, Lidia, pero… ¿traía mujeres a esta casa? Quiero decir…

–Entiendo perfectamente lo que queréis decir, messer Flaviano –contestó Lidia frunciendo el ceño–. Y la respuesta es no. En lo que a mí respecta, podía hacer lo que le viniera en gana fuera de estos muros. Pero por respeto a mí, jamás deshonró esta casa trayendo otras mujeres.

–Y, sin embargo… –Flaviano dejó la frase en el aire y, sin pedir permiso, entró hasta llegar a la cama.

–Messere, ¿qué pensáis…?

–Nada, nada, Lidia. Solo quiero echar un vistazo. Consideradme como la persona que soy, a saber: un investigador, aunque sea aficionado, a quien vuestro primo ha encomendado una tarea. No me hagáis sentir como un vulgar entrometido.

Lidia dejó caer los brazos que por instinto había cruzado, igual que lo habría hecho una institutriz frente a la insubordinación de un alumno.

–Por supuesto. Os pido disculpas. Haced lo que consideréis oportuno.

Flaviano le dio las gracias con una reverencia y luego se acercó a un pequeño tocador con un espejo.

–¿Y esto? –preguntó, levantando un cepillo para el cabello y dándole vueltas entre las manos–. ¿Lo usaba tal vez vuestro hermano?

Lidia se acercó un paso.

–Ese… es de Maria. Esa estúpida.

–¿Maria? –repitió Flaviano.

–Mi doncella. «Ex» doncella. Cuando llegó el momento de reorganizar la clausura de la casa, es evidente que no lo hizo en profundidad. Debe habérselo dejado por despecho. Como era de esperar.

–¿Por qué decís eso?

–Porque Paolo, tras la muerte de Folco, no me permitió que me llevara conmigo a nuestra servidumbre. Consideraba que con la suya era más que suficiente. Por lo que Maria, y también la cocinera, con su marido y el caballerizo… tuvieron que buscar trabajo en otro sitio. Si por mí hubiera sido… En fin, me imagino que la limpieza no se hizo con la debida atención.

Flaviano escuchó asintiendo, luego volvió a dejar el cepillo donde estaba.

–Entiendo. Ahora, si no os importa, ¿podríamos pasar al estudio?

La visita a la biblioteca de Folco tuvo el poder de encender una chispa en los fatigados ojos de Flaviano. El término «estudio» le había hecho pensar en otra cosa, por lo que se había imaginado un ambiente decididamente más reducido. Se trataba, en efecto, de una sala, de la que dos paredes enteras y la mitad de una tercera estaban cubiertas hasta el techo de estanterías llenas de libros. Había una escalerilla metálica enganchada a una barra horizontal que se extendía, por la parte alta, a lo largo de toda la biblioteca. En el centro de la sala había una mesa redonda con la superficie pulida de caoba y un par de pequeños sitiales.

Lidia se acercó rápidamente a la pared vacía en dirección al cortinaje ocre, por donde se filtraba una tenue luz dorada. Una vez abierta la cortina, el estudio que dormitaba en su silenciosa soledad cobró nueva vida. Y de la penumbra surgió también un mueble con las puertas de cristal sobre el que había un gran jarrón de ónice; dentro de las vitrinas había expuestos fragmentos de pergamino, diversos minerales, frasquitos vacíos de las más variadas formas y tamaños, flores disecadas, piedras esféricas y una infinidad de objetos difícilmente clasificables. Algunos retratos ocupaban prácticamente el resto del espacio disponible en las paredes, a excepción de un pequeño rincón donde un clavo solitario parecía sostener solamente un vago rectángulo de yeso más pálido.

–Vuestro hermano en verdad cultivaba intereses en campos muy variopintos. Siento no haberle conocido. Estoy convencido de que nos habríamos llevado bien.

–Estoy segura. Amaba la vida en todos sus aspectos. En realidad, estudiaba de todo…

–Se nota –comentó Flaviano–. Y… ¿habéis dejado cada cosa donde estaba, desde la última vez que…?

–Exactamente. Él siempre tenía su estudio en perfecto orden. No he mandado quitar o cambiar nada de sitio.

Folco Grandeschi había salido de su casa hacía más de un mes. Iba a visitar a un viejo amigo; y aquella misteriosa cita, según le había contado Lidia, estaba sin duda relacionada con una carta que su hermano había recibido el día anterior, y cuyo contenido ignoraba por completo. No sabía ni a quién iba a ver, ni mucho menos dónde. Volvió a ver a Folco unos días después, cadáver, cuando lo sacaron de las aguas del Arno. Tras dar una ojeada a los objetos de la vitrina, Flaviano se acercó a la librería, recorriendo extasiado los lomos de los libros alineados en un meticuloso orden.

–Algunos de estos textos, por lo que he podido evaluar, son bastante raros.

–En efecto –confirmó Lidia–. Un auténtico tesoro.

–¿Habéis pensado ponerlos a la venta el día de mañana? ¿O donarlos a alguna institución?

Lidia no dijo nada, y su silencio obligó a Flaviano a apartar la mirada de las estanterías para volverse hacia ella.

–Por supuesto que no, madamisela. Acabo de hacer una pregunta estúpida.

–Sí.

Flaviano sonrió, y siguió paseándose por la biblioteca.

–¿Pensáis ir leyendo todos los títulos uno por uno? –le interrumpió Lidia–, ¿o tenéis en mente otros planes? Os recuerdo que estamos aquí para…

Flaviano se detuvo y la miró con expresión severa.

–Lo recuerdo perfectamente. Es más, sois vos quien parece haber olvidado quién soy y por qué razón me encuentro aquí, a vuestro lado. Si no os complacen mis métodos, no tenéis más que decírmelo y dejaré de molestaros.

Ante aquella inesperada frialdad, Lidia reaccionó levantando las palmas de las manos.

–Tenéis razón, os pido disculpas. He vuelto a ser descortés con vos. No tenéis la culpa, de hecho. El caso es que volver a esta casa me ha puesto de muy mal humor. Espero que lo entendáis. Es como si estuviera esperando ver entrar a mi hermano en cualquier momento, o escuchar su voz. He pasado tanto tiempo aquí, con él, estudiando…

–No tenéis que justificaros, Lidia. Es más, creo que deberíamos dejar de excusarnos el uno con el otro, ¿os parece? Es hora de ponerse a trabajar. ¿Tendríais la amabilidad de esperarme abajo, mientras doy una vuelta por aquí? Adele podría realmente hacerse una idea equivocada…

Lidia logró mantenerse impasible, pero vaciló al responder.

–Os prometo que no iré a curiosear por ahí sin vuestro permiso –se apresuró a añadir Flaviano–. Solamente quiero detenerme aquí, en el estudio.

Notó el roce de las yemas de sus dedos e inmediatamente cerró los puños.

–Sea pues –consintió la joven, esbozando una gélida sonrisa–. En realidad, tendría todo el derecho a quedarme, ya que es mi casa. Pero estoy de acuerdo con vos en lo que respecta a Adele. Realmente no tiene sentido alimentar estúpidas habladurías. En cualquier caso, debo pediros que no me hagáis esperar demasiado. Esta tarde, como sabéis, es el funeral de Paolo, y mi presencia es obligada para los preparativos.

Con una inclinación que Flaviano imitó al instante, Lidia desapareció entre el agitado crujir de su vestido por el pasillo.

Cuando reapareció en el piso de abajo, al cabo de una media hora, Flaviano llevaba bajo el brazo un tomo encuadernado en piel.

–Ya estoy aquí, señoras –dijo, dirigiéndose a las damas sentadas que le aguardaban en silencio.

Ambas se pusieron en pie, claramente aliviadas por el término de la espera.

–¿Qué lleváis ahí? –quiso saber Lidia, con un atisbo de alarma.

–La biblioteca de vuestro hermano está muy bien organizada. Los libros están agrupados por temas, siguiendo un orden alfabético: astronomía, filosofía, medicina… Este volumen –explicó, mostrando el lomo–, me ha intrigado, porque en lugar del título, solamente tiene dos letras grabadas: «C.A.». Se trata de una copia, sin duda muy valiosa, de la *Divina comedia*. La encuadernación es claramente más reciente, pero recoge el trabajo de un amanuense del siglo catorce. Es increíble…

–Y… ¿por qué os lo lleváis?

–Me he subido a la escalerilla que está enganchada en la librería, dejándola exactamente en el mismo donde estaba. Habéis asegurado que nadie ha cambiado nada de sitio, ¿no? Pensé entonces que quizá los últimos libros consultados por vuestro hermano podían encontrarse en esa parte. Y es allí donde estas dos letras me han llamado la atención. «C.A.». Nada más. Pero cuando he visto que se trataba de la *Comedia* de Dante, me he preguntado qué diantre estaría haciendo ahí un poema mezclado entre los textos de alquimia. ¿Se colocaría allí por error? Tal vez. O quizá no. Y, además, al abrirlo, se le escapó una carta.

Flaviano interrumpió su relato cuando, enseguida, leyó en los ojos de Lidia la pregunta que la muchacha, imaginó él, estaba a punto de formularle.

—No —se apresuró a subrayar—, no se trata de la misteriosa carta de la que me habéis hablado, esa que vuestro hermano recibió antes de desaparecer de casa. Esta es mucho más antigua. No tiene fecha, pero por deducción lógica me atrevería a decir que se remonta a unos quince años atrás.

Lidia se puso rígida.

—¿Quién la escribió? ¿Puedo verla?

Flaviano dejó el tomo sobre un bargueño y levantó la tapa, dejando al descubierto un folio doblado por la mitad.

—Ciertamente, os pertenece. Leed, y sacad vuestras propias conclusiones.

Lidia la tomó entre sus manos, la abrió sin hacer comentarios y repasó esas pocas líneas escritas con una mano temblorosa.

*Mi bienamado alumno:*

*Acepta este precioso regalo como muestra de mi estima. Entre muchos, creo que eres digno de poseer esta pieza única en el mundo, conocida con el nombre de* Comoedia Alberici. *Abre tu mente al mundo oculto girando la llave en los corazones del triple sueño y nada de lo que se escapa volverá a escapar.*

*Tuyo con devoción,*

*E. M.*

Después de leerla, Lidia plegó la carta con un suspiro y volvió a colocarla en la primera página amarillenta del precioso manuscrito.

—¿Esto qué es, una adivinanza? —preguntó, claramente molesta—. Ermete Moraldi… Ese Ermete era realmente un canalla, mi tía tiene razón…

–¿Teníais conocimiento de la existencia de esta misiva, y de este regalo?

–No, en absoluto. Jamás en la vida Folco me habló una sola palabra sobre el hecho de que estuviera en posesión de semejante texto. En cualquier caso, messer Flaviano, ¿pensáis quizá que esto pueda ayudaros en vuestra investigación?

Flaviano cerró el libro.

–Estando Ermete implicado de alguna manera… y con la intención de considerar factible la teoría de que aún pueda andar por ahí, después de todos estos años, y tal vez con no muy buenas intenciones… sí, creo que puede sernos de utilidad. Por ello, me gustaría solicitar vuestro permiso para llevarme a casa este volumen. Considero que vale la pena profundizar en él.

Adele, que seguía en un rincón sin decir esta boca es mía, carraspeó.

–Disculpad, madamisela Lidia, pero creo que doña Giacinta os está esperando. Si no tenéis nada más que hacer aquí…

En lugar de responderle directamente, Lidia se volvió hacia Flaviano:

–¿Hemos terminado aquí, o…?

Flaviano agarró la *Comoedia Alberici* y la estrechó contra su pecho con ambos brazos.

–En lo que a mí respecta, ahora me vuelvo a mi casa. Opino que, por el momento, ya he puesto suficiente carne en el asador. Necesito estudiar, y reflexionar.

Una luz grisácea les recibió cuando salieron a la calle.

Lidia cerró la puerta con cuidado, asegurándose de que los dos cerrojos se quedaran bien echados; en ese momento, una voz al otro lado de la calle le hizo darse la vuelta.

–¡Madamisela Lidia! –la saludó una joven con dos largas trenzas de color negro azabache que le caían sobre su modesto vestido blanco y amarillo.

Flaviano y Adele la miraron intrigados. Lidia se quedó en el sitio, amagando una sonrisa, mientras la otra muchacha cruzaba con paso ágil la calle para acercarse a ella.

—Os vi entrar, y me he permitido esperar. ¿No será que tenéis intención de reabrir la casa? ¿Volveréis a vivir aquí? Como sabéis, ahora trabajo para otra familia, pero no dudaría un instante en…

Lidia la interrumpió levantando una mano.

—No, no pretendo regresar a esta casa, Maria. Por lo menos, no de momento.

La jovencita no fue capaz de ocultar su desilusión, cerrando la boca con una mueca.

—Pero cuando considere tal decisión —continuó Lidia—, iré yo misma a buscarte. No hace falta que me persigas. Mientras tanto, te deseo lo mejor.

Maria le hizo una reverencia, forzando una sonrisa.

—Por supuesto, madamisela, os lo agradezco. Vos…

—¿Podemos irnos ya? —intervino Adele.

Le puso una mano en el pecho a Maria para que se hiciera a un lado, y después se puso en camino. Lidia se volvió para decirle algo a Flaviano. Pero este, aferrado al antiguo volumen, ya se había marchado a toda prisa en dirección contraria.

## 3

La niña yacía inconsciente sobre el tablero, mientras a su alrededor la oscuridad del gran vientre subterráneo de la iglesia de Santa Felicita la contemplaba impaciente, aferrada a los arcos y a la piedra desnuda como espíritus negros de otro tiempo, esperando a que él decidiera qué hacer. Pero no había ninguna decisión que tomar, ningún experimento que comenzar. Todo estaba perdido.

Tras ocultar el cadáver de la mujer, había llevado a Chiara al laboratorio y la había desnudado con la intención de inspeccionar minuciosamente cada orificio y cada parte de su cuerpo.

La jovencita parecía estar en perfecto estado de salud. Ningún signo de infección o enfermedad sobre aquella piel tersa y delicada. No podía estar seguro, pero estaba convencido de que su sangre estaría sin contaminar. Pura. Perfecta para cumplir su objetivo.

–¿Qué queréis hacerme, señor? –le había preguntado ella, temblando ligeramente por el frío.

Él le había acariciado el rostro con dulzura.

–Nada que se parezca a las horrendas obscenidades que tu madre te obligaba a soportar.

Desde la cumbre de su erudición como estudioso de la mente humana, que había forjado sus conocimientos a través de doctrinas que requerían una amplitud de miras sin límites, nunca había sido capaz de comprender la inclinación de los hombres a sentir pasión carnal por los niños. Además, sabía muy bien que, desde tiempos inmemoriales, era costumbre entre los poderosos y los miembros de la aristocracia oculta de todo el mundo beber la sangre de los niños (que solo se extraía de las jóvenes víctimas cuando estaban aterrorizadas) en la creencia de que se trataba de un «elixir» capaz de detener el avance de la vejez. Para la mayoría, sus congéneres vivían sumidos en una cegadora ignorancia, con la mente nublada por leyendas y habladurías, adormecidos por los deseos más viles y descabellados.

–El propósito que yo persigo es noble, y esta noche necesito tu contribución a fin de que pueda cumplirse –la había tranquilizado colocándole un mechón de su cabello tras la oreja–. Tú eres el fervor que enciende mi esperanza…

Su sangre, que serviría para irrigar el cerebro ya muerto, representaba el ingrediente fundamental para la activación de la palingenesia.

Después de narcotizar a la joven, se había apresurado a organizar todo el instrumental necesario para la operación que iba a realizar y había mezclado sabiamente los ingredientes para la preparación del *liquor amniotico*, en el cual tenía sumergida la cabeza del cadáver. Para terminar, se había apartado para limpiar el cuerpo del hombre, conservado en sal en la caja depositada al fondo de la galería más húmeda y fría de aquellas catacumbas, pero al levantar la tapa...

El corazón le dio un vuelco en el pecho.

El cadáver apestaba. En las últimas horas, la descomposición de los tejidos había avanzado con inesperada rapidez, corroyendo también, sin sombra de duda, todos los órganos internos. El cerebro estaba inservible. La «llave» que encerraba se había perdido para siempre.

Y allí se quedó, mirando fijamente la exigua llama de una vela, como aturdido, incapaz de formular ningún pensamiento. Se sentía perdido, vaciado, aniquilado como jamás lo había estado antes. Porque, sencillamente, se negaba a aceptar aquella imposible y cruel realidad: cada día, durante los últimos años, se había dedicado a estudiar la resolución del enigma de las cinco llaves. No había esfuerzo, energía, pensamiento o sentimiento que no se hubiera invertido en la búsqueda de la comprensión de aquel arcano misterioso. Y al final, todos sus sacrificios habían valido la pena, ya que había comprendido los «mecanismos» del gran designio... Había sido capaz de recuperar las tres primeras llaves en unos días, e indudablemente obtendría también la quinta, era solo cuestión de tiempo, porque aquel que la poseía sin saberlo había tenido a bien esconderse para intentar salvar su vida (pero no podía escapar de él: ya había urdido un plan para obligarle a regresar a la ciudad).

Sin embargo, la cuarta llave se había perdido para siempre, y llevar a cabo la operación era imposible. La fórmula estaba incompleta. Las llaves, los ingredientes, los cinco *elementa* psicotrópicos...

«Reza», pareció susurrarle de repente una voz entre las tinieblas que le rodeaban, tinieblas maliciosas que llevaban viviendo desde siempre en ausencia de la luz, tinieblas que eran la omnipotencia misma de la tierra en la que todos los seres vivos están destinados antes o después a pudrirse. «Ruega al Gran Arquitecto que no te ahogue en la desesperación por tu prevaricación…».

—Mi mente está nublada por la soberbia —susurró con la voz rota por la aflicción mientras se llevaba las manos a los ojos.

Él también, como muchos otros antes que él, había pecado en pos de una fantasía corrupta. El mundo estaba lleno de misterios e increíbles fenómenos arcanos y mágicos, pero era imposible devolver la vida a los cadáveres (ni a sus cerebros). El poder de la muerte, como el de la vida, era una prerrogativa divina. Era posible acercarse a la grandeza de Dios, pero nunca intentar superarla. Tanto el *Sapientia Chymica* de Karl van Helmot, como *La ciencia de la resurrección* de Raimondo da Villanova y todos los demás textos ocultos sobre el tema, eran una quimera estéril. Un trágico espejismo. Una invención temeraria.

—Todo está perdido —se lamentó con voz próxima a la desesperación—. Todo está perdido…

Sintió cómo se le escapaban las fuerzas del cuerpo. Pronto solo quedaría de él un cascarón vacío, un estúpido cascarón vacío destrozado por las ambiciosas expectativas que no había podido cumplir.

¿Qué haría entonces? Levantó los ojos y observó los objetos que había en su laboratorio como si los estuviera viendo por primera vez, mientras que la náusea se convertía en un enorme gusano que le escarbaba en las entrañas. Deseaba desvanecerse, transformarse en una sombra entre las inmóviles tinieblas que le persuadían, invitándole a la oración.

«Estoy perdiendo la cabeza. Tengo que marcharme de aquí…».

Esa era la única alternativa que le quedaba: escapar de su derrota. Tenía que marcharse, no importaba el destino, lo único que contaba ahora era alejarse a la mayor brevedad de Florencia antes de que un alocado impulso se apoderase de su mente sepultando todo raciocinio y le provocara prender fuego a la ciudad entera con todos sus habitantes. En cuanto se le pasaran las náuseas, arrojaría al río el cadáver del hombre y de la mujer y… ¿la niña? ¿Qué haría con ella? Se volvió para mirarla. No tenía intención de matarla. Los crímenes que había cometido hasta entonces tenían una finalidad muy concreta, formaban parte de una «razón científica» superior, o estaban de algún modo relacionados con ella. Pero ahora no habría tenido ningún sentido mancharse las manos con sangre inocente. Tenía el tiempo estrictamente necesario para atar algunos cabos sueltos, luego tendría que abandonar la ciudad.

«La dejaré marchar. O quizá me la lleve conmigo…».

Se puso en pie. Era hora de moverse, antes de que el abatimiento y la angustia le desgarraran por completo el alma. Ya no tenía a nadie en quien creer. Todo era culpa de un maestro perverso. Si nunca hubiera conocido a Ermete, su vida habría tomado otro rumbo…

De repente su corazón empezó a latir con furia, y en aquel instante todos y cada uno de sus sentidos cayeron presa de una intensa emoción, como si le hubiera arrollado la fuerza de un río embravecido. El mundo se tambaleó en una euforia sin precedentes, y una sonrisa afilada se dibujó en su rostro.

–Aún no ha terminado…

¿Cómo había podido estar tan ciego?

¡Ermete era el único que poseía las cinco llaves, naturalmente!

Tenía que encontrarle lo antes posible, pero no sería fácil. ¿Cómo había logrado salvarse? Hasta el día de hoy conservaba un recuerdo prístino del taller ardiendo, completamente envuelto en un manto de llamas que parecían querer elevarse hasta el cielo. El fuego había devorado cada objeto, ni una mosca habría podido sobrevivir, y, sin embargo…

El oscuro alquimista –pues nadie sospechaba la verdadera naturaleza del hombre que en aquella época era considerado por las familias nobles florentinas nada más que un talentoso erudito de las artes médicas no convencionales– había logrado escapar de algún modo del incendio. Todo el mundo le había dado por muerto durante los últimos quince años, pero

Ermete Moraldi estaba vivo, lúcido y se mantenía fuerte. Unos días atrás, como un fantasma de ultratumba, se había presentado en su laboratorio, le había golpeado por la espalda, y luego había liberado a Paolo de Médici.

«Habría podido matarme, si hubiera querido –pensó–. En cambio, se limitó a impedir que sacara la llave de la cabeza de Paolo».

En aquel momento, la niña empezó a revolverse mascullando palabras sin sentido. Se estaba despertando. Cogió una manta y fue hasta ella. Chiara abrió los párpados y le miró extraviada, como si no fuera capaz de saber dónde estaba. De repente, un destello de miedo centelleó en sus ojos; era evidente que acababa de recordar la forma en que la había agarrado por detrás y le había apretado contra la nariz el paño empapado en éter. Se acurrucó en posición fetal.

–¿Qué me habéis hecho, señor?

–Todo va bien –la tranquilizó el hombre, envolviendo su delgado cuerpo desnudo con una manta–. Has tenido suerte, ¿sabes? Y yo también… El Gran Arquitecto nos ha ofrecido a ambos una segunda oportunidad.

Ella le miró recelosa.

–No comprendo…

–A veces sucede que el destino asume de improviso una narración inesperada, independiente de nuestra voluntad –le respondió suspirando–. Los designios divinos son difíciles de interpretar… –Hizo una pausa–. Y tengo un gran conflicto, porque me gustaría devolverte la libertad, pero al mismo tiempo no puedo permitirme confiar…

–Yo no tengo adónde ir –le interrumpió Chiara, mirándole directamente a los ojos–. Ahora que mi madre está muerta, no tengo a nadie que cuide de mí.

Él reflexionó unos segundos sobre aquellas palabras, interpretando sin la mínima sombra de duda la petición implícita. Sí… puede que aquella niña le resultara de utilidad.

–Entonces, permaneceremos juntos, al menos por un tiempo.

Seremos como padre e hija… Ahora vístete, hay un «maestro perverso» al que debemos dar caza.

# 4

El convento de San Francisco se erigía en la cima de la alta y soberbia colina de Fiesole, donde antaño se alzaba la fortaleza medieval, destruida más tarde por el ejército florentino en 1125. En la quietud que siempre había envuelto al recinto –que incluía la iglesia, tres claustros, un refectorio y las celdas de los monjes–, el hermano Ruggero caminaba bajo el pórtico del gran claustro, en esos momentos completamente desierto. Era la hora de completas y todos los hermanos estaban dedicados a la última oración de la jornada. El prior estaba buscando a Venanzio, ya había revisado la cocina y la biblioteca sin obtener resultados. Pero el fraile no debía estar muy lejos, el cillerero dijo haberle visto regresar al convento poco antes de la hora de la cena. El hermano Ruggero batió el claustro intermedio y por fin encontró a Venanzio en el claustro pequeño, donde innumerables veces a lo largo de los años le había visto pasarse las horas sentado contemplando las plantas, como si le contaran secretos que solo él podía escuchar. En ocasiones, su aparente ausencia y su total desapego a la realidad en torno a él, le habían inducido (erróneamente) a pensar que aquel hombre estaba aquejado de algún defecto mental. Para la mayoría de los cofrades, Venanzio era un ayudante gentil y siempre disponible, pero para otros no era santo de su devoción; lo consideraban excesivamente extraño y, en cierto modo, rodeado de un aura inquietante, quizá también debido a sus feas cicatrices. Venanzio hablaba poco, y desde luego nunca había contado ningún detalle respecto a su vida, que permanecía envuelta en el misterio, como si no tuviera un pasado.

Había llegado al convento una noche de mayo, varios años atrás. Presentaba quemaduras graves por todo el cuerpo, incluida la cara. Le habían acogido, cuidado y hospedado durante un tiempo, y cuando sus heridas finalmente habían cicatrizado permitiéndole su vuelta a una vida normal, el hombre había expresado su deseo de quedarse en el convento: había perdido todo lo que poseía, y fuera de aquellos muros no tenía un sitio a donde ir, ni personas que le estuvieran esperando. Con el paso de los años, había demostrado ser un excelente factótum de mente aguda, y parecía tener experiencia en diversas disciplinas, incluidas la medicina y la botánica.

La biblioteca del convento era una de las más importantes de Italia para los estudios relacionados con la patrística y la patrología, y en 1649 fue fundada la Universidad General de Teología en la que se guardaban centenares de volúmenes raros y antiguos. Algunos cofrades le habían visto merodear entre las estanterías de aquella biblioteca, como si fuese en busca de obras concretas, y una noche el propio Ruggero lo había sorprendido inclinado sobre una mesa, inmerso en unos textos escritos en griego medieval. Fuera quien fuera ese hombre y viniera de donde viniera, había una certeza irrefutable: detrás de sus estrictos silencios y de ese halo de misterio que le rodeaba, se escondía una sólida e insospechada erudición.

–Andaba buscándote, Venanzio –empezó el hermano Ruggero parándose a sus espaldas.

El hombre, que estaba de pie, hizo una leve inclinación de cabeza en señal de reverencia, y sin darse la vuelta comentó:

–Buenas tardes, padre. ¿Puedo hacer algo por vos?

El prior suspiró.

–Solamente quiero respuestas. Es más, soy yo quien te pregunto si puedo, de alguna manera, serte de ayuda.

Venanzio no dijo nada. Se giró hacia el muro a su derecha, mostrándole su perfil destrozado y se puso a mirar el antiguo fresco que representaba el *Sermón a los pájaros* de San Francisco, como si le acabaran de preguntar qué pensaba de aquella obra.

–En estos últimos años jamás he abandonado ni por una hora este lugar que ahora es tu casa –prosiguió el hermano Ruggero–. Te has convertido en uno de nosotros, formas parte de la familia desde hace mucho tiempo, sin embargo… en estas últimas semanas, tus ausencias, o tal vez sería más apropiado definirlas como «fugas», han dado lugar a sospechas y habladurías. –Hizo una pausa–. En esta familia hay reglas y es mi cometido hacer que se respeten, pero es sobre todo la conducta de cada uno de los miembros del convento lo que más me preocupa, porque basta un mal comportamiento o un equívoco para perturbar la paz…

–Prior, vos siempre habéis sabido que yo no soy como los demás –le interrumpió Venanzio sin dejar de admirar el fresco–. Eso que vuestros ojos intuyen es la sombra de un hombre que ya no existe desde hace muchos años. Soy como esta pintura, una imagen congelada en el tiempo que no hace más que expiar sus culpas.

–¿Qué es lo que te preocupa? ¿Quieres hablar de ello?

–Mi vida que fue –respondió el hombre–. Aquel pasado que vos y los demás hermanos jamás habéis conocido y que creía haber borrado para siempre.

Se dio la vuelta para cruzar su mirada con la del fraile.

–Me equivocaba. Cometí errores que trajeron terribles consecuencias. Errores con los que yo debo cargar. Os agradezco vuestro ofrecimiento, desde lo más profundo de mi alma, porque con toda seguridad no estaría vivo si no me hubierais cuidado como lo hicisteis. Tal vez haya llegado el momento de poner remedio a todo ello.

Dichas estas palabras, Venanzio repitió la sutil reverencia y se alejó por el pórtico del claustro sin darse la vuelta ni dar signos de entregarse a pensar más en ello.

El padre Ruggero se limitó a verle marchar, entrelazando las manos sobre el regazo. No tenía ninguna intención de volver a llamarle. No habría servido de nada, bien lo sabía. Siempre había sido consciente de que algún día aquel hombre se marcharía, aquel hombre cuya identidad claramente no le había sido difícil imaginar desde el principio. Sin embargo, había preferido interpretar la llegada de aquel pobre desesperado como una señal del Señor: para él, esa persona era sencillamente un hermano necesitado de ayuda, y era su deber acogerle en su comunidad. La noticia de un edificio en llamas, en Florencia, no había tardado en llegar hasta el convento de San Francisco, por lo que la aparición de un hombre quemado, precisamente al día siguiente del incendio, no había requerido indagaciones especiales para intuir su identidad. No recordaba nada, o seguramente solo había fingido haber perdido la memoria, así que Ruggero había decidido llamarle Venanzio, en honor a la onomástica de aquel día. Desde entonces, hasta aquella tarde, aquel hombre había sido para todos ellos, o para casi todos, simplemente un regalo del cielo, y nada más.

«Que el Señor te bendiga, hermano mío –pensó el prior–. En verdad lo necesitas».

Venanzio se fue a su celda y empezó a recoger las pocas pertenencias que tenía, incluida su desgastada capa verde.

Había esperado demasiado tiempo, la decisión no podía postergarse más. El hombre al servicio del difunto Paolo de Médici ya había encontrado la *Comoedia Alberici*.

Era hora de cambiar de piel una vez más, de quitarse el hábito de Venanzio y dejar atrás esa identidad falsa y ahora inútil.

*Arezzo, A. D. 1334*
*Abadía de San Benedetto*

A la luz de la vela colocada sobre la mesa, los hilos de letras y palabras en las hojas de pergamino de cabra parecen plateados, si uno entrecierra un poco los ojos.

El silencio que reina en el interior del *scriptorium* se compone de roncos suspiros, toses, roces de hábitos y el crujido furtivo de los taburetes. Fray Alberigo, de vez en cuando, se seca las gotas de sudor en las sienes con las mangas. Hace calor, en aquella sala mal iluminada, pero al mismo tiempo se sienten escalofríos de vez en cuando. Lo importante es no dejarse distraer por las exigencias del cuerpo, y permitir que la envoltura física se convierta en un mero instrumento para realizar la extenuante, pero inestimable, tarea.

Rodeado de otros doce hermanos, todos dedicados al mismo trabajo de copistas, fray Alberigo sigue sumergiendo la punta de su pluma de oca en el frasco que contiene tinta ferrogálica y reproduciendo versículo tras versículo, terceto tras terceto. No le han confiado los textos de las Sagradas Escrituras, y bien puede imaginar por qué. Otros habrían estado más que orgullosos de participar en la difusión de la palabra, pero él está más que satisfecho con ello. Solamente el hecho de haber esquivado la prisión, la tortura y probablemente la muerte, es motivo de profunda satisfacción, y por eso profesará eterna gratitud hacia ese pariente suyo cardenal en Aviñón, que Dios le bendiga. Estas últimas palabras le hacen sonreír con desprecio.

Se concentra de nuevo en su tarea, llenándose los pulmones con ese aire que sabe a moho, cera y sudor.

A su izquierda, apilados ordenadamente en un banco, están los papeles que ya ha cumplimentado. Bajo su nariz tiene la página en la que está trabajando en este momento, mientras que a la derecha se sitúa la labor que se le ha encomendado: la obra maestra del apreciado poeta florentino Dante Alighieri. En su peregrinar por Italia, Alberigo incluso tuvo ocasión de conocerle en persona. Realmente, un personaje singular. Un hombre con unos conocimientos insondables, en más campos de los que deja entrever. Y ahora, el hecho de contribuir a perpetuar aquella magnífica obra con sus mil facetas simbólicas y esotéricas le produce estremecimientos de placer.

Y ahora de manera especial, ya que se encuentra ante la tercera copia completa de la obra. Bien puede decir que la conoce lo suficiente como para poder permitirse algunos ligeros cambios en los lugares adecuados, siempre con pleno respeto al supremo. La sabiduría que siente embutida en su cabeza no puede morir allí, entre los muros de una abadía, ahogada en oraciones que le son ajenas, a la sombra de un Dios en el que solo cree a medias. El secreto para entender el ojo interior debe salir de aquella prisión, debe llegar a las mentes iluminadas con capacidad de entenderlo. Y esa inconmensurable *Comedia*, con sus cantos que siguen y reflejan las tres fases de la *Opera Alchemica*, es el medio perfecto.

No le es ajeno que el bueno del prior, el padre Guglielmo, ha comprobado escrupulosamente la primera copia hecha por él, encontrándola (quizá a pesar suyo) intachable. Con la segunda, seguramente ha sido menos meticuloso.

Ha decidido, pues, que esta copia, la tercera, sea «su» copia.

–¿Qué os hace sonreír, hermano Alberigo?

Fray Gregorio, sentado en el escritorio a su lado, le está mirando intrigado. Su susurro recuerda al de los niños en clase, cuando esperan no ser escuchados por su maestro.

–Nada, nada… –contesta Alberigo en el mismo tono–. Me resulta divertida la idea de un perro con tres cabezas…

El hermano se queda mirándole unos instantes más, hasta que el extraño parpadeo de las llamas en las pupilas de Alberigo le convence para volver a su trabajo.

*Cinco días después*

El patio interior del monasterio está inundado por la luz dorada de primera hora de la tarde. Algunos frailes pasean absortos entre los setos bajos de laurel o junto al pequeño pozo octogonal, con los ojos ligeramente entrecerrados para absorber el resplandor que los rayos del sol arrancan a las páginas de sus breviarios. De sus labios salen plegarias silenciosas, mientras el cuerpo aprovecha ese momento de descanso para digerir el almuerzo –pan, huevos, verduras hervidas y vino joven– que acaban de comer.

Fray Alberigo prefiere la sombra. Sentado en un banco tallado en un tronco de árbol, en la frescura que regala el pórtico que rodea el claustro, se inclina sobre su libro de oraciones; pero solo quien estuviera observándole se daría cuenta de que lo está hojeando de atrás adelante, empezando por las últimas páginas. Siempre le ha divertido encontrar asonancias imprevistas o vocablos extraños leyendo las palabras en sentido inverso. También las oraciones, quizá incluso más que otros textos, reservan curiosas sorpresas, evocando accidentalmente del latín al revés fórmulas o invocaciones que parecen tener poco que compartir con los preceptos del cristianismo. Alberigo, de vez en cuando, sonríe para sus adentros al encontrar en su lectura atípica nombres o adjetivos pertenecientes a esferas de pensamiento muy distintas, indicios que reavivan en su mente atisbos de esos horizontes prohibidos hacia los que su mente nunca ha dejado de navegar.

De repente, como alertado por un estímulo superior a los cinco sentidos, levanta los ojos en dirección al pozo, sorprendiendo al joven fray Gregorio mientras le miraba fijamente. Este se sobresalta, e inmediatamente sumerge la nariz entre las páginas amarillentas de su breviario; pero Alberigo cierra el cuadernillo con un ligero chasquido y se dirige a él en voz alta:

—Querido hermano, ¿puedo ayudarte en algo?

Ambos se observan mutuamente sin decir nada durante unos segundos; después, Gregorio suspira y sonríe, abandonando a paso lento el espacio bendecido por el sol para acceder a la sombra del porticado, donde Alberigo le espera mirándole de hito en hito.

—Te pido disculpas, hermano Alberigo, si te he parecido inoportuno, pero…

Su interlocutor borra esas palabras formales con una palmada simbólica en el aire.

—Olvídalo, hermano. Sabes, me considero un buen conocedor de la naturaleza humana. Si no me equivoco, llevas días deseando preguntarme algo, ¿no es así? Bien, pues aquí me tienes, dispuesto a satisfacer cualquier curiosidad tuya. Siéntate…

Y diciendo esto, Alberigo señala hacia la base cuadrangular de la columna más cercana; luego, levantándose ligeramente el dobladillo del hábito por encima de las pantorrillas, Gregorio se sienta, visiblemente incómodo. Alberigo sabe perfectamente que el prior no ve con buenos ojos que los demás hermanos depositen sus confidencias en él, a pesar de los valores morales y espirituales que sustentan su regla. Pero eso poco le importa a Alberigo. Sentirse temido siempre le ha gratificado.

–Dime, pues.

Gregorio mira a su alrededor, luego se encorva un poco, inclinándose hacia su interlocutor.

–¿Es verdad lo que dicen…? Quiero decir, ¿realmente le conociste? ¿En persona?

Alberigo se queda mirando socarrón al joven monje.

–¿Te refieres quizá a Alighieri?

El joven sonríe torpemente.

–Oh, sí, perdona… a él me refería, sí. He oído decir que…

–Bueno, no es ningún misterio. Sí, es absolutamente cierto. He tenido la suerte de conversar brevemente con Dante, hace varios años. Catorce, para ser exactos. El año antes de que la malaria pusiera fin a sus asuntos terrenales… El brillo de tus ojos, querido Gregorio, me dice que te gustaría conocer algún detalle más, ¿verdad?

El fraile asintió, ruborizándose ligeramente.

–Si no te importa…

Alberigo clava los ojos en su breviario, cerrado sobre sus rodillas, y tamborilea con los dedos sobre él. Su boca esboza una leve sonrisa.

–Había oído que el gran poeta se encontraba en Rávena –comienza–. Yo en aquella época estaba de paso en San Marino, así que decidí aprovechar la relativa proximidad para conocerle. Le localicé una noche en una taberna. Fue el posadero quien me dijo quién era. Estaba solo. Frente a él tenía un vaso vacío, y una jarra mediada de vino oscuro. Por su actitud pensativa imaginé que no era el momento adecuado de ánimo para mantener una conversación, ni mucho menos con un desconocido. Pero era una ocasión que no podía dejar escapar. Me acerqué a su mesa, situada en un rincón. En cuanto se percató de mi presencia, levantó la cabeza y me dirigió una mirada que me dejó sin palabras. Ojos húmedos, penetrantes. A primera vista pensé que estaba un poco obnubilado por el alcohol, pero *a posteriori* me di cuenta de que simplemente estaba soñando despierto. En aquel momento debía de estar inmerso en la redacción del tercer canto. Imagino que su alma se perdió en las nubes cegadoras del Empíreo…

Alberigo se despierta de ese recuerdo y vuelve a mirar fijamente a Gregorio, que le escucha embelesado.

—Me preguntó que quién era, en un tono más cortés de lo que habría podido esperar, y quiso saber qué podía hacer por mí. Me presenté. Al oír mi nombre, me miró con más atención. Me alegré.

«¿No serás ese que llaman Grifo? —me preguntó. Yo se lo confirmé, y acto seguido hizo ademán de invitarme a sentarme frente a él—. He oído algunos rumores sobre vos y vuestro trabajo —me dijo».

Mandó que me trajeran una copa y otra jarra de vino y luego… empezamos a hablar.

En este punto, Alberigo se queda callado y apoya la espalda en la pared, sin apartar la mirada del joven que le está escuchando con la boca abierta. Y como el relato parece que se ha interrumpido, la previsible pregunta de Gregorio no tarda en llegar:

—Y… ¿de qué hablaste?

Alberigo sonríe socarronamente, consciente de que el joven se lo había preguntado sin darse cuenta de su indiscreción.

—Esto, mi buen hermano —dice entonces, asumiendo una expresión de reproche bondadoso—, no es un tema apto para tus oídos.

El rostro de Gregorio se sonroja.

—No, claro que no. Yo no…

—No temas. Tu curiosidad está más que justificada. Es humana. Pero tú sabes quién era, y a qué me dedicaba, antes de ser recibido más o menos amorosamente en vuestro monasterio. Y también Dante lo sabía. Por eso me otorgó su confianza. Ves, Gregorio, su *Comedia* es considerada, con razón, una obra de gran valor artístico y espiritual. Y es verdad. Sus páginas sublimes encierran tesoros que ni siquiera leyéndolas una y otra vez podrán desvelar jamás su totalidad. La *Comedia* es, literalmente, un viaje al misterio, incluso cuando profesa abrazar la verdad absoluta que es Dios, el Dios de los cristianos. Pero la religión, hermano mío, no es la única vía para arrojar luz en la oscuridad. Porque todos nosotros vivimos en la oscuridad, ¿no crees? La vida es un misterio, toda la creación es un misterio, ¡Dios mismo «es un misterio»! Comprenderás que cada uno de nosotros, por tanto, puede sentirse libre de escoger el camino que estime más adecuado a su naturaleza, para atravesar el océano infinito al que nos precipitan en el momento de nacer, y seguir la estrella que más le cautive. La religión nos proporciona respuestas. Pero lo mismo hace el arte. O la filosofía. O la ciencia. O… la alquimia.

Al escuchar aquella palabra, Gregorio cierra la boca y se muerde un labio.

–La alquimia… –repite en un susurro.

–Sí, la «alquimia». La *Comedia* está llena de ella, ¿sabes? La estructura, las metáforas, las alegorías… pero se necesitan personas iniciadas, para en verdad leerla bajo esta clave. No, no tengas miedo, no te escandalices. El poema es y sigue siendo una obra maestra literaria, también desde el punto de vista cristiano. Lo que allí se esconde debe permanecer en la oscuridad, al menos para aquellos ojos que no pueden o no quieren abrirse. Pero te revelaré algo. Una curiosidad que Dante quiso compartir conmigo y que, a fin de cuentas, dudo que contribuya a quebrantar tu fe. ¿Quieres oírla?

Gregorio tragó saliva.

–Dime… –suspira con voz ronca.

Alberigo se inclina de nuevo hacia él.

–Supongo que no te es desconocida la cuestión del número

tres, ¿o me equivoco? Está a la vista de todo el mundo. Tres cánticos, divididos en treinta y tres cantos cada uno, si se excluye el preámbulo al «Infierno»… Por no hablar de la subdivisión en tercetos… Desde el punto de vista estructural, la referencia al concepto de la Santísima Trinidad flota sobre toda la obra, ¿no crees? Pero… ¿qué opinas de la elección de componer en endecasílabos? ¿Dónde ha quedado la omnipresencia del número tres, y de sus múltiplos? Pues bien, querido Gregorio, la respuesta de Dante me fulminó. Lo recuerdo como si estuviera aquí ahora mismo, frente a mis ojos. Mirándome con aquellos ojos suyos distraídos, se golpeó el pecho con la palma de la mano, en el corazón. Así.

Y Alberigo repite el gesto vigorosamente.

–Después lo hizo de nuevo, y luego por tercera vez.

Para dar énfasis al episodio, también él se golpea el pecho dos veces más. Gregorio no aparta la vista de él, fascinado.

–«Tres latidos» –dijo–. «Cada verso, tres latidos…». –Y para aclarar el concepto, repitió la secuencia siseando–: «En medio… del viaje… de nuestra vida…». –Y continuó, mirándome como si contemplara algo que me atravesaba, más allá de mí–: «Abandonad… toda esperanza… vosotros que entráis…».

Al citar estas palabras, Alberigo se golpea de nuevo el pecho. Gregorio, sin siquiera darse cuenta, instintivamente le imita tocando y retocando el hábito a la altura del corazón.

–¿Comprendes la intención que puede ocultarse detrás de los inocentes endecasílabos? Mientras se lee la *Comedia*, el corazón debe latir tres veces con cada verso. Y cuanto más deprisa se lee, el corazón acelera sus pulsaciones, siguiendo el ímpetu del poema, como un guijarro rodando por una pendiente. Cada vez más rápido, implacable, hasta que… Bien, te confieso que no lo sé, y dudo que jamás me atreva a descubrirlo. Tal vez se llegue a un estado de éxtasis místico, como quizá le ocurrió a Dante, o bien… puede que simplemente sean fantasías, nacidas de una imaginación demasiado exacerbada. En cualquier caso, es una idea curiosa, ¿verdad?

Tras una breve pausa, que empleó en manosearse la barba, Alberigo muestra un semblante sarcástico.

–¡Qué personaje, ese Dante, un auténtico visionario…! Cuando me despedí, después de agradecerle que me hubiera dedicado su tiempo y por haberme enriquecido con la lúcida locura de su mente, me prometí a mí mismo que algún día alguien desvelaría los misterios de su obra a quien fuera digno de ello. Y si ese alguien no era yo, me dije, seguramente lo haría otro…

Una voz procedente del otro lado del claustro vuela de repente hasta la sombra donde los dos frailes están hablando, rompiendo esa especie de hechizo.

–¡Hermano Gregorio! ¡Creo que es la hora de retirarse para las oraciones privadas!

Gregorio se da la vuelta asustado, dirigiendo sus ojos al padre Guglielmo, que está de pie junto a una columna de la arquería de enfrente, con las manos en el regazo, metidas en las mangas.

El joven se levanta de un salto, sin aliento.

–¡Voy, padre! –responde levantando la voz.

Pero antes de que pueda ponerse en camino, con un movimiento brusco inesperado, Alberigo le detiene agarrándole del brazo.

–Tú también te ocupas de archivar los manuscritos del *scriptorium* –le susurra con un siseo que corta el aire–. Y sabes perfectamente dónde están colocadas mis copias de la *Comedia*. En la última página, se identifican con una sigla, ¿verdad?

Gregorio parece preocupado, y desde luego en aquel trance preferiría alejarse lo antes posible, para evitar repercusiones disciplinarias. Pero no puede evitar responder:

–En efecto, así es. Tu primera copia lleva la sigla ALB.I, la segunda ALB.II…

–Bien –replica Alberigo frunciendo el ceño, su voz ahora reducida a un suspiro ronco–. Si algún día sientes el deseo de explorar otros caminos para acercarte a la verdad… coge la tercera copia. Todo, como debe ser, está oculto «en el corazón». ¡Y ahora vete!

Tras estas palabras, Alberigo suelta la mano, liberando al joven hermano. Este no pierde tiempo en encaminarse con presteza hacia el prior; pero no sin antes dedicar a Alberigo una fugaz sonrisa de gratitud, o de entendimiento.

Las corrientes invisibles que soplan en el cielo empujan una nube tapando el sol, y la luminosidad del claustro adquiere una opacidad plomiza.

Antes de irse él también, el padre Guglielmo se queda parado unos segundos, mirando a Alberigo. Este último le aguanta la mirada, luego levanta el breviario y se golpea el pecho, con delicadeza, tres veces.

–El amor… que mueve el sol… y las estrellas… –susurra con una torva sonrisa irónica; y un torbellino de aire siseando se lleva consigo esas palabras.

# CAPÍTULO VI
## El arcano de Dante Alighieri

### 1

A pesar de que en el exterior la luz del sol inundaba la ciudad, en el interior de su estudio los postigos cerrados se habían anticipado a la noche que aún tardaría en llegar. En su afán por concentrarse, Flaviano había recreado las condiciones que más le favorecían, es decir, había dejado que las llamas de cuatro velas generaran una especie de burbuja luminiscente en cuyo centro se encontraban él y los libros a los que pretendía dedicar toda su atención, dejando que las sombras y la penumbra se apoderaran de todo el mundo alrededor más allá de un radio de unas pocas brazas en torno a él.

En el escritorio, la carta de Ermete y la copia del poema de Dante que el alquimista había llamado *Comoedia Alberici* aguardaban mudas. Flaviano había procurado que no se le notara de forma evidente delante de Lidia el frenesí que se había apoderado de él al encontrar lo que instintivamente había considerado verdaderos polos de atracción para su intelecto. Las frases herméticas desde siempre habían ejercido sobre él un irresistible magnetismo, y las palabras manuscritas en aquella carta, unidas a aquel antiguo volumen, no eran una excepción.

Volver a casa sin siquiera despedirse de su acompañante femenina había sido un gesto descortés, era consciente de ello, y su sentido de la caballerosidad se había resentido; pero esto no era nada en comparación con el deseo de aislarse a la mayor brevedad posible y cotejar aquellos nuevos estímulos con las intuiciones que desde hacía un tiempo estaban entretejiendo en el cerebro un tapiz cuanto menos inquietante. Durante el camino de regreso a casa no pudo evitar darle vueltas, aunque fuera caóticamente, a lo que acababa de leer, siguiendo aquello que para él siempre había demostrado ser un método eficaz de elaboración y deducción: primero dejar que los pensamientos fluyan libremente, sin ninguna coacción ni restricción lógica, para luego unificarse a la espera de que cada deducción impetuosa volviera, despojada de fantasías arriesgadas, a colocarse espontáneamente en su sitio, igual que las piezas de un mosaico.

Se quedó mirando unos instantes más aquellas frases ahora memorizadas, como si de la propia letra pudiera extraerse alguna pista útil.

Deja que la mente se abra al mundo oculto girando la llave en los corazones del triple sueño, y nada de lo que se escapa, volverá a escapar jamás.

El «mundo oculto» podía, en efecto, admitir multitud de interpretaciones, tratándose del texto elaborado por un amante de la alquimia. Naturalmente, la «llave» indicaba el mecanismo o proceso necesario para acceder a ese «mundo», mientras que el «triple sueño…».

Los ojos de Flaviano se posaron en el libro. La *Comedia*. Para ser exactos, la *Divina comedia*, como la llamó más tarde Boccaccio. La posibilidad de que el «triple sueño» hiciese referencia a los tres cantos del poema era más que concreta. «En los corazones…».

Su mirada se clavó en la más cercana de las llamas y, tras unos instantes, le empezaron a llorar los ojos. Entonces bajó los párpados y se encontró sumido en una oscuridad tachonada de miríadas de puntos de colores y destellos. «En los corazones…».

El corazón de cualquier cosa es el núcleo más profundo, su centro…

Abrió los ojos y el libro, hojeando sus frágiles páginas con el amor y el respeto de un bibliófilo. El «Infierno», el primer canto…

De repente se levantó, plantándose frente a su propia biblioteca. No necesitaba tanta luz para encontrar lo que buscaba.

Después volvió a su escritorio, colocando a su lado su copia del poema de Dante, impresa a principios del siglo XVII, y hojeó nuevamente la *Comoedia Alberici* moviendo los labios al ritmo de un cómputo silencioso. Cuando por fin hizo una pausa e inclinó un poco la cabeza para leer mejor, su suspiro resonó en la penumbra artificial del estudio.

–Lo sabía –murmuró–, lo sabía…

Comienza tu viaje desde el foso
todo de carbón y color ferruginoso
como el ojo que se dirige al interior.

Presa de aquel entusiasmo que le invadía cada vez que una conjetura suya demostraba estar en lo cierto, se apresuró a hojear su propia copia del poema para encontrar el mismo pasaje.

–Hay un lugar, en el Infierno, llamado Bolgia –leyó entonces en voz baja– todo de piedra color ferruginoso / como el círculo que lo rodea.

¡Ya tenía localizado uno de los «corazones» del «triple sueño»! El primer canto estaba compuesto por treinta y cuatro cantos, por tanto, su «corazón» estaría probablemente ubicado entre el decimoséptimo y el decimoctavo. Y era evidente que aquel terceto había sido modificado por el amanuense que había trabajado en esa copia. Por el tal Alberigo o Alberico, según se deducía de la forma en que se identificaba ese ejemplar concreto de la obra. Desde luego no se trataba de un malentendido en la reproducción, ni de uno de los no infrecuentes casos de errores debidos a la distracción o superficialidad de los copistas, que, como es sabido, no eran necesariamente hombres cultos. Se trataba de un mensaje preciso, dirigido a quienes sabían interpretarlo.

–Perfecto –murmuró para sí mismo–. Ahora comprobemos el resto…

Con cautela, sin dejarse dominar por el entusiasmo de su descubrimiento, avanzó hacia el corazón de los treinta y tres cantos que componían el «Purgatorio», el decimoséptimo.

–Cuarenta y seis tercetos –murmuró–. Entonces…

Habiendo llegado exactamente a la mitad del camino, leyó con satisfacción:

La noche dio a luz cráneos blanqueados
y el amanecer blanco que sigue el ojo,
grabado en los huesos y el alma blancos.

Ciertamente, no conocía el texto de memoria, pero ahora estaba seguro de que el original no rezaba así. Lo confirmó fácilmente comparando el mismo pasaje en su propia copia.

«Los últimos rayos que siguieron a la noche ya se habían elevado tan alto sobre nosotros / que las estrellas aparecieron por muchas partes».

«Aquí sí te has dejado llevar, ¿eh?», pensó Flaviano, intentando imaginar la sonrisa burlona del copista mientras ideaba aquellas rimas.

Para el «Paraíso», después de revisar el texto oficial, actuó de manera inversa, comprobando primeramente las rimas originales de Dante. Sobre un total de treinta y tres cantos, como para el «Purgatorio», contó detenidamente hasta dar con el terceto ubicado en el corazón del canto. Y allí el poeta había escrito: «Tu primer refugio, tu primer albergue / será la cortesía del gran lombardo / que lleva el pájaro santo hasta la escalera». Así había manipulado los versos aquel oscuro *amanuensis*:

Tu último paso al salir de la tumba
con sangre pura sonrojas la gran meta
y la plata viva abre el vil cerebro.

–Amigo mío, te has deshecho de Bartolomeo della Scala y de su águila –comentó para sí Flaviano–. ¿Sabes? Creo que a Dante no le habrían disgustado del todo tus intromisiones…

Que el poeta florentino fuera gran conocedor de las materias esotéricas no era ningún secreto. El hecho de que hubiera relegado a los alquimistas al décimo círculo del infierno no significaba necesariamente que los condenase personalmente. Además, ya circulaban por aquella época rumores de que la hermandad iniciática de origen templario conocida como *Fedeli d'Amore*, a la que pertenecía Dante, no era ajena a estudios y prácticas de origen alquímico. En cualquier caso, diversas lecturas críticas de la *Comedia* en clave esotérica habían puesto de manifiesto las numerosas referencias a la alquimia y a los elementos que giran a su alrededor, impulsados también por la notoria invitación del poeta a prestar atención a cuanto se oculta «bajo el velo de versos extraños». Pero si Dante se había cuidado de ocultar magistralmente sus propios mensajes, reales o supuestos, para construir el camino de su poema como reflejo de la gran obra, aquel extraño Alberigo, evidentemente, no se había conformado, y había querido extralimitarse en beneficio… ¿de quién?

Flaviano se recostó sobre el respaldo del escritorio y echó la cabeza para atrás para observar el manto de sombra que se cernía sobre él. Era obvio que aquella copia, aquella *Comoedia Alberici*, no había pasado por el escrutinio de los correctores; o quizá sí, y quien se había hecho cargo no se había percatado de aquellas modificaciones. Quien lo había ejecutado debía conocer necesariamente los principios y la filosofía subyacentes a la alquimia, y se había congratulado contaminando la obra poética al introducir aquellas alusiones a la *magnum opus*. El terceto del «Infierno», por así decirlo, hacía referencia al inicio del camino, a la primera fase de la gran obra, la *Nigredo*, la obra en negro, el primer paso que el verdadero alquimista debía afrontar para emprender su camino iniciático hacia la perfección. Todo ello, incluido el espíritu, debía pasar a través de la disolución, la putrefacción y la destrucción si quería transformarse, regenerarse y recomponerse. A continuación, era el turno del *Albedo*, la obra en blanco, evocada por aquel terceto lleno de calaveras y huesos; la sensación era la de purificación, la de liberarse de todos los restos aún contaminados que quedaban de la fase anterior. Se terminaba entonces con la obra en rojo, *Rubedo*, donde no podía faltar la sangre, símbolo escarlata por excelencia; esta fase final del camino preveía la reunión de aquello que se había separado, una especie de cerramiento del círculo, para obtener la metafórica piedra filosofal.

Flaviano estiró los brazos con un gemido y releyó por enésima vez la carta de Ermete.

«...nada de lo que se escapa, volverá a escapar jamás...».

Entonces volvió a fijar los ojos en una de las llamas, dejando fluir libremente sus pensamientos. Suponiendo que el objetivo último y superior al que tiende toda la investigación analizada desde las tres fases alquímicas fuera el de reconciliar y fundir la tríada elemental en que se divide el ser humano –cuerpo, alma y espíritu–, sería lógico concluir que «lo que se escapa» es una referencia a lo que pasa, a lo que por su naturaleza está perdido e inalcanzable, como el tiempo... o la memoria... En consecuencia, ese «no volverá a escapar jamás» podía indicar la posibilidad de recuperar los fragmentos esparcidos, sin importar cuáles fueran, y de juntarlos otra vez, presumiblemente para perfeccionar su naturaleza...

Súbitamente, Flaviano dejó de frotarse las yemas de los dedos, y pasándoselos por los párpados cerrados, exprimió un poco del líquido lacrimal hasta sentir su tibieza corriendo por las mejillas mal rasuradas. Esas referencias a las fases de la gran obra estaban sin duda fuera de lugar y, en conjunto, eran claramente ajenas a su formación intelectual. Interesante, desde un punto de vista académico, por supuesto, pero...

Había algo más oculto entre esas palabras. Algo mucho menos poético o filosófico, algo que se arrastraba como una densa sombra. Siempre con los ojos cerrados, recorrió mentalmente esos tercetos falsos, deteniéndose en cada pasaje, en cada vocablo... Y el hilo conductor entonces apareció inequívoco.

Estaban todos los ingredientes: el carbón, el ojo, la calavera, la sangre… ¡Había incluso «azogue», el mercurio!

Abrió los ojos y unió las manos con fuerza en actitud de oración. En el fondo, todo era una cuestión de interpretación.

Cerró con cuidado la *Comoedia Alberici*, y colocó de nuevo en su interior la misiva de Ermete. Tenía que devolvérselas a Lidia, y hablar con ella con total franqueza. Bajó los párpados, dejando que el rostro de la muchacha se materializase con la oscuridad de fondo. Era realmente cautivadora, no encontraba un adjetivo mejor. Habría dado un brazo por que las cosas no fueran como eran ahora, después de lo que él había intuido. Aunque deseaba ignorar los vulgares reclamos de la carne, Lidia poseía una personalidad, un carisma y una inteligencia que Flaviano no había encontrado hasta el momento. Tuvo que confesarse a sí mismo que la imaginaba a su lado, seguro de que Lucrezia, dondequiera que estuviese, aprobaría tal elección. Sí, ciertas ideas, en el fondo, no son más que patéticas justificaciones masculinas. Pero la vida, su vida, reclamaba con ímpetu una presencia femenina que no fuera para él, siempre y únicamente, objeto de desahogo, sino una auténtica compañera con quien compartir también los placeres del intelecto…

Abrió los ojos, apretando los dientes y escuchando su rechinar en el silencio. Aquella tarde nadie le había invitado a participar en las exequias privadas de Paolo de Médici, pero incluso en el caso de que lo hubieran hecho, no tenía intención de acudir. Allí estaría sin duda el capitán Maffei, y desde luego lo último que quería era tener que responder a las preguntas que logró eludir en su primer encuentro. Además, no habría podido evitar que el arzobispo, monseñor Francesco Nerli, o cualquiera de sus acólitos, se fijaran en él. Ponerse en evidencia delante de ellos habría podido significar que, antes o después, llegarían a Roma rumores de su presencia en Florencia, obligándole a tener que abandonar la ciudad. Algo que no tenía ninguna intención de hacer. Para él era de vital importancia mantener un perfil lo más discreto posible.

Suspiró, se sentía como atrapado en una encrucijada. Nunca le había gustado tener que tomar decisiones, y menos aún tan drásticas. Su conciencia tenía un peso innegable. También su sentido de la justicia y del honor. Pero había demasiadas voces susurrantes e insistentes en su corazón y en su cerebro que exigían ser escuchadas. Y no podía ignorarlas.

## 2

Las suelas de las botas de Lapo Maffei y sus apresurados pasos resonaban como golpes de martillo en la quietud del Palacio Pitti mientras subía la escalinata de mármol y recorría el pasillo que llevaba al salón de audiencias privadas.

Las personas que se cruzaron en su camino se limitaron a hacer una leve inclinación; su expresión adusta no indicaba una buena disposición de ánimo. Ser convocado urgentemente por el Gran Duque nunca era una perspectiva agradable para un representante del orden ciudadano, sobre todo si ese alguien era lamentablemente consciente de la razón por la que se requería su presencia.

Un joven mayordomo, delante de la puerta al final del pasillo, le dedicó una fugaz reverencia antes de abrir y hacerse enseguida a un lado para evitar recibir un brusco empujón. Cuando entró en la antecámara tapizada de verde que extraoficialmente se llamaba «el bosquecillo», Lapo aminoró el paso y recuperó la compostura.

Allí, frente a una segunda puerta, estaba el orondo consejero Bortoli, que le recibió con una sonrisa forzada, enarcando una ceja.

–A buenas horas, capitán. Su Alteza lleva esperándole desde…

–No necesito oír vuestros sermones, consejero. Será mejor que me anunciéis.

Bortoli se quedó estupefacto al oír esa respuesta tan brusca, pero desde luego no era el momento de ponerse a discutir. Sin rechistar, entreabrió una de las puertas con taracea de motivos florales y se asomó al interior.

–Su Alteza, está aquí el capitán Maffei.

No se oyó nada al otro lado de la puerta, pero el capitán se imaginó que el Gran Duque se había limitado a responder al consejero con un ademán. Bortoli hizo una reverencia y, al inclinarse, Lapo se fijó en el brillo de una gota de sudor que le cayó de la frente para ir a parar a la alfombra oriental.

–Gracias –dijo el capitán, en tono afectado.

El consejero no dijo nada, y se echó hacia atrás para dejarle pasar. Pero un segundo antes de que entrara en el salón, Maffei se permitió una brevísima parada para susurrarle:

–¿Os han ascendido a ujier, Bortoli?

Después entró, seguido de cerca por el consejero. Este último cerró la puerta tras de sí y se colocó, farfullando, con la espalda apoyada en el marco de una puerta y las manos cruzadas sobre el voluminoso abdomen. El capitán ni siquiera le oyó.

El asiento acolchado y tachonado de color burdeos en el que habitualmente se sentaba Cosme III estaba vacío. El Gran Duque estaba medio sentado en uno de los bordes de la suntuosa mesa de mármol toscano, frente a otros tres altos consejeros. Cuando entró, Lapo se limitó a girar la cabeza hacia él, manteniendo su semblante indescifrable.

Lapo le dedicó una profunda reverencia.

–Su Alteza…

A continuación, se dirigió a los presentes:

–Caballeros…

El Gran Duque apenas movió la cabeza, y los consejeros hicieron lo mismo.

Los muebles de caoba y las tapicerías en tonos oscuros no contribuían en absoluto a que el pequeño salón fuera más luminoso, y si no llega a ser porque las cortinas rojas estaban a medio cerrar y dejaban entrar algo de luz por las ventanas, aquel ambiente habría resultado un tanto agobiante, aunque adecuado para reuniones no oficiales como aquella. En cualquier caso, allí dentro se respiraba una atmósfera de decadencia, de crisis, que ya llevaba un tiempo flotando en el palacio, por no decir en toda la ciudad. El capitán se preguntaba cuántos Médici seguirían ostentando el poder en Florencia.

Con la única excepción de Bortoli, que se quedó junto a la puerta, los demás consejeros se sentaron en silencio en el banco que discurría a lo largo de toda una pared, preparándose, imaginó Lapo, para actuar como simples testigos.

Entonces, Cosme III se aclaró la voz y empezó mirando a Lapo directamente a los ojos.

—Os tengo por un hombre de gran valía, Maffei, y me consta que nunca he tenido objeciones respecto a vuestras decisiones y procederes. ¿O me equivoco?

Lapo mantuvo una actitud de firme impasibilidad, a pesar de la espina que se le clavaba en el estómago.

—Así es, alteza.

Cosme se levantó de la mesa, avanzando unos pasos.

—Entonces, ¿qué me podéis decir de este… Grabador?

«Directo al grano», pensó Lapo, levantando instintivamente dos dedos para alisarse nerviosamente los bigotes.

—Le cogeremos, Su Alteza. Se lo garantizo.

El Gran Duque inclinó levemente la cabeza. Tenía su amplia frente brillante por el sudor. Sin la peluca, las entradas le daban una decidida apariencia de más edad. Antes de hablar, se pasó un par de veces la lengua por sus carnosos labios, como si fuera un depredador hambriento.

—Vaya, le cogeremos… De eso estoy seguro, Maffei. Lo que me preocupa es… ¿«cuándo»?

El capitán hizo amago de responder, pero Cosme prosiguió en un tono de voz ligeramente más elevado:

—Cuando haya desollado a otros dos, tres… ¿o cuántos? Seré totalmente franco con vos, capitán. Aquí no estamos hablando de miserables y sórdidos delitos entre el populacho. Esos ocurren todos los días. Aquí nos encontramos frente a alguien que está cosechando víctimas a un nivel que no podemos tolerar.

–Estamos llevando a cabo… –intentó intervenir Lapo, pero el Gran Duque le hizo callar levantando un dedo.

–Ese Mercatanti, el primero, causó un cierto alboroto, lo admito, pero no hasta el punto de despertar especial preocupación en el palacio. Sin embargo, luego fue el turno de un Grandeschi, y aquí empezamos a acercarnos a los círculos familiares de cierta relevancia. Y ahora… –Cosme apretó los puños, y en su frente apareció una vistosa arruga–. Ahora ha osado… tocar a alguien de la familia Médici. ¡Esto es… intolerable!

Lapo tragó saliva, y sintió como si el suelo se convirtiera en brasas.

–Pobre Paolo… –continuó Cosme, aparentemente más sosegado–. No nos veíamos muy a menudo, es verdad. Nuestra relación era un tanto fría. Durante un tiempo, recuerdo que albergó de alguna manera la ambición de sucederme. Pero pertenecía a una rama menor de la familia, no tenía esperanzas. Ni siquiera se dejó ver cuando nació mi primogénito Ferdinando…

«Del mismo modo que vos no habéis aparecido en su funeral –pensó Lapo–. Añadiendo amargura al dolor de doña Giacinta…».

El Gran Duque, mientras hablaba, había dejado que sus ojos volaran hacia la flecha que atravesaba de lado a lado el cuello de un ciervo representado en un tapiz; de pronto se despertó y, como aquella flecha, volvió su mirada al capitán.

–Vuestro mandato expira en menos de un año, si no recuerdo mal, Maffei.

Lapo vio por el rabillo del ojo asentir a los consejeros, y le pareció oír un suave murmullo de Bortoli, que se encontraba a sus espaldas.

–Recordáis bien –se limitó a responder.

–Y supongo que veríais con buenos ojos la perspectiva de volver a confirmar el cargo…

–Sería un honor, Su Alteza.

Cosme asintió.

—También para mí. Siempre habéis desempeñado vuestro trabajo de manera intachable. Pero debo imponer como condición la resolución de este asunto, y pronto. ¿Creéis que seríais capaz de garantizarlo, Maffei?

Lapo apretó los dientes.

No podía responder otra cosa que un decidido:

—¡Sí!

—Estaréis al tanto de que el lugarteniente Varcalli estaría encantado de asumir vuestro papel, en caso de que…

Dejó la frase sin terminar, y entre los dos cayó un silencio como una densa niebla que casi hizo que a Lapo se le saltaran las lágrimas, inmóvil como una estatua.

—Esto es todo, Maffei —concluyó el Gran Duque, dándole la espalda para volver a sentarse en la incómoda esquina de la mesa, en la misma posición con la que le había recibido—. Confío en vos. Podéis iros.

El capitán le hizo una reverencia. A continuación, dedicó una segunda, más somera, a los tres dignatarios sentados y rígidos como cariátides; finalmente, se dio la vuelta, dirigiéndose hacia la puerta que Bortoli ya había abierto. Este último le siguió a través del «bosquecillo», como para acompañarle.

—Vaya una buena reprimenda, capitán —le dijo el grueso consejero en tono melifluo, aguantándose una sonrisa irónica—. Cuánto lo siento… De verdad espero que consigáis…

Lapo abrió de golpe la puerta de la antecámara, sobresaltando al mayordomo que estaba fuera, y se volvió bruscamente hacia Bortoli, que le pisaba los talones, congelándole las palabras en la boca.

—Reza para que no te encuentre en compañía de una de tus niñas —masculló con los dientes apretados, acercando la nariz a un palmo de la suya—, ¡de lo contrario, haré que averigües antes de tiempo cómo es el infierno!

Y se alejó por el pasillo, dando grandes zancadas furibundas. Cada paso era un golpe de martillo.

Bortoli se quedó de piedra, parado en el umbral. Una desagradable sensación húmeda y caliente en el bajo vientre y a lo largo de los pantalones le obligó a retirarse a la antecámara inmediatamente.

## 3

Lidia daba vueltas entre las sábanas, sin lograr conciliar el sueño. Sus pensamientos eran como insectos pululando y zumbando sin parar. Sentía que su cabeza era como un ataúd perfectamente sellado y enterrado bajo el cabello, en el que sus miedos más recónditos buscaban una desesperada e imposible vía de escape. En el instante en que Flaviano le había revelado la existencia de la *Comoedia Alberici* y, acto seguido, la de la carta dejada por Ermete, tenía el corazón en un puño. Hizo un gran esfuerzo por esconder el frío que le heló los ojos.

Él lo descubrirá.

Esa idea venenosa no dejaba de acosarla y había momentos en los que parecía que le faltaba el aire para respirar. Se sentía bloqueada en un rincón, contra la pared, a un paso de la desesperación. Había escogido precipitadamente recorrer aquel engañoso sendero y ahora se hallaba rodeada de arbustos espinosos, sin manera de salir de ahí. Y cuando la verdad salga a la luz («porque ocurrirá, puedes estar segura», le reiteraba la infame voz de su mente), se abrirá la tierra bajo sus pies y caerá en una profunda fosa de brasas ardientes, y allí se quemará hasta que tus huesos se reduzcan a cenizas. Como las brujas.

Angustiada, retiró la sábana y las mantas a patadas y se sentó en el borde de la cama.

–Eres una estúpida –susurró para sus adentros en la oscuridad de la habitación–. Necia. Insensata.

Ese hombre no había sido solamente un «imprevisto». Flaviano Altobrandini había cambiado drásticamente su equilibrio, haciendo saltar por los aires todas las inestables coordenadas de su existencia. Y ahora ella era una barca a la deriva en mar abierto.

Recordó sus palabras: «Me pregunto qué hacía un poema en medio de los textos de alquimia. ¿Lo pondrían ahí por error? Quizá sí. O tal vez no…».

Sí. He aquí el misterio. El precioso volumen se encontraba en la biblioteca de Folco porque allí era exactamente donde debía estar. Había sido «escondido». Su hermano siempre había sido obsesivamente meticuloso en su trabajo como para cometer semejantes «distracciones». Además, tanto Lidia como Flaviano sabían perfectamente que la *Comoedia Alberici* no era solamente un poema. Aquella obra representaba un misterio de más de tres siglos, capaz de fascinar a eruditos, estudiosos del esoterismo e incluso matemáticos –porque eran muchos quienes estaban convencidos de que los tercetos encadenados de ende-casílabos de los tres cantos estaban basados en una compleja arquitectura de correspondencias numéricas–. Toda la obra era un «sistema de signos» cifrado, como había afirmado el ocultista francés Jacques de Saint-Germain, detrás del cual se escondían «las tres grandes profecías del fin de los tiempos». La vida misma del gran poeta estaba envuelta en leyendas, y circulaban desde hacía algún tiempo siniestras conjeturas sobre sus restos mortales (incluso se llegó a decir que los verdaderos huesos de Dante Alighieri habían sido robados por unos frailes pertenecientes a una orden religiosa secreta).

Ermete, el antiguo y lascivo maestro, no había regalado a su hermano Folco un valioso libro «cualquiera», y la carta con su adivinanza era una prueba incuestionable.

Lidia se levantó de la cama, presa de un repentino arrebato de angustia. Sabía lo que ocurriría. Percibía el futuro como un agujero en el centro de su corazón: en aquella copia de la *Comedia* de Dante se escondía un enigma que conduciría a Flaviano a descubrir la verdad.

Ya no podía esperar más. Había llegado el momento de actuar.

Con el alma inquieta y la mente atestada de pensamientos tediosos que le habían estado atormentando durante toda la noche, Flaviano, a media mañana, se encaminó hacia la residencia de los Médici. Para su sorpresa, quien le recibió fue doña Giacinta misma, quien le comunicó que Lidia había salido del palacio con las primeras luces del alba y nadie sabía dónde estaba.

–Entiendo –se limitó a comentar Flaviano con un gesto involuntario de desilusión.

Pensó que había pecado de ingenuo, como si fuera un principiante, porque debía haber tomado en consideración la posibilidad de que Lidia pudiese huir. Pero en el fondo de su corazón seguía esperando que debía haber otra explicación respecto a la implicación de la joven en todo este asunto. A pesar de todo, todavía seguía buscando la manera de engañarse a sí mismo, de convencerse de que estaba equivocado…

–Debo señalar que existe una gran afinidad entre ambos –añadió insinuante doña Giacinta.

–Probablemente, vuestra sobrina tiene una personalidad y una inteligencia fuera de lo común –respondió Flaviano con un ápice de enfado mal disimulado–. Pero me gustaría hacer notar que fue Paolo quien insistió en que contara con ella para proceder con mis indagaciones.

–Y supongo que habéis venido hoy aquí para hablar de lo sucedido esta noche…

Él la miró con el ceño fruncido.

–¿A qué os referís exactamente, señora?

–A los dos cuerpos encontrados en el río.

Las palabras de Giacinta de Médici le cogieron por sorpresa, como si le hubieran golpeado con una fusta.

–¿Qué cuerpos? No estoy al tanto de la noticia.

La mujer dejó escapar un largo suspiro silencioso. Tenía profundas ojeras bajo sus pequeños y brillantes ojos, inundados de un intenso dolor que le estaba consumiendo por dentro. La muerte de su único hijo debía haber sido un tremendo golpe, especialmente considerando la manera en que se había perpetrado el homicidio: un desconocido había violado la intimidad de los nobles que habitaban dicho palacio y se había hecho público, lo que se traducía en una verdadera y genuina afrenta al prestigio secular de toda la familia. A pesar de su aspecto severo y altivo, aquella mujer podría desplomarse al primer soplo de viento.

—Antonio de Ferrai, el penúltimo de los alumnos de Ermete Moraldi —dijo pasándose un dedo tembloroso por la frente—. También él... tenía el cráneo grabado como Paolo y todos los demás.

—¿Y el segundo cuerpo?

—Una espantosa mujer cuyo nombre no recuerdo... Me han contado que obligaba a su hija, una pobre niña, a prostituirse. Tuve la desgracia de conocerla e incluso le ofrecí una generosa recompensa porque... —Hizo una pausa, como si le costara un gran esfuerzo seguir hablando—. Fue ella quien encontró a mi hijo confuso y herido el día en que logró escapar de las garras de su verdugo... Paolo fue a parar frente a su casa y le pidió ayuda... —Sus ojos parecieron cobrar vida con repentina ira, quedando reducidos a dos amenazantes rendijas—. ¿Creéis que tal vez pueda tener alguna relación con el asesino?

Flaviano suspiró.

—No debemos descartarlo, puesto que la mujer tuvo un contacto importante con Paolo. Tiendo a pensar que las casualidades no existen. Casi siempre hay una razón por la que parece surgir una circunstancia aparentemente fortuita. Tal vez la mujer conocía algún detalle potencialmente peligroso para el asesino. Suponiendo, claro está, que haya sido el Grabador quien la ha matado...

Se quedó pensando unos instantes.

—Señora, ¿sabéis por casualidad cómo se llama la hija de la mujer?

—Chiara. Lo recuerdo bien porque lleva el mismo nombre que mi hermana.

–Intentaré encontrarla, a lo mejor unas palabras con ella podrían sernos de utilidad.

Flaviano hizo una reverencia, dispuesto a despedirse, y añadió:

–Si no os supone una molestia, volveré esta tarde. Si mientras tanto Lidia regresa, os ruego que mandéis inmediatamente a alguien para avisarme.

–Así lo haré –aseguró doña Giacinta.


Poco después de abandonar la residencia, Flaviano cogió la vía Calzaiuoli y de repente oyó que alguien le llamaba. Se dio la vuelta y enseguida reconoció al hombre que venía hacia él a toda prisa.

–Messere, disculpad si os molesto –le dijo Rolfo en voz baja.

Miró a su alrededor como para asegurarse de que nadie le estaba observando, y luego añadió:

–Es una cuestión muy delicada.

–¿Ha pasado algo, Rolfo?

El criado se sacó del bolsillo de atrás del pantalón una carta cerrada con un sello rojo de lacre y se la entregó.

–De parte de doña Lidia.

Flaviano cogió la carta, sorprendido y algo confundido.

–¿Sabríais decirme dónde ha ido?

–No, messere. Esta mañana al amanecer vino a mi aposento y me dijo que vendríais a buscarla.

Indicó la misiva.

–Me rogó que os la entregara y añadió que no deberíais hablar de ella con nadie. Luego la vi salir del palacio, parecía tener mucha prisa.

–Os lo agradezco. También yo os pido que mantengáis la máxima reserva en lo concerniente a este asunto.

–No os preocupéis –le tranquilizó Rolfo–. De mí podéis fiaros ciegamente.

–Os doy las gracias.

Flaviano esperó a que el hombre se alejara, luego abrió la carta. En el folio de pergamino amarillo, con una sutil y delicada caligrafía, había escritas las siguientes palabras:

*Escuchad las trece campanadas*
*y recordad las bolas en la balanza*

Consiguió descifrar el mensaje a los pocos segundos de haberlo leído: la primera frase contenía un horario; la segunda, un lugar. Lidia estaba concertando una cita con él. Obviamente, la joven había sido previsora y había ideado ese texto para que pareciera un sinsentido en caso de que la misiva cayera en las manos equivocadas. Excepto Maso, que ya estaba muerto, nadie más habría sido capaz de encontrar el significado de aquellas palabras.

Flaviano se metió la carta en el bolsillo y retomó la marcha directo a su casa. Antes de acudir al lugar de la cita, debía hacerse con su puñal. Detestaba las armas, pero hay circunstancias en las que un hombre no puede prescindir de ellas. Habría sido arriesgado y tremendamente estúpido aceptar la invitación de Lidia sin tener la posibilidad de defenderse. «¿Qué mejor ocasión para eliminarme? –pensó–. Soy la única persona en este momento que conoce el nombre del asesino…».

Y, además, había posibilidades reales de que la cita encerrase una emboscada.

## 5

No había tenido tiempo de abandonar la sala privada del Gran Duque aquella mañana, cuando una nueva e impredecible desgracia le cayó como un hachazo en el cuello. A estas alturas, no solo su reconfirmación como capitán del pueblo estaba en jaque, sino que existía una seria posibilidad de que Cosme III y sus asesores lo destituyeran antes de terminar su mandato.

«Estoy acabado», reflexionó Lapo Maffei, observando, con el

rostro sombrío y la angustia que aplastaba sus pulmones, los dos cadáveres dispuestos sobre las mesas dentro de la morgue del hospital Santa Maria Nuova. Ambos encontrados en las aguas del Arno, precisamente cuando él estaba en conversaciones en el Palacio Pitti. Una mujer y un hombre. La mujer no representaba ningún problema, era una desconocida cualquiera de la «plebe» (como el mismo Gran Duque se había expresado), pero el hombre… el hombre era otro clavo en la tapa de su ataúd. Antonio de Ferrai, el último descendiente de una familia influyente de notarios florentinos de más de cuatro generaciones. También él con el cráneo abierto. La quinta víctima del Grabador.

Suspiró pesadamente y se masajeó los párpados mientras la voz de Cosme III le retumbaba en el cerebro: «Nos encontramos frente a alguien que está cosechando víctimas a un nivel que no podemos tolerar…».

–¿Va «todo bien», capitán? –inquirió el patólogo que tenía la tarea de examinar los dos cadáveres. Se llamaba Matteo Aliprandi, y Lapo le conocía desde hacía años: un profesional preparado, fidedigno y minucioso en su trabajo, pero nunca le había gustado. Se rumoreaba por ahí que, según algunos, el médico tenía una «atracción» morbosa por los cadáveres (en una ocasión el capitán había oído decir con sus propios oídos a un estudiante de anatomía del hospital que había espiado a Aliprandi mientras «yacía con una joven que había perecido en un barranco»). Pero no se trataba solo de habladurías, más o menos fundadas. A Lapo Maffei no le agradaba la compañía del patólogo porque no le gustaban esos ojos grandes y fríos que parecían de cristal, como tampoco le gustaba pensar en esas manos de dedos largos y afilados que se pasaban los días examinando cadáveres, «hurgando» entre los restos de cuerpos humanos.

–Por supuesto. Solo estoy un poco cansado –respondió el capitán alisándose el bigote, pero no era verdad: estaba afrontando, sin lugar a dudas, el peor momento de toda su vida–. ¿Qué podéis decirme de las víctimas?

–Como os anticipaba, tengo la certeza de que la mujer ha sido asfixiada –respondió el médico señalando su cuerpo–. Color cianótico de la piel, alteración de la viscosidad de la sangre y, sobre todo, *livor mortis...*

Señaló la parte inferior del cadáver, donde se habían formado manchas de color entre rosáceo y rojo debajo de la piel.

–Es un proceso que se genera debido a la estasis sanguínea tras la muerte por asfixia. Además, como vos mismo podéis observar, los tejidos están en óptimas condiciones, no hay rastros de descomposición. Lo que lleva a suponer que esta mujer fue estrangulada y arrojada al Arno no hace más de uno o dos días.

Se aproximó al cadáver de Antonio de Ferrai, que se encontraba en pésimas condiciones, con manchas de piel putrefacta ahora visibles en muchos lugares. El cuero cabelludo estaba completamente despegado del cráneo, dejando bien patente el ojo grabado que parecía escrutarlos desde el blanco del hueso.

–El hombre, en cambio, ha sufrido en la cabeza los mismos procedimientos quirúrgicos que las otras víctimas que ya conocemos, pero... en el cuerpo presenta profundos «fenómenos transformadores», tanto en el aspecto como en la estructura, y eso significa que este llevaba muerto al menos una semana antes de ser abandonado en el río... algo que debe haberse efectuado hace no más de dos días, igual que la mujer.

El capitán arrugó la frente, pensativo.

–Pero ¿cómo es posible que el cadáver haya permanecido en el agua durante todo este tiempo? Lo mismo sucedió con Folco Grandeschi, ¿recordáis?

El médico sonrió, casi complacido.

–Por supuesto, jamás olvido nada de «mis» cadáveres –comentó–, pero lo excluyo sin posibilidad de error. La acción del agua en la descomposición de un cuerpo dista mucho de la que se produce en el aire. Los tejidos no mienten, capitán.

Lapo Maffei volvió a alisarse los bigotes, reflexionando en silencio. Si lo que planteaba el patólogo se correspondía con la realidad, y no había motivos para afirmar lo contrario, era presumible que ambos cuerpos hubieran sido arrojados al río por la misma persona, por tanto...

–¿Y si la mujer también fue asesinada por el Grabador? –dedujo, como si estuviera pensando en voz alta en lugar de hacerle una pregunta a su interlocutor–. Pero ¿por qué motivo? ¿Hay algo que la relacione con las demás víctimas?

El doctor Aliprandi se encogió de hombros mientras cubría los cadáveres con la sábana.

–Al menos, aparentemente, no existe ningún vínculo que haga sospechar que los homicidios son obra de la misma mano –aseveró–. Las suposiciones de investigación están fuera de mi ámbito de competencia. Esta es una tarea para vos, capitán.

*Arezzo, A. D. 1334*
*Abadía de San Benedetto*

Después de las últimas oraciones del día, fray Alberigo se tiende en su jergón y contempla el manto de sombra que se cierne sobre él, emergiendo de la oscura nada de la que parece estar hecho el techo abovedado de la celda. Ha apagado el cirio frente al pequeño crucifijo colgado en la pared, por lo que la única luz que se aventura a explorar el minúsculo cuchitril es la de la luna, casi llena, a través del único ventanuco.

Levanta una comisura de la boca, sonriendo con ironía a sus pensamientos. El hecho de haberles engañado a todos ha dejado de ser para él una fuente de satisfacción. Ya se ha congratulado suficientemente consigo mismo. Además, ha comprobado con creces su valía fingiendo, y esto no ha hecho más que reforzar la confianza en sus propias capacidades para manipular al prójimo y para mantener con mano firme las riendas de su vida, especialmente cuando el destino parecía darle la espalda. Es verdad que fue obligado a ponerse un hábito que le quedaba estrecho, en todos los sentidos, pero le salvó la vida, y esto es lo único que contaba para él. Vivir, para llevar adelante su obra, de una manera u otra. *Ars longa, vita brevis*, ciertamente.

Sonríe en la oscuridad que cada vez se hace más densa. La vida es breve… Sin embargo, su arte –por defectuoso o incompleto que sea– le sobrevivirá y viajará a través de los siglos. Esto le reconforta, y le da la capacidad de resistir allí encerrado, siempre en equilibrio entre la oscuridad y la luz.

–*Nigredo* en el «Infierno», *Albedo* en el «Purgatorio», *Rubedo* en el «Paraíso»… –recita en voz baja, sonriendo.

Vuelve la cabeza al lugar donde está colgado el crucifijo. Al principio había pensado en quitarlo, pero seguramente se habría metido en quién sabe qué aprieto si un «hermano» (esa palabra siempre le hacía gracia) se hubiera dado cuenta. No, ese par de listones cruzados podía quedarse ahí tranquilamente, donde estaba. En aquel momento no era más que un garabato negro en el oscuro muro de piedra. En el fondo, a Alberigo no le disgusta. Incluso le habla, de vez en cuando. Desde fuera pueden escuchar su murmullo. Lo importante es que no oigan lo que dice.

–*Nigredo* en el «Infierno»… –repite, y suelta una pequeña carcajada gutural.

El día anterior había entregado al prior su tercera copia de la *Comedia*, y estaba prácticamente seguro de que aquel ejemplar único cumpliría su deber, una vez cayera en las manos de quien pudiera recibir su mensaje. Miles son los caminos a través de los cuales puede cumplirse la gran obra, y Alberigo no excluye poder repetir el experimento con otros textos, si se le presenta la oportunidad. Está convencido de que Alighieri estaría satisfecho. Además, él mismo, en su poema, no escatimó las señales ni los símbolos vinculados a la *magnum opus* alquímica, por lo tanto…

Una luz débil se filtra por las rendijas entre los tablones de la puerta. El resplandor de una vela. Y pasos. Alguien anda por el pasillo. Alberigo contiene la respiración. Piensa que podría dar un grito justo en el momento en que el monje que se estaba acercando pasara delante de su celda. Siempre podría decir que había tenido una pesadilla. La idea de dar un susto de muerte a un hermano le sacude silenciosamente el pecho.

Sin embargo, cuando los pasos se hacen más lentos y la luz se detiene frente a su puerta, la alegría que le había invadido se disuelve al instante. Oye murmullos. Al menos hay dos personas ahí fuera. Le parece reconocer la voz del padre Guglielmo…

Las puertas de las celdas no se pueden cerrar con llave. La manilla baja lentamente, con un chirrido, y la luz de una lámpara se introduce con fuerza. Alberigo entrecierra los ojos hasta convertirlos en ranuras, escrutando la silueta voluminosa que se recorta en el umbral.

A espaldas del intruso, tiene la clara impresión de divisar la cabeza del prior. Ambos intercambian un susurro y señas de entendimiento, tras las cuales el padre Guglielmo se retira desapareciendo en la oscuridad. La puerta se cierra de nuevo, esta vez despacio, y el hombre que acaba de introducirse en su celda deposita la lámpara sobre la mesa.

–Querido Alberigo –le saluda con voz profunda y tranquila–, por fin te encuentro.

Alberigo se incorpora de un salto sobre un codo y clava la mirada en el recién llegado. No debería estar asustado, pero su corazón parece haberse hinchado hasta el punto de oprimirle dolorosamente el costado.

–¿Y tú quién eres? –le pregunta, procurando frenar todas las emociones que pudiera traicionar su voz.

No sabe si mostrarse indignado por aquella intrusión, o si recibir al indeseado huésped simulando la humildad y la bondad que cabría esperar en su situación.

El hombre acerca el único taburete que había y se sienta frente al catre. La luz temblorosa de la lámpara y la palidez de la luna que se cuela por el ventanuco dibujan su rostro en la penumbra. Cabello largo y negro, tupida barba y bigote, una sonrisa sardónica que contrasta con su mirada, vidriosa y vagamente triste. Lleva una chaqueta de cuero amplia y oscura con botones sin brillo que atrapan pequeños reflejos apagados.

–¿Quién sois, hermano? –intenta de nuevo Alberigo–. ¿Y por qué me estáis buscando?

El hombre resopla por la nariz, alisándose los bigotes.

–No me conoces, así que mi nombre no importa. En cambio, tal vez recuerdes este otro: Marta Rusmeci…

Alberigo siente brillar en el cerebro una repentina llama, y espera que ese resplandor no haya ido más allá de sus ojos.

–Marta Rusmeci… –repite, fingiendo rebuscar en su memoria.

–Puedo darte alguna pista, si quieres. Reino de Sicilia. Taormina. Hace dos años… Viviste y trabajaste allí durante un tiempo, ¿verdad?

Alberigo aprieta los labios. Ese hombre está bien informado. Negarlo solamente le haría parecer patético.

–Es cierto. Pero todo era distinto. Esa parte de mi vida está cerrada para siempre. Ahora, soy un hombre nuevo…

El intruso le hizo callar con un ademán brusco.

–Sin embargo, para la familia Rusmeci el asunto no está cerrado en absoluto, y el caso es que me han encargado que me ocupe de ello. No ha sido fácil encontrar tu rastro hasta Arezzo, pero finalmente la constancia siempre trae su premio. Y también dinero, claro está.

–¿Quién eres? –pregunta por tercera vez Alberigo, empezando a sentir un sudor acre y copioso chorreando bajo el hábito.

El intruso apoya las manos sobre las rodillas, asumiendo una expresión hostil.

–Soy aquel que viene a llorar tu suicidio.

–¿Mi…?

–¿No querrás decir que no te remuerde la conciencia por lo que hiciste? Secuestraste, violaste y descuartizaste a esa niña, usando su cuerpo para tus repugnantes experimentos, y ahora, ¿crees que con dos *pater ave gloria* está todo arreglado? Apenas había cumplido los doce años…

Con estas palabras, el hombre se mete la mano en la chaqueta y saca un cuchillo.

–Desgraciadamente, has robado esto en las cocinas –continúa con toda calma–, y en la soledad de tu pobre celda te has purificado pagando tu deuda con Nuestro Señor. Qué lástima…

161

Alberigo intenta levantarse, pero el hombre le hace caer de nuevo en el jergón de un empujón en el pecho con la mano libre.

–El padre Guglielmo no… –empieza a balbucear.

–Ha sido precisamente él quien me ha dado esto. ¿No se te habrá ocurrido pensar que un hombre tan sabio se haya tragado la patraña de tu conversión? Venga, no puedes ser tan ingenuo.

El hombre se levanta del taburete, y el claro de luna a sus espaldas le dibuja una especie de tétrica aureola alrededor de la cabeza. Luego levanta la pierna izquierda y hunde la suela de su bota en el vientre de Alberigo, quien deja escapar un gemido sin aliento.

–¡Te lo ruego! –jadea–. Puedo darte…

–Oh, no, no, no: no quiero nada de ti. Me han pagado para llevar a cabo un trabajo, y es eso lo que tengo intención de hacer. ¿Oís este chirrido? ¿Lo escucháis? Son las puertas del infierno, que se están abriendo…

Clava con fuerza la hoja en el cuello de Alberigo y luego tira de ella hacia un lado para abrirle la garganta casi de oreja a oreja. Finalmente, deja el cuchillo sobre el cuerpo palpitante y da un salto hacia atrás, intentando evitar, en la medida de lo posible, el chorro de sangre que brota de él.

Alberigo se lleva instintivamente las manos a la herida, mientras espasmos incontrolables le descomponen el cuerpo. Le ataca un hielo penetrante, seguido de un aliento abrasador. Sus ojos vagan alocadamente por la celda, llenándose de tinieblas. *Nigredo* que borra… Luna y llama parpadean renovando el mundo con una blancura espectral. *Albedo* que purifica… Y todo se ahoga en el rojo tórrido de la vida que fluye lejos, dejándolo solo. *Rubedo* que quema, quema, quema…

–Marta… –es el nombre que cree pronunciar, dirigiéndose hacia la pobre niña desnuda y ensangrentada que aparece ante sus ojos, que ya no ven. Luego, no le queda más que atravesar aquel portón que le está esperando abierto de par en par.

162

# CAPÍTULO VII
## Persiguiendo la verdad

### 1

El carruaje se detuvo a unos cincuenta metros de la verja entreabierta que daba acceso al camino que conducía hasta la casa de campo. Lidia se bajó de él. Esperó a que el vehículo se alejara, luego se dirigió al edificio caminando con precaución, levantándose levemente la falda de su vestido largo y ligero. Se sirvió de rápidas miradas inquietas lanzadas a su alrededor para comprobar la situación en la medida de lo posible; luego, a pocos pasos de la puerta, se detuvo, tomándose su tiempo para evaluar el aspecto desolado del caserón.

Fue entonces cuando una voz brotó de entre la sombra que rodeaba el tronco del enorme roble, a su derecha.

–Bienllegada.

La joven volvió la cabeza en esa dirección, asustada, divisando la silueta oscura que estaba despegándose lentamente del tronco para salir a su encuentro.

–¿Ya estáis aquí? –preguntó vacilante.

–Nunca haría esperar a una dama –le respondió Flaviano con una sonrisa–. No soporto llegar tarde. Además, quería asegurarme de que realmente veníais sola.

Lidia le miró preocupada.

–¿Y con quién pensabais que vendría?

Flaviano llegó hasta la puerta del caserón y la abrió, invitando con un gesto afectado a que pasara primero la muchacha.

–No sé, con esa Adele, quizá… ¿Cómo habéis logrado esquivar la vigilancia?

–No es difícil cuando se conocen las costumbres de la casa. De todas formas, no es problema vuestro.

Y con esta réplica, Lidia se adentró en el frescor del interior de la casa.

–Poco pero seguro –comentó Flaviano antes de seguir sus pasos, cerrando la puerta tras de sí.

Como era de esperar, la habitación estaba en las mismas condiciones en que la habían dejado unos días antes. Todo estaba cubierto por una gruesa capa de polvo que daba un tono grisáceo al ambiente, oprimido por el silencio y por un leve hedor cuya naturaleza los dos intrusos podían imaginar, aunque tácitamente optaron por no mencionarlo.

Tras explorar el entorno durante unos segundos, Lidia se puso de espaldas a la embocadura emplomada de la chimenea y se quedó erguida e inmóvil, con los brazos cruzados, para encararse con Flaviano.

Él también se quedó parado. Y como la muchacha le miraba sin decir nada, como si intentara leerle el pensamiento, optó por romper el *impasse* con una pregunta sorpresa.

–¿Notó alguien mi ausencia en la ceremonia de ayer por la tarde?

Habló en voz baja, consciente de que ese ambiente tenía la capacidad de amplificar cada sonido, cada palabra.

Lidia parpadeó varias veces seguidas, antes de responder.

–Mi tía, naturalmente. E incluso el capitán preguntó por vos.

–¿Y qué le dijisteis?

–Que no siendo vos ningún miembro de la familia, no consideré oportuno invitaros.

–Me parece una respuesta impecable. Además, sin invitación no…

–Ayer os fuisteis sin mediar palabra. Me disteis la espalda y desaparecisteis. Incluso si hubiera tenido la intención, podéis estar seguro de que semejante descortesía me habría hecho cambiar de idea. De todas formas, no importa. Olvidémonos de las nimiedades.

164

Flaviano bajó la mirada, asintiendo para sí. Entonces, sin levantar los ojos, preguntó:

—¿Cuál es el motivo de este encuentro tan… secreto?

Lidia resopló.

—No lo definiría como tan secreto, más bien discreto, diría yo. Simplemente tenía la necesidad de hablaros en terreno neutral, lejos de personas curiosas, entrometidas o chismosas.

—Ah… y pensar que incluso había tomado en consideración la posibilidad de un encuentro romántico…

Flaviano levantó la comisura de la boca, observando a la joven de reojo.

Lidia emitió un prolongado suspiro, arrugando la frente.

—Nada más lejos de mis intenciones —respondió, quizá con demasiado énfasis—. De hecho… la razón por la que os he pedido que nos veamos aquí es que… creo que estáis haciendo indagaciones por vuestra cuenta sin ponerme al corriente. ¿O me equivoco?

Flaviano la miró directamente a los ojos, con aire decidido. ¿Y si así fuera?

—No puedo tolerarlo. Me habéis hecho una promesa. Y si vuestra palabra vale tan poco…

Flaviano la interrumpió con un chasquido nervioso de los dedos.

—Os ruego que no os permitáis hacer comentario alguno respecto a mi palabra. No consiento a nadie el privilegio de poner en tela de juicio mi integridad, y si he optado por actuar de cierta manera, es porque no me ha quedado otro remedio. Pero… ¿debería pensar que me habéis hecho venir hasta aquí para hacerme este reproche?

La joven tomó la palabra en un tono menos agresivo:

—Perdonadme, no pretendía ofenderos. Pero agradecería que me pusierais al corriente de los avances de vuestra investigación. Estoy segura de que estos días os han servido para madurar las ideas, es más, me sorprendería lo contrario. Entre otras cosas, ayer os llevasteis a casa un libro valiosísimo, y no tuve nada que objetar. Reconozco que no llego a comprender cómo esa copia antigua puede servir de ayuda, siempre que realmente lo sea, pero pretendo… deseo… que compartáis conmigo vuestras conclusiones. ¿Es mucho pedir?

Flaviano levantó la mirada hacia el oscuro manto que parecía extenderse entre las vigas que ocultaban el elevado techo; luego, como si al escudriñar allí arriba hubiera logrado por fin captar el hilo de la conversación que solo se desarrollaba en su cabeza, preguntó:

—Estabais muy unida a vuestro hermano, ¿verdad?

Lidia bajó los párpados, reduciendo los ojos a una mera fisura.

—Naturalmente. Pero esto no tiene nada que ver con…

—Estoy a punto de pediros algo que estoy seguro de que os incomodará, pero no puedo evitarlo. ¿Habéis dormido alguna vez juntos? De adultos, se entiende.

Ante aquella pregunta, la muchacha se quedó con la boca abierta. El opaco resplandor matizado con reflejos cobrizos impidió que el violento rubor que empañaba su rostro fuera demasiado notorio.

—¿Qué… qué queréis decir…?

—Nada distinto a lo que os he dicho. Si no deseáis responder, lo comprenderé, y no insistiré en ello.

Lidia deslizó la mirada hacia la ventana más cercana.

—Me dan miedo las tormentas, sobre todo de noche. Los truenos. Desde que era una niña… Cuando ocurría, Folco me dejaba que durmiera con él…

Se quedó callada, inmóvil. La mirada de Flaviano no se apartaba de ella, implacable. Solo consiguió aguantar unos segundos, pero luego cedió a la presión y soltó, mirando fijamente a su interlocutor:

—Estábamos muy unidos, sí… Mucho. Y resulta que dormimos en la misma cama. Como adultos, como vos decís. Espero que os deis cuenta de lo mucho que me pesa, y me avergüenza, contaros esta confidencia, totalmente innecesaria.

—Me hago cargo, y os agradezco vuestra sinceridad. De todas

formas, me lo imaginaba. Aquella antigua doncella vuestra, Maria, tiene el cabello muy negro. Los pelos que había en el cepillo eran castaños, como los vuestros, y esto me llevó a pensar en otra teoría, que vos me acabáis de confirmar.

Lidia, con los brazos cruzados, apretó con más fuerza sus antebrazos, hundiendo los dedos en los pliegues de las mangas.

—Sin embargo, tengo la impresión de que este tema va más allá de una curiosidad legítima. Mi hermano ha muerto, y vos estáis aquí juzgando los lazos que...

—Yo no estoy juzgando a nadie, Lidia. Vos me habéis pedido que os cuente todo lo que estoy recogiendo en mi cabeza, y es lo que estoy haciendo. Mi método requiere también estudiar a las personas con las que tengo que interactuar, para conocerlas mejor, para comprenderlas más allá de lo que me cuentan. Me parecéis una mujer extremadamente decidida y segura como para aceptar pasivamente la forma de celo que vuestro hermano ejercitaba respecto a vos, como me habéis referido. Supuse que tal sentimiento, más que fraternal, podría ser correspondido de alguna manera. Hasta aquí.

Lidia se llevó los dedos a las sienes, como si fuera presa de una repentina migraña. Flaviano se aprovechó de aquel instante de debilidad para acercarse a ella. Y no pudo evitar percibir el perfume a jacinto que emanaba de la piel de la joven.

—¿Queréis que dejemos esta conversación para otro momento? —le propuso.

Ahora solo media brazada separaba sus rostros.

—Os advierto, no obstante, que el careo que os estoy pidiendo es inevitable.

Sus ojos se encontraron, y ninguno de los dos optó por interrumpir aquel contacto. Pero fue cuestión de unos instantes, porque la mirada de Flaviano se veló de repente.

—Si os pidiera que exhumarais el cuerpo de vuestro hermano, ¿qué me responderíais?

Para Lidia fue como un jarro de agua fría. Abrió los ojos como platos, estupefacta, e instintivamente retrocedió. Pero Flaviano se aprestó a bloquearla por los hombros, y sin ser brusco ni violento, impidió que lo eludiera.

—¿Qué… qué barbaridad estáis diciendo? —siseó ella con los dientes apretados.

Ya tenía los ojos inundados de lágrimas.

—Hablé con personas que estaban presentes el día en que se encontró su cadáver. Vuestro hermano fue reconocido únicamente por la ropa que llevaba, y por un anillo. El rostro estaba prácticamente irreconocible.

Al pronunciar aquellas palabras, no pudo evitar recordar la calavera en la vitrina del doctor Albizzi y el efecto engañoso creado al imaginar un rostro superpuesto.

—¿A nadie le ha surgido la duda de que pudiera tratarse de otra persona de complexión parecida? A mí sí, por ejemplo. Y a pesar del tiempo que ha transcurrido, considero que una exhumación del cadáver podría reabrir el caso. ¿Estaríais de acuerdo?

Lidia escuchaba sus palabras, rígida como una estatua, con el semblante contraído en una máscara de ira y sufrimiento, mientras Flaviano seguía agarrándola. Por fin, tras un silencio ahogado que parecía no acabar nunca, encontró fuerzas para sacar de dentro estas palabras:

—Vos debéis estar loco. ¿Querríais… querríais exponer los restos de Folco a semejante profanación? Yo… no puedo ni imaginar…

—Pero la idea de que el cuerpo dentro de ese ataúd, en la capilla de vuestra familia, pueda no ser el de vuestro hermano, ¿no os llena de esperanza? ¿No os entusiasma? Francamente, no entiendo vuestra negativa. O tal vez… ¿deba admitir que, por desgracia, lo entiendo demasiado bien?

Las facciones de Lidia se relajaron de repente, como si toda emoción hubiera abandonado su corazón. Entonces, en un tono sin expresión, manifestó:

—Temo haberos subestimado, Flaviano. Pero sea cual fuere la conclusión a la que habéis llegado, sabed que podéis intuir todo lo que pasa por la mente de una persona, pero desde luego no lo que pasa en su corazón.

Flaviano la acercó un poco más a él, inhalando su perfume ahora teñido del acre olor del sudor, y sintió un estremecimiento. A través del escote, en absoluto estricto, sus pechos palpitaban al ritmo de una respiración acelerada. Había algo salvaje en aquella muchacha. Algo que permanecía, constante, bajo el férreo dominio de la educación y de la moral, pero que ahora, en aquella circunstancia de tensión extrema, estaba emergiendo con prepotencia. Corría el riesgo de desorientarle, de hacerle errar en el camino. Flaviano mismo era consciente de sus propios latidos, y eso que siempre se había sentido orgulloso de su capacidad innata para gobernarlos. Sin embargo, aquella inoportuna situación le imponía tal conjunción de estímulos que se sintió obligado a recurrir a todo su autocontrol.

Lidia debió darse cuenta.

–Sé lo que estáis deseando –le dijo en un susurro–. Lo deseáis desde el primer momento en que me conocisteis. Ciertas cosas no se nos escapan a las mujeres. Puede que jamás se os presente una ocasión como esta.

Entonces, le bastó con pasarse la lengua por los labios y cerrar los ojos para pulverizar el muro de contención.

Con una llamarada, las brasas de la carne de Flaviano redujeron a cenizas los baluartes de la razón.

## 2

El mundo real fue recuperando poco a poco su espacio en su conciencia, dispersando los vapores de aquella primitiva e inesperada ceguera. Para Flaviano fue como recuperarse paulatinamente de una embriaguez de los sentidos que le había afectado de manera casi febril. De pie, vuelto hacia la puerta cerrada, empeñado en abrocharse, con dedos aún temblorosos, el cinturón y los botones para recuperar el decoro, esperó a que se calmaran las aguas turbulentas de su cabeza.

Detrás de él, sentada sobre la alfombra, Lidia permanecía en silencio, con la espalda apoyada en la pared y las rodillas dobladas. Observaba al hombre de espaldas, mientras se atusaba como podía el pelo revuelto y empapado de sudor. Su piel brillante desprendía un aroma agridulce que aún resultaba embriagador.

–¿Y ahora? –le preguntó de repente.

Flaviano se volvió hacia ella y se quedó mirándola. Aquella joven todavía medio desnuda y acalorada le acababa de entregar su cuerpo, arrastrándole a un torbellino de sensaciones que –precisamente porque habían apagado un prolongado deseo– había sido devastador. Era una mujer peligrosa, y astuta. Por ello era de vital importancia, ahora más que nunca, mantenerse firmemente anclado al más lúcido raciocinio.

–¿Ahora? –repitió él–. Ahora… me encuentro en una situación complicada.

Lidia, lentamente, se puso en pie. Su vestido azul oscuro, sin terminar de abrochar hasta el cuello, se abrió exhibiendo una generosa parte de su seno.

–Diría que yo también lo estoy, sin duda –comentó.

Flaviano asintió.

–¿Cuándo os disteis cuenta? –preguntó Lidia.

–Empecé a sospecharlo cuando el doctor Albizzi me habló de las condiciones del presunto cadáver de vuestro hermano. Desde aquel momento, no pude evitar reconstruir cada acontecimiento partiendo del supuesto de que el Grabador fuera…

Lidia le interrumpió poniéndole su dedo índice sobre los labios. Sus ojos brillaban con lágrimas contenidas.

–Él… él no es…

–Vuestro hermano es un loco asesino, Lidia, es inútil darle más vueltas. Y vos sois su cómplice. Habéis hecho de todo para inducirme a creer que quien perpetraba esos horrores era el viejo Ermete, que aún seguía vivo, y admito que al principio mordí el anzuelo. Pero ¿recordáis la frase escrita en la pared, en aquella maldita habitación, al otro lado de esta pared? «Para vosotros que me seguís: la mentira se esconde bajo la tierra…». Podía significar muchas cosas, estoy de acuerdo, pero quien la escribiera, en el fondo pretendía solamente una: estad atentos, porque nada es lo que parece. Y, mirando hacia atrás, Ermete era un chivo expiatorio muy conveniente. En cambio, el monstruo se llama Folco y vos sois tan culpable como él.

La mano izquierda de la muchacha se movió veloz hacia la mejilla de Flaviano, pero él la interceptó al vuelo, bloqueándole la muñeca.

—Es inútil que os mintáis a vos misma. Por mucho que le amarais, vuestro comportamiento no tiene justificación. Sin vuestra colaboración, entre otras cosas, Folco no habría podido introducirse en la casa de vuestro primo para llevar a cabo aquella felonía. Fuisteis vos quien le dejó entrar. El pobre Maso no tenía las llaves. Vuestras manos también están manchadas con su sangre, además de la de Paolo. ¿Es posible que no veáis el infierno donde os habéis metido?

—Vos no lo comprendéis… —exhaló Lidia.

Flaviano aflojó la mano que la agarraba por la muñeca y ella retrocedió pegando la espalda a la pared.

—Oh, sí, hay muchas cosas que todavía no comprendo, tenéis razón. Pero estoy acostumbrado a llegar siempre hasta el final, en la medida de lo posible. En cualquier caso, sé que me encuentro en una posición verdaderamente incómoda. Mi deber, moral y civil, sería denunciaros sin mayor dilación…

—Pero también vos seríais llamado a responder a ciertas preguntas, lo sabéis. El hecho de haber guardado silencio sobre lo que encontramos allí, en el otro edificio, podría crearos problemas considerables…

—Sobre este punto —le interrumpió Flaviano, señalándola con los dos dedos índices—, yo no estaría tan seguro, Lidia. Sería vuestra palabra contra la mía, y vuestra posición daría lugar a la sospecha de que lo que estáis buscando es embarrarme por haberos acusado. Maso, para mi desgracia, no puede testimoniar; por lo tanto, ¿quién puede confirmar que aquella mañana yo estuviera también allí? Más bien…

Lidia soltó una carcajada áspera.

–Sí, «más bien». No creo que os beneficie veros involucrado con la justicia florentina; es más, atraería sobre vos una atención que seguramente querréis evitar. ¿Tengo razón?

Flaviano bajó los brazos.

–Bien, la apuesta en juego es muy elevada, y grave, respecto a salvaguardar mi estatus aquí en la ciudad. No, Lidia, lo que pretendo es que… En fin, no sirve de nada negar la evidencia. Vos significáis algo para mí. No creo que sea necesario añadir nada más, estoy seguro de que me habéis entendido.

Lidia se mordió el labio superior. Parecía a punto de decir algo, pero estaba desconcertada y no abrió la boca. Bajó los ojos mirándose el escote, y muy lentamente empezó a abrocharse el vestido.

–Yo no soy un hombre de leyes –continuó Flaviano– ni mucho menos un religioso. Tengo mis propios principios, que procuro seguir con coherencia, pero estos principios no prescinden de los sentimientos. Siempre he escuchado la voz de mi corazón, junto a la de la razón. Y si me acabo de abrir con vos en este sentido es para haceros entender que no tengo intención de poneros en la picota, si queréis colaborar. Algo que por lo demás deseo con todo mi corazón, sin embargo… imagino que traicionar a vuestro hermano no está en vuestros planes. Aunque deseo intentarlo igualmente. ¿Me revelaríais dónde se esconde?

Lidia, que hasta antes de terminar de abrocharse el último botón había estado escuchando aquellas palabras con la cabeza baja, levantó súbitamente la mirada.

–Os lo diría, si lo supiera.

–Queréis hacerme creer…

–No ha querido decírmelo, por temor a que me encontrara en una tesitura como esta. Evidentemente no se fía del todo, o quizá lo haya hecho para protegerme de alguna manera. Creo que ya ha empezado a darse cuenta de que no le apoyo como al principio. Se está volviendo demasiado... Está haciendo cosas que... En fin, al inicio de todo esto me cautivó hablándome de una esencia fabulosa que pretendía conseguir, una especie de droga que ampliaría nuestras facultades mentales, nuestro pensamiento. Me dejé tentar. Me engañé a mí misma, ingenuamente, pensando que estaba destinada a continuar por el mismo camino que había tomado mi antepasada, ya sabes...

—Os estáis refiriendo a Caterina Sforza, me imagino.

—Exacto. Qué necia he sido... Intenté que desistiera, os lo juro, pero fue como hablar al viento. Está enceguecido...

—¿Ni siquiera una pista? ¿Jamás una alusión, aunque vaga? —la interrumpió Flaviano.

Lidia se pasó la mano por la frente, luego pareció examinar las gotitas de sudor en los dedos.

—Una alusión puede que sí. Aunque no tengo ni idea de qué puede significar. Solamente una vez mencionó... la Guarida de la Rosa, o algo parecido.

—¿La Guarida de la Rosa?

—El lugar donde se esconde. Me suena que lo llamó así. No sé nada más.

Ambos siguieron mirándose el uno al otro, como si buscaran leerse en los ojos sus respectivos pensamientos, como si quisieran adivinar cuántas verdades más aflorarían a la superficie. Después Lidia le asaltó con una pregunta repentina:

—¿Por qué razón pensáis que me he entregado a vos?

Flaviano, cogido por sorpresa, entrelazó las manos tras la espalda, frotándose con fuerza las yemas de los dedos.

—Seré sincero: me temo que lo habéis hecho para tratar de que me ponga lo más posible de vuestro lado, al intuir que yo ya conocía la verdad.

—Entonces, debéis pensar que soy una auténtica zorra.

—Ni se os ocurra pensar eso, Lidia. Os tengo en la más alta

consideración, a pesar de todo. ¿Tenéis tal vez una motivación distinta que darme?

La joven se aproximó lentamente a la chimenea; allí, exhausta, se sentó en el borde de ladrillo.

–No puedo pretender que deis crédito a mis palabras, dadas las circunstancias. No he sido de nadie más, excepto de Folco, antes de estar con vos. Y si me he decidido a hacerlo, es porque… vuestros sentimientos son correspondidos. Esta es la única verdad, lo creáis o no.

Flaviano se miró la punta de las botas. La sensación de estar atrapado en una enorme tela de araña se agudizó de repente. Pero no estaba en absoluto seguro de querer deshacerse de ella.

Encontró que los ojos de Lidia seguían posados en él, lánguidos, hipnóticos. Gotas de sangre Sforza corrían realmente por las venas de aquella joven, a pesar de los siglos que las separaban. Prefirió darle la espalda, con una leve inclinación de cabeza, para que no pudiera intuir el esfuerzo interior que le estaba consumiendo.

–Además –prosiguió Lidia–, ¿no creéis que podría haber aprovechado para quitaros de en medio? ¿Que esta invitación mía podía esconder una emboscada? Si os hubierais encontrado aquí con Folco, ¿no pensáis que las cosas podrían haberse resuelto de manera diferente?

Flaviano le contestó sin darse la vuelta.

–Si me conocierais lo suficiente, sabríais que esta eventualidad estaba por encima de todas las demás. He venido hasta aquí con bastante antelación, ¿sabéis? He tenido la oportunidad de inspeccionar el edificio de cabo a rabo, antes de hacer guardia ahí fuera. Además, llevo un puñal en la bota. No sé si habría salido bien parado en caso de un encuentro directo, pero desde luego estaba preparado para defenderme. No obstante, también he tomado mis precauciones de otra manera. He escrito todas mis sospechas y mis conclusiones en una carta, sellada y entregada a una persona de mi máxima confianza. Si no me presentara en las próximas veinticuatro horas, esta carta terminaría directamente en manos de nuestro viejo amigo Lapo, con las consecuencias que podéis imaginar.

Este último detalle no se correspondía con la realidad, era fruto exclusivo de la improvisación, pero era sin duda verosímil, y como truco siempre resultaba eficaz.

–Como veis, no soy del todo un incauto.

–No, no lo sois –observó la joven con un murmullo.

–A pesar de ello, sé que me he colocado en una situación muy vulnerable, sobre la alfombra, mientras… Por otra parte, sabéis tan bien como yo cuán débil puede hacer al hombre el corazón y la carne. Pero una parte de mí seguía sugiriéndome que, si vuestro hermano hubiera estado presente, jamás habría ocurrido algo semejante. Y me he dejado convencer fácilmente…

El grito repentino de Lidia le obligó a darse la vuelta.

La joven estaba mirando por la ventana, con el semblante consternado.

–¿Qué pasa? ¿Qué habéis visto?

Lidia se puso en pie, señalando con el dedo una de las cortinas ligeramente entreabierta.

–¡Hay alguien ahí fuera! He visto una cara… horrible…

Flaviano se agachó para sacarse el puñal envainado en la bota derecha, luego se precipitó hacia la puerta y la abrió de par en par. La silueta de un hombre se alejaba a toda prisa buscando el abrigo del bosque, más allá del gran roble. El hombre de la capa verde.

Flaviano se volvió angustiado hacia Lidia, presa de la indecisión. Entonces señaló a la muchacha con la punta del puñal, agitándolo como queriendo comunicarle todo lo que en aquel momento no podía decirle. Pero no había tiempo que perder. La sospecha de que podría tratarse de una trampa se le pasó por la mente, aunque solo por un instante; prefirió, en cambio, prestar oídos al instintivo impulso que le dominaba en aquel momento, y que como siempre le guiaría.

Se llenó los pulmones de aire y salió a toda prisa, iniciando la persecución.

A su paso se cruzaban matorrales enmarañados y troncos de robles y hayas, a la vez que su respiración se volvía cada vez más agitada y dificultosa. La figura embozada que le precedía parecía estar llena de energía, a pesar de que la distancia que les separaba se reducía ligeramente a cada zancada. Flaviano no dudaba que lograría alcanzar al fugitivo, a menos que surgiera algún imprevisto. Empezaba a notar las piernas pesadas, y al no estar habituado a poner su musculatura a prueba de aquel modo, el temor a perder la coordinación, tropezar con algo y caer rodando al suelo no debía subestimarse.

Inspiraba con fuerza por la nariz y expiraba ruidosamente, inflando las mejillas y produciendo grotescos sonidos parecidos a estertores. Le lloraban los ojos, pero seguían fijos en la presa embozada de verde. Firmemente sujeto con la mano derecha, el puñal cortaba el aire. Flaviano siempre había sido reacio a recurrir a la violencia física, y además no era un hombre de acción; pero en caso de necesidad, para defender a otra persona, o a sí mismo, no dudaría en hacer uso de ella.

No se percató a la primera de que el fugitivo estaba aminorando la marcha. Lo primero que pensó es que le estaban flaqueando las fuerzas, y que muy a su pesar iba a rendirse; pero luego se dio cuenta de que aquella ralentización era totalmente voluntaria. El instinto le empujó a hacer lo mismo, expulsando aire caliente de sus pulmones.

Cuando las zancadas del hombre a la fuga se redujeron a saltos cortos y finalmente a pequeños pasos, antes de detenerse por completo, Flaviano también se quedó parado, jadeante, a unas quince brazas de distancia. El hombre que iba delante se quedó quieto, de espaldas. Ambos esperaron, casi de común acuerdo, a que el ritmo de su respiración volviera a la normalidad; después, Flaviano rompió el silencio del bosque que de repente cayó sobre ellos:

–Aquí estamos finalmente solos… Ermete.

El hombre se dio la vuelta, despacio, revelando su rostro desfigurado. Sus rasgos, sin embargo, seguían siendo indescifrables, moteados como estaban por las sombras cambiantes que se colaban entre el follaje.

–Tenéis razón. Finalmente.

Su voz era un susurro áspero, grave, pero perfectamente audible, casi como si estuviera hablando dentro de una campana de cristal.

–Lleváis siguiéndome un tiempo, y sabía que antes o después nos veríamos las caras. Sin embargo, no comprendo el motivo de esta huida. Habríais podido...

–Habría podido actuar de otra manera, lo sé –respondió el alquimista–. Habría podido pararos por la calle, o presentarme en vuestra casa... Pero entonces no había comprendido de qué lado estabais. Ahora tengo más clara vuestra posición, y creo que podría proporcionaros la información que andáis buscando. Ya sabéis quién es el Grabador, por lo que no se me podrá acusar de haber traicionado a nadie.

Flaviano sopesó durante unos momentos aquellas palabras, luego se agachó para guardar el puñal. Pero su mirada seguía envuelta en una luz sombría.

–¿Habéis estado espiándonos? ¿Cuánto tiempo llevabais acechando fuera de la casa?

Ermete mostró una palma, sacudiendo la cabeza.

–Os juro por mi honor que solamente he oído los últimos minutos de vuestra conversación, nada más. He intuido por vuestras palabras que también habéis hecho... algo más, pero nunca jamás me rebajaría a espiar la intimidad entre un hombre y una mujer.

Flaviano caviló sobre ello, escrutando a su interlocutor. Si quería capturar al Grabador, necesitaba a aquel hombre. No podía prescindir de su ayuda.

–De acuerdo, messere. Daré crédito a vuestra palabra. Y ahora decidme: ¿esta fuga...?

–Está claro que no podía hablaros en presencia de Lidia, lo

entenderéis. Ella me detesta, y cualquier cosa que se diga en su presencia puede llegar también a su hermano. Teníamos que estar a solas.

Flaviano empezó a frotarse las yemas de los dedos.

–Pero ¿cómo se comunican? Este es uno de los grandes enigmas que me están quitando el sueño…

Ermete avanzó un paso.

–Por lo que he logrado enterarme, de vez en cuando van a su antigua residencia, por separado. Lidia puede escabullirse cuando quiere, lo tiene fácil. Folco tiene que ser más astuto en sus movimientos, y acude por la noche. Es difícil interceptarle, y mucho más seguirle. Se dejan mensajes. No tengo pruebas fehacientes, pero creo que las cosas entre ellos funcionan así.

–¿Y vos? Me consta que todo el mundo os daba por muerto hace quince años, en el incendio de vuestro taller…

Ermete asintió, desconsolado. Le indicó a Flaviano un afloramiento rocoso, bajo y plano, justo ahí al lado. Ideal para sentarse a descansar. Flaviano comprendió, y se sentó de buena gana. Ermete hizo lo mismo sobre una gruesa raíz, después de limpiar la capa de tierra que tenía encima.

–¿Tenéis tiempo para hablar conmigo? –preguntó el alquimista.

Flaviano extendió los brazos.

–Todo el que deseéis. De todos modos, Lidia ya se habrá ido.

–Tenéis razón. Además, lo de abandonarla para perseguirme a mí ha sido una elección vuestra. Seguro que encontraréis la manera de continuar con vuestra conversación, ya lo veréis. Ahora, escuchadme bien. Aquel año tenía seis alumnos. O, mejor dicho, ellos me tenían a mí, según cómo queráis concebir mis clases. Habíamos llegado a una fase crucial del curso, y quise hacerles un regalo, un regalo muy particular. Entregué a cada uno de ellos una llave. No en sentido literal, ya se entiende. Una información. «Un ingrediente».

–¿Un ingrediente?

–¿Conocéis el árbol de la vida?

Flaviano abrió los ojos como platos.

—¿Del que habla la Biblia en el Génesis? ¿El árbol que se encuentra en el edén?

Ermete sonrió.

—También se habla de él en el Apocalipsis. ¿Se trata de un mito? Tal vez. O quizá no. Tras décadas de investigaciones, puede que todavía no haya entendido su verdadero significado. Bueno, no penséis que estoy desvariando. Si hago mención de estas cosas es porque están estrechamente relacionadas con lo que está sucediendo estos meses atrás.

Flaviano permaneció impasible.

—No se me ha ocurrido ni por asomo, señor. Y os escucho con gran interés.

—Está bien, de acuerdo. Por otra parte, por lo que he oído, me consta que sois un hombre muy culto, un joven con un intelecto más que despierto. Y, por tanto…

El hombre se rascó la piel cicatrizada que le recubría la mejilla casi por completo.

—El árbol de la vida, o de la sabiduría, de cuyos frutos el hombre no debió comer, es un símbolo muy antiguo, y encierra en sí mismo la aspiración del hombre a esforzarse por alcanzar a Dios… «a convertirse en Dios». Esto es lo que le dijo la serpiente a Eva, ¿no? Una verdadera tentación, no hay más que decir… Pues bien, bajo esta manida alegoría, cierta corriente de pensamiento alquímico cree desde hace tiempo que se oculta una sustancia concreta, un concentrado de estímulos químicos capaz de expandir la conciencia humana hasta límites insospechados. Durante siglos se han intentado individualizar los ingredientes que, unidos en las proporciones adecuadas, dan cuerpo a esta maravilla, a esta… ¿podríamos llamarla droga? Sí, es una definición tan buena como cualquier otra. Yo mismo, lo confieso, había abrazado esta ilusión, y en aquella que hoy considero mi «otra vida» la perseguí mientras creí en ella… ¿Y sabéis una cosa, messere? Pensaba que de verdad la había encontrado. La llamé *Hybris*.

–¿Como el pecado que impulsa a rebelarse incluso a Dios, según los antiguos griegos? –observó Flaviano.

–Me pareció un nombre muy apropiado, ya que los efectos prometidos aprovechan exactamente esta aspiración innata. ¿Sois cristiano católico?

Una repentina ráfaga de viento consiguió alcanzarlos, enroscándose en los troncos y silbando hasta agitar el follaje.

–Creo en la existencia de un ser superior –se limitó a responder Flaviano.

Ermete curvó sus finos y arrugados labios en una mueca de desprecio.

–Una respuesta muy diplomática. Os comprendo. Por eso, esta conversación mía no debería escandalizaros, ¿verdad?

–No, en absoluto. Continuad, os lo ruego.

–Veréis, llegar a producir esta sustancia implica una inmensa responsabilidad. Así pues, el impulso de servirse de ella puede surgir tanto de un puro deseo de acercarse a Dios como de un anhelo de rebelarse contra su creador y ponerse a su altura, por increíble que parezca. La frontera entre la devoción y la herejía es realmente confusa… Veréis, tres décadas en estrecho contacto con hombres de fe cristiana inquebrantable me han obligado inevitablemente a tener que revisar gran parte de mis ideas sobre el tema. Y ahora puedo afirmar que reconozco lo efímera que era mi ambición, a cuántos errores me condujo el hecho de ser considerado un *magister*, un título que hoy me hace sonreír miserablemente… Pero lo hecho, hecho está. Sin embargo, debería llorar cuando pienso en el daño que mi maldita droga, aquella quimera, ha ocasionado, aunque sea de manera indirecta.

–Vos… ¿la habéis probado?

–En cantidades mínimas, y solamente una vez.

–¿Y…?

Ermete bajó la mirada.

–Tuve miedo. Puedo aseguraros que, durante un breve lapso

de tiempo, no era yo… no me reconocía, al menos. Experimenté un estado físico y mental que nunca antes había conocido y, aunque no insistí en exponer mi cuerpo a esa sustancia, tuve la arrogancia de creer que había encontrado lo que buscaba. Creí en ello y, a mi manera, lo divulgué. Ahora soy plenamente consciente de que Dios existe en un plano infinitamente superior al que podría ambicionar ni con la más desenfrenada de las alteraciones de la conciencia, y que el hombre, en su humillante finitud, solamente puede aspirar a acercarse a él. Mientras viva en esta Tierra.

Flaviano suspiró.

–Entonces… ¿no sois el único que conoce los ingredientes de este… *Hybris*?

–No.

En el silencio que siguió, la sombra de una nube hizo caer sobre ellos un manto plomizo, salpicado aquí y allá con multitud de destellos verdes y dorados. Flaviano se veía invadido por la vaga sensación de estar participando en aquella extraña conversación en un estado de semiinconsciencia, como si un letargo cercano al sueño le hubiera pillado desprevenido. Enderezó la espalda, movió un poco las nalgas sobre aquel asiento de roca y giró la cabeza a derecha e izquierda, haciendo crujir las vértebras del cuello.

–¿No? –repitió–. ¿Y quién más los conoce? Aunque ya tengo una ligera idea.

Ermete ahuyentó con el dorso de la mano a una enorme araña que se le estaba subiendo por una pierna.

–Es precisamente el regalo que les quise hacer a mis alumnos. Más que un regalo, lo hice por la presunción de dejar en herencia mis conocimientos, sin confiar nada a las páginas escritas que habrían podido acabar en quién sabe qué manos. Le di una llave a cada uno de ellos, pero la enterré cuidadosamente en sus mentes. Nada trascendental, entendámonos. Estas son cosas que incluso un mago ambulante experimentado podría hacer para entretener a su audiencia. Basta ejercer la presión adecuada con los dedos en un lateral del cuello, en la arteria carótida, al tiempo que se dice algo al oído, en voz baja pero firme, antes de que el sujeto pierda la conciencia del todo. Para que surja la palabra o palabras sugeridas durante esa brevísima pausa de inconsciencia, basta con un estímulo vocal, o incluso un simple gesto, del supuesto mago. O, como en el caso de mis alumnos, esperar hasta ser capaces de sacarlo ellos mismos de lo más profundo de su memoria, incluso años después, alcanzando un estatus particular.

–¿Es decir?

–El estado al que conduce el camino de todo alquimista. Una vida dedicada a seguir el camino áureo. Ahora sería demasiado complicado entrar en detalles, pero tened por seguro que quien se aplica, en cuerpo y alma, a atravesar las fases de la gran obra, puede alcanzar el control pleno sobre su espíritu y sobre su mente. Si algún día mis alumnos hubieran llegado a tal resultado, fieles a mis enseñanzas, habrían podido hacer aflorar la llave enterrada, y reuniéndose habrían adquirido el conocimiento del *Hybris*.

Al hablar, los ojos de Ermete habían revivido, como si hubieran captado los haces de luz cenicienta que caían sobre el bosque, y su voz se había cargado de un énfasis que dejó a Flaviano algo desconcertado. ¿Era una persona sana de mente, con la que estaba conversando, o quizá estaba perdiendo un tiempo precioso escuchando los delirios de un exaltado? Prefirió seguir inclinándose por la primera suposición.

–Os estáis refiriendo a… *Nigredo*, *Albedo* y *Rubedo*, ¿verdad?

–Naturalmente, messere, naturalmente…

El tono del alquimista se volvió a teñir de tristeza.

–Pero ahora… todas las esperanzas que había depositado en mis alumnos se han quemado… como casi me pasó a mí.

–Me imagino que recordaréis todo de aquel accidente, y de cómo conseguisteis salvaros…

El alquimista levantó la mirada hacia las hojas que crujían y crepitaban como páginas de pergamino. Las lágrimas le hacían brillar los ojos.

—No fue un accidente...

*Florencia, A. D. 1664*
*Taller de Ermete Moraldi*

Cuando se abre la puerta, lentamente, el chorro de luz densa y polvorienta que se filtra desde la calle, pasando por el vestíbulo hasta el pasillo, se ha amortiguado, y las pupilas del chico se dilatan ante el resplandor de la llama que vibra en la habitación.

—Maestro, estoy aquí.

El alquimista está de espaldas, ocupado en pasar un líquido de color ámbar de un recipiente a otro. Tres pequeños braseros colocados en otros tantos rincones del laboratorio crean la sensación de noche profunda, aunque todavía faltan unas horas para que un sol exhausto desaparezca en el horizonte.

—Entra, entra, muchacho. Y cierra la puerta.

El joven obedece en silencio, luego se queda quieto, a la espera de que el maestro le preste atención. Los olores que preñan el ambiente son penetrantes, dulzones; se meten en la nariz, y a alguien con un estómago especialmente delicado podrían causarle arcadas. Ya había ocurrido antes. Pero al chico no le importa. Él conoce esos aromas, sería capaz de identificar cada uno de ellos, y de darle nombre a las sustancias que los producen. Así como también sabe —o cree saber— el motivo por el cual el maestro le ha convocado. Está al tanto de lo que ha hecho con los demás alumnos, sus compañeros. Y ahora le toca a él. Tal vez.

Ermete se da la vuelta, secándose las manos con una gran servilleta de color gris. Ambos se observan por unos instantes, tienen los ojos salpicados por el reflejo de minúsculas llamas.

—Bien —dice por fin el maestro—. ¿Has venido solo?

—Sí.

El hombre asiente. Luego coge por el respaldo una de las sillas que hay junto a la mesa alargada, esa a la cual habitualmente se sientan los aprendices, y la arrastra hasta el centro del laboratorio.

—Aquí. Siéntate aquí. Tengo que hablar contigo.

El chico se sienta sin hacer preguntas. Parece tranquilo, seguro de sí mismo, como siempre. Pero un rosario de gotitas relucientes le empieza a desfilar por la frente.

El maestro se coloca detrás de él y le pone las manos en los hombros. El alumno debe apelar a todo su autocontrol para reprimir un escalofrío.

—Tus compañeros, ahora, saben. Y, sin embargo, no saben.

Una breve pausa, para dar tiempo al muchacho a asimilar aquella información, luego prosigue:

—He inoculado en cada uno de ellos una chispa de sabiduría, una brizna de conocimiento, pero ninguno de ellos sería capaz de sacarla a la luz sin ayuda. He enterrado el tesoro en el centro exacto de su cerebro, donde solo puede llegar el magnetismo de la luna y del mercurio. ¿Me sigues?

El muchacho traga saliva antes de hablar.

—No… no estoy seguro, maestro.

—No estoy seguro… Buena respuesta. ¿Y quién podría estarlo, de cualquier cosa, en este mundo? Además, tal y como he repetido hasta la saciedad, el hombre no es más que la sombra de lo que podría ser, ¿cierto? Y una sombra repta, explora, escudriña… siempre arrastrada por algo más, algo superior y desconocido, que la gobierna, y que nunca le permite llegar a ninguna seguridad. ¿Estás de acuerdo?

El chico se limita a mover la cabeza para confirmar.

La voz del maestro baja de tono, haciéndose más cercana.

—Pero tú eres especial, hijo mío. Tú tienes una luz dentro de ti. Yo la veo. Tu intelecto es superior, puedes comprender plenamente mis enseñanzas. He instruido a muchos jóvenes, los he guiado por los impracticables senderos de la alquimia, pero solo unos pocos se han revelado merecedores de la riqueza que les he otorgado. Cuando se quedan solos, se extravían. Es como echar margaritas a los cerdos…

Las palabras de Ermete se afinan hasta convertirse en un susurro. Su aliento cálido es como el efluvio ácido desleído de un vago aroma a hierbas aromáticas; se acomoda suavemente en la oreja derecha del alumno, que advierte un irrefrenable hormigueo en la piel de los brazos y las piernas.

—A ti quiero confiarte la llave para alcanzar esos tesoros. Quiero que tú aprendas la técnica para abrir el ojo de la mente, y para iluminarlo con el mercurio lunar. Cuando llegue el momento. Cuando sepas que estás preparado para hacerlo. Tú solo.

El joven permanece impasible, con la mirada fija en las pequeñas llamas inquietas de un brasero. El calor, la penumbra, las miasmas… todo se confabula para inducirlo a una especie de sopor que entorpece los sentidos y el raciocinio. Pero se lo esperaba, no tiene miedo. Solamente tiene que mantenerse firme, y sobre todo vigilante. No puede permitirse cometer errores.

—¿Por qué me habéis elegido precisamente a mí, maestro? ¿Mis compañeros no son igualmente merecedores de ello?

Ermete suspira. Cierra un puño y con los nudillos recorre suavemente una mejilla del joven.

—Como ya te he dicho… tú eres especial. ¿No te basta como respuesta?

El muchacho calla durante unos segundos.

—Yo… —empieza a decir, pero Ermete no le deja continuar.

—Tú y yo nos parecemos mucho, ¿sabes? Te he observado con atención durante todos estos años de aprendizaje. Te he visto crecer. Te he visto florecer… Estamos muy próximos.

Una segunda caricia.

El alumno se muerde un labio para no gritar. Ha entendido, naturalmente, dónde quiere ir a parar el hombre. Lo entendió hace tiempo. Y, secretamente, le detesta por ello. Siente repugnancia. Pero todavía le necesita. Necesita «saber».

Se limita a levantar una mano y posarla con delicadeza sobre la que Ermete retiene, remoloneando, en su rostro acalorado.

—Maestro, os lo ruego, reveladme antes cuál es el secreto que pretendéis compartir conmigo. Luego… después…

Deja morir la frase, incapaz de terminarla. De repente, percibe un resplandor fugaz justo delante de los ojos; siente una leve presión en el cuello, y es como si la silla sobre la que está sentado se inclinara hacia un lado para hacerle resbalar. Pero es cuestión de unos instantes, y enseguida vuelve en sí. Debe permanecer presente, a toda costa.

Ermete se aleja de sus hombros. El chico puede notar casi de manera física su mirada: un hierro puntiagudo y candente clavado en la nuca.

–Durante la última semana he estado viendo a tus cinco compañeros, de uno en uno. ¿Lo sabías?

–No –susurra el alumno.

–Y es justo que así sea. Me juraron solemnemente no decírselo a nadie, y me complace saber que han cumplido su palabra. Cada uno de ellos, ahora, posee una pieza. A ti, en cambio, quiero hacerte un regalo especial, porque entre todos ellos tú eres el único que considero digno de proseguir mi camino, cuando yo ya no sea capaz de continuar. A pesar de ello, soy muy consciente de que tu mente todavía no está madura. Para recibir el conocimiento que he desarrollado durante tantos años de estudio e investigaciones, deberás estar preparado. Y solo entonces podrás encontrar la llave que hay en ti.

Dicho esto, Ermete aparece en el campo visual del joven para colocarse frente a una librería atestada de volúmenes con lomos ilegibles. De la estantería más alta saca un tomo, luego se da la vuelta y se lo enseña al alumno, cogiéndolo igual que cuando un sacerdote expone las Sagradas Escrituras a la veneración de los fieles.

–¿Conoces la *Comoedia Alberici*? –le pregunta.

El chico niega con la cabeza, tragando saliva. Parece perdido, indefenso, listo para acoger el nuevo concepto que el maestro está a punto de darle. Pero tiene una brasa en el corazón. Un tizón que secretamente va reavivándose y enrojeciéndose por momentos.

–Claro, ¿y cómo podrías? –prosigue Ermete–. Esta es la única copia que existe. Ha sobrevivido durante más de tres siglos, y es mía. Aquí está destilada toda la sabiduría oculta del excelso Alighieri, pero estoy seguro de que esto no es nuevo para ti. «Infierno», «Purgatorio», «Paraíso»... Tres pasos hacia la verdad, tres estadios hacia la elevación... Esta es una de las copias realizadas por el alquimista Alberigo Grifi, que se convirtió en monje benedictino, en la primera mitad del siglo XIV. La única en la que él guardó la llave para disipar las tinieblas, para abrir el ojo. Parece que el primero en divulgarla fue un cofrade suyo, una vez que colgó los hábitos para emprender un recorrido iniciático bajo el nombre de Gregorio Tosco. Con el tiempo conoció diversos propietarios, coleccionistas que la tuvieron escondida durante décadas, o alquimistas que quizá, solo «quizá», hayan conseguido leerla «verdaderamente». Se ha librado de dos incendios, guerras, saqueos. Parece que pasó por las manos de Niccolò Cusano, de Giano Lacinio, incluso de Francesco I de Médici, amante apasionado de las prácticas alquímicas. Yo la recibí como regalo, en herencia, podemos decir, de mi maestro, Sibelio Senese. Y ahora... –mientras habla, Ermete se acerca al muchacho y le entrega el volumen– es tuya.

El joven agarra titubeante el tomo y se lo coloca sobre las rodillas. Es pesado, por la encuadernación en piel es obvio que es antiguo, pero parece estar magníficamente conservado.

Un tufo acre a papel antiguo espera ser liberado en cuanto alguien hojee sus páginas. Pero el chico ni siquiera levanta la cubierta. Simplemente, alza la mirada y la fija en los ojos del maestro.

–¿Y dónde se esconde esta llave?

Ermete susurra:

–Puedo revelártelo, si es esto lo que deseas de verdad. Pero no hay prisa...

Extiende la mano derecha, y acercándose un poco más, posa las yemas de los dedos estirados sobre el dorso del libro. Parece que quiere imitar, con ese gesto, a una gran araña fantasmal. Sin dejar de mirar al joven a los ojos, deja entonces que la araña se arrastre por la cubierta hasta llegar al vientre del chico. De allí, va subiendo lentamente por el pecho, llega hasta el hueco de la garganta, y finalmente presiona delicadamente la barbilla del alumno entre el pulgar y el índice. Siente el temblor por todo el brazo, y ese detalle le hace estremecerse a su vez. Además, percibe contra las suyas el roce y el calor de las piernas que el chico ha separado ligeramente. Un súbito jadeo le corta la respiración.

–Por el momento, discípulo mío…

Pero no tiene tiempo de terminar la frase.

Emitiendo un gruñido liberador, el estudiante le coloca sus manos sobre el pecho y le empuja con todas sus fuerzas. Cogido por sorpresa, el hombre no tiene tiempo de agarrarse a nada. Hace girar los brazos como aspas para mantener el equilibrio, pero es entonces cuando se da cuenta de que el joven le ha rodeado hábilmente los tobillos con sus pies, por lo que, incapaz de retroceder, no puede más que tambalearse hacia atrás.

El chico se levanta de un salto. El libro que tenía sobre los muslos se resbala y cae al suelo con un golpe seco.

Ermete deja escapar un gemido, pero en unos segundos su nuca choca violentamente con la esquina de un armario. Su cuerpo cae al suelo mientras sus pulmones se vacían de aire con un resoplido que recuerda al bufido enfadado de un gato. El rostro del alquimista se nubla de espanto. Instintivamente, extiende un brazo hacia su pupilo, que ahora le mira desde lo alto con expresión enfurecida. Emite palabras entrecortadas mientras su cabeza parece estar llena de piedrecillas afiladas.

–¿Qué decís ahora, «maestro»? –le pregunta el chico en tono ácido, pronunciando la última palabra como si la estuviera escupiendo–. ¿No os lo esperabais? Por lo que se ve, no conocéis tan bien la naturaleza humana como os imaginabais…

Le asesta una fuerte patada en el costado al alquimista, que se retuerce con un gemido; un chorro de baba rojiza brota de la comisura de su boca.

El joven, mientras tanto, da vueltas por el laboratorio mirando a su alrededor con frenesí. Es evidente que está buscando algo. Y cuando encuentra sobre una estantería la botella de vidrio verde oscuro, no duda en agarrarla y quitarle el tapón.

Ermete ladra una protesta, vehemente pero incomprensible. Un fuerte olor inunda rápidamente el ambiente, y una lluvia de color carmín rocía el rostro y empapa la ropa del hombre tendido en el suelo. Finalmente, cuando la botella está todavía por la mitad, el chico la arroja contra una pared, haciéndola añicos en una explosión de esquirlas y alcohol espagírico.

—No lo hagas...

El alquimista respira con dificultad, intentando ponerse en pie. Unos puntos brillantes se arremolinan ante sus ojos, dificultándole distinguir las imágenes tras una pátina de escozor y lágrimas. Pero, acto seguido, una segunda patada en la mandíbula le roba toda la energía que le quedaba, y entonces ya no puede hacer nada más que desplomarse sobre un húmedo lecho de dolor. Haciendo esfuerzos por distinguir algo, a pesar del líquido irritante que le chorrea de las cejas, consigue vislumbrar la silueta del joven. Ahora solo le parece una sombra fluida cuyos reflejos parecen escapar más allá de sus contornos y diluirse en estelas fibrosas que trazan sus movimientos.

—¿Qué...? —intenta susurrar, luchando por no perder el sentido.

Pero le falta el aire. El olor del alcohol le quema la nariz, le impregna las ideas.

Intenta ponerse a gatas, pero la cabeza le pesa demasiado. Apoya la frente en el suelo, girando el cuello en un esfuerzo por seguir las acciones del chico. Oye ruidos a su alrededor. Pasos, crujidos, rozamientos. Reconoce esos sonidos secos, repetidos. Luego, como a través de un cristal esmerilado, advierte un resplandor danzante en la habitación, una luz que se fracciona en halos sueltos opalescentes.

—No... no...

Le gustaría aferrarse a la esperanza de que su alumno no llegara a hacer tal cosa, pero esa esperanza no es más que una tela de araña, que se rompe con un suspiro. Vaya que sí lo hará. Porque él es distinto a los demás. Porque es «especial…». ¿No se lo acaba de decir? Se arrepiente de haber sido tan incauto por no haber sabido reconocer el peligro. Sabe perfectamente lo que el joven verdugo tiene ahora en sus manos. Una lámpara de aceite. Y acaba de encenderla. Le sube una bocanada amarga del estómago. Todo parece dar vueltas, engullido lentamente en un torbellino de náusea. Sus ojos buscan la imagen del muchacho, intenta seguir sus acciones, pero al cerebro solamente llega un confuso fantasma que a la luz de la llama se vuelve cada vez más cegador. Algunas palabras logran llegar a sus oídos, yendo más allá de los rugidos rítmicos de la sangre que palpita en sus sienes.

–Creo que no me haréis falta para encontrar lo que necesito.

Acto seguido, más cristales se estrellan junto a la cabeza de Ermete, quien instintivamente cierra los ojos y rechina los dientes. Pero incluso detrás de sus párpados apretados es imposible no ver que todo se vuelve más brillante y más rojo. Y el calor empieza a darse un festín con él.

# CAPÍTULO VIII
## La guarida de rosa

### 1

Flaviano escuchó el relato de Ermete en religioso silencio. Pero cuando la voz del alquimista empezó a agrietarse por la emoción y sus palabras comenzaron a perderse en un murmullo rencoroso, le preguntó:

–Por favor, decidme cómo hicisteis para salvaros. Por lo que me habéis contado, vuestras circunstancias eran realmente críticas.

Ermete le miró como si solo en ese momento se hubiera dado cuenta de que aún tenía a alguien escuchándole, y retomó la palabra.

–¿Críticas? Oh, sí… Y cada vez que pienso en aquellos momentos, o cuando los revivo en mis peores pesadillas, me pregunto cómo encontré la fuerza para salir de aquel infierno. Pero lo hice, y esto es lo que importa. Logré arrastrarme hasta la escalerilla que bajaba al sótano. Allí había una alcantarilla escondida tras un mueble. La usaba para liberarme de los desechos de mi actividad: polvos, sustancias líquidas, pequeños animales muertos… Me dejé caer, a ciegas, impulsado por la desesperación. Y acabé en el agua. Físicamente estaba muy maltrecho. Pero al parecer todavía no había llegado mi hora. Pienso que aquel momento fue para mí como un segundo nacimiento.

–Y desaparecisteis por completo de Florencia sin dejar rastro –comentó Flaviano–. Todo el mundo os dio por muerto, aunque nunca se halló vuestro cadáver.

–Lo sé, lo sé. Y me congratula que así haya sido. Tuve la inmensa fortuna de encontrar personas que me acogieron y me cuidaron. Desde entonces he llevado una existencia apartada, bajo el lema de la oración y la meditación... Pero esta es otra historia, otra vida.

Flaviano caviló unos instantes, entonces:

–¿Y por qué ahora...?

–Las noticias del mundo vuelan raudas, y llegan incluso a donde no se espera que puedan llegar. Cuando me enteré de lo del pobre Ettore... hablo de Mercatanti, uno de mis alumnos... y del modo en que había sido asesinado, no pude por menos que ponerme en guardia. El ojo grabado en el hueso, el mercurio... Luego, cuando supe que habían encontrado el cuerpo de Folco Grandeschi en el Arno, en fin... se me paró el corazón. Lo sé, debería odiar a ese muchacho con todo mi ser por lo que me hizo, pero nunca lo he logrado.

–Supongo que también vos llegasteis a la conclusión de que el cadáver encontrado pertenecía a otra persona, ¿no? A otro de vuestros alumnos, me imagino.

Ermete se frotó la nariz.

–En efecto. No tengo la certeza absoluta, pero diría que en el ataúd de Folco está enterrado el cuerpo de Arnaldo Carraccini. Tenían una complexión muy parecida, y creo que a Folco no le resultó difícil planear el intercambio para engañar a todo el mundo. Debéis saber, messer Altobrandini, que durante lo que podría definir como indagaciones personales, en estos últimos meses, he logrado averiguar varias cosas. Arnaldo había optado por llevar una vida solitaria, dedicándose casi por completo al estudio de la botánica... Vivía a las afueras, en el barrio de San Giovanni. Solía ausentarse de la ciudad durante largas temporadas, o al menos eso es lo que me han contado, por lo que nadie se percató de su desaparición. O si alguien lo notó, no consideró oportuno inmiscuirse. Con el asesinato de Paolo, y ahora con el de Antonio, tengo razones para pensar que hasta el momento Folco ha conseguido recuperar al menos cuatro llaves. Por tanto, quedaría...

Ermete se golpeó la frente con la punta de su dedo índice.

–... Girolamo, sí.

Flaviano levantó un dedo, como los estudiantes que interrumpen la lección para pedir la palabra.

–Cada una de vuestras afirmaciones, señor, me enciende en la cabeza diez interrogantes. Confieso que no me resulta fácil unir todo con un hilo conductor lógico, pero es la única manera que conozco para llegar a la verdad. Defendéis que el Grabador ya tiene cuatro llaves... Pero ahora yo os pregunto: ¿cómo está... recuperando esta información, exactamente?

El alquimista se echó hacia delante, abriendo sus enrojecidos ojos y observando a Flaviano con una mirada distraída.

–¿Que cómo la «recupera» me estáis preguntando?

Sacudió la cabeza, rechinó los dientes, y su rostro deforme asumió un aspecto aún más grotesco.

–Haciendo aquello que nunca debió hacer, si hubiera comprendido realmente el sentido profundo de cuanto creía haberle transmitido. Confiaba en él, era el alumno modelo. Estaba seguro de que con el tiempo habría cultivado en sí la semilla de la sabiduría, que habría madurado la conciencia de los valores espirituales ligados a mis enseñanzas y, en cambio... lo ha tergiversado todo. Y lo peor es que es muy probable que haya sido «yo», sí, precisamente yo, sin quererlo, quien le ha inspirado para cometer actos que no tienen justificación alguna, ¡salvo en su mente retorcida!

Tras aquel breve desahogo, Ermete soltó un prolongado suspiro. Flaviano no dijo nada, a la espera.

–Sé que habéis tenido en vuestras manos la *Comoedia Alberici*... Sí, últimamente os he estado siguiendo, os he espiado, y me avergüenzo. Pero antes de decidirme a enfrentarme a vos quería estar seguro de no dar un paso en falso. A propósito... ¿habéis descubierto la particularidad de esa copia?

Flaviano miró a su alrededor, escudriñando el bosque. La tensión y el cansancio le estaban jugando malas pasadas. Sombras captadas con el rabillo del ojo le daban la impresión de que alguien se escondía de repente cuando él miraba en esa dirección. Estaba convencido de que en realidad se trataba únicamente de los caprichos de los reflejos luminosos que se enredaban entre los arbustos movidos por el viento, pero por las cosas que discutían, era como si el mundo a su alrededor se abriera a dimensiones desconocidas y aterradoras. Nunca había sido un hombre impresionable, anclado como estaba a los dictámenes de la razón y de la ciencia. Sin embargo, la sugestión de aquella encrucijada le estaba obligando a ahuyentar pensamientos que jamás habría pensado en concebir, como la idea de que las afligidas almas de las víctimas del Grabador estuvieran allí con ellos, a la escucha, y le suplicaran que hiciera justicia.

–Sí, he interpretado la sugerencia de la carta escrita por vos para Folco y he descubierto los tercetos modificados, en el centro de cada canto.

–No tenía la menor duda. Comprendo por qué el pobre Paolo requirió vuestra intervención. Su estima hacia vos estaba completamente justificada. Y... ¿a qué conclusiones habéis llegado?

–Que el copista... llamado Alberigo, o Alberico, supongo...

–Alberigo Grifi. Apodado Grifo.

–... que el tal Alberigo Grifi quiso enfatizar la lectura alquímica simbólica del poema, insertando en él referencias más directas a las fases de la gran obra...

Ermete le dedicó un breve aplauso.

–Conclusión acertada, messere. Y ese fue el motivo que me impulsó a regalar a Folco aquel ejemplar de la *Comedia*, único y de inconmensurable valor. Él tenía solamente diecisiete años en aquel entonces. Esperaba que algún día llegara a comprender plenamente el mensaje.

Ermete bajó los ojos, y Flaviano tuvo la impresión de que estaba llorando.

–El tiempo ha pasado –retomó el hombre, inspirando ruidosamente el aire por la nariz–, y lo que han madurado han sido los frutos del mal, del dolor y de la muerte. El desdichado y distorsionado cerebro de Folco está sin duda gobernado por la oscuridad, que lo ha empujado a leer y ejecutar las alegorías de Grifo de manera literal.

—Es lo que también he pensado yo.

—Efectivamente. El terceto del «Infierno», para empezar, habla del carbón, y del «ojo que mira hacia dentro», ¿recordáis? El ojo que te mira por dentro… En el terceto central del «Purgatorio» tenemos después la referencia a las calaveras, y al blancor del hueso cincelado. Finalmente, con la sangre y con el mercurio, el «azogue», se cierra el cerebro… En resumen, es exactamente lo que está haciendo Folco: dibuja ojos en el cráneo, los graba, luego actúa con el mercurio sobre los tejidos sanguíneos de la piel y sobre la membrana cerebral. Todo ello creyendo que induce a la víctima a un estado de alteración mental que le permite acceder a los abismos más recónditos de su memoria, y de extraer la llave que enterré hace quince años.

Flaviano se encontró escuchando con la boca abierta, sin parar de frotarse los dedos.

—¿Es así como actúa el mercurio en el organismo?

—Lo único que sabemos seguro es que lo envenena. En nuestro caso, el mercurio entra en contacto con la red de capilares, cuando la piel vuelve a cerrarse sobre el ojo grabado y se vierte el azogue. La medicina ha constatado que tal operación induce al sujeto, aún vivo, en muy poco tiempo, a un estado alucinatorio que desemboca en el delirio y la posterior muerte. Además, como sabréis, el Grabador practica también un agujero en el centro del ojo. Hasta el momento, se desconoce el resultado real de dicho tratamiento. No encontramos nada en los escritos de Willis, ni tampoco en Descartes. Ese agujero no tiene ninguna utilidad, en realidad, a no ser que sirva para satisfacer las irracionales fantasías de Folco cuando sigue al pie de la letra los tercetos de Grifo. «Y el azogue abra el vil cerebro…». Una vez que la víctima se encuentra en semejantes condiciones, basta con interrogarla para que su mente dé a luz cualquier dislate. Antes de que le sobrevenga la muerte, claro está.

—Por lo tanto —intervino Flaviano— Folco solamente tuvo

que hacer preguntas muy concretas para hacerse ilusiones y creer que había arrebatado a esos pobres desgraciados la llave, el ingrediente que vos les habíais dado años atrás. ¿Lo he entendido bien?

–Sí. En teoría, de su boca podría haber salido cualquier cosa, presionados por él. Tres partes de *Aconita navalis*, o cinco onzas de *Nepente nigro*, o solo Dios sabe cuánto polvo de *Ubola vermiglia*… Creedme que intenté salvar al pobre Paolo. Yo le vigilaba, esperando el momento oportuno para hacerme ver y advertirle. Pero entonces Folco le secuestró. No me fue fácil seguirle la pista, aunque al final encontré la casa de campo en la que le tenía prisionero. Esperaba con todo mi corazón no haber llegado demasiado tarde. Entré. Vi la luz que provenía del pasadizo subterráneo que también vos habéis descubierto. Sabía que no podía hacer ruido…

## 2

«… como un fantasma. Como tiene que ser todo depredador. Y en cierto sentido, considerando su trayectoria, a su vuelta, Ermete se siente verdaderamente afín al mundo de los fantasmas. Pero la situación es precaria, muy arriesgada. Un paso en falso y pasaría de cazador a cazado.

El hombre que ha rastreado, seguido y acechado es tan feroz como una bestia salvaje, si no más. Lo ha demostrado ampliamente con anterioridad. Su cerebro corrompido le convierte en la criatura más peligrosa que haya conocido jamás; sin embargo, esa era la ocasión que estaba esperando, no podía dejarla escapar.

Ahora que ha bajado por el estrecho túnel y ha subido manteniéndose en la sombra, le ve de espaldas, en pie junto a la mesa donde tiene atado al desdichado de Paolo. Pobre e incauto Paolo… Había sido uno de sus alumnos menos brillantes, menos dotados. Solo en virtud de su linaje le aceptó como pupilo, aun sabiendo que su temperamento frívolo y libertino le impediría adaptarse a recorrer el camino de la sabiduría. Y ahora, después de tantos años, se lo encuentra ahí, inmovilizado, semiinconsciente, listo para ser sacrificado sobre aquel altar elevado a la más absoluta locura.

Folco ya ha llevado a cabo la primera parte de su operación, de la misma manera que ha hecho con los otros dos antiguos compañeros: ha levantado la sección de cuero cabelludo, ha dibujado el ojo, y ahora se dispone a realizar nuevamente aquella barbaridad, el grabado y la perforación del cráneo...

–Este es el ojo que te mirará por dentro –le oye susurrar, inclinado sobre su víctima.

Ermete no puede vacilar más. Los dedos de la mano derecha aprietan con fuerza la piedra redondeada recogida en el camino. La respiración se detiene, atrapada en los pulmones llenos de aire al máximo de su capacidad. Solo dos pasos...

El Grabador hace amago de darse la vuelta, pero un chasquido y el silbido que lo acompaña cortan un arco que atraviesa la penumbra. Da en el blanco. Piedra y hueso occipital impactan. A Folco le fallan las rodillas, y mientras el instrumental que tenía en la mano cae ruidosamente, también su cuerpo parece perder consistencia, desplomándose a los pies de la mesa. Ermete debe hacerse a un lado bruscamente para que no le caiga encima.

Paolo no parece haberse dado cuenta de nada. Tiene los ojos abiertos, pero velados por una pátina opaca. Miran al techo sin verlo.

Ermete le libera de sus ataduras, luego le sacude procurando despertar en él esa conciencia a la deriva en un barrizal de letargo. Paolo deja entrever alguna reacción, murmurando.

–Levántate. ¡Debes salir de aquí! –le exhorta su viejo maestro.

Entonces le ayuda a incorporarse, apresurándose a esconder aquel espantoso ojo negro debajo del cuero cabelludo; le sienta, luego le coge por debajo de los brazos y le insta a ponerse en pie.

Paolo balbucea palabras ininteligibles, obnubilado por alguna sustancia que Folco le ha suministrado para sedarle. Urgido por el deseo de sacarle de allí, Ermete trata de sujetarlo y empujarlo hacia las escaleras.

–Vamos, Paolo, tienes que hacerlo, si quieres salvar tu vida…

Los dos se dirigen tambaleándose hacia las escaleras, bajando primero y luego subiéndolas, y una vez en el salón principal de la casa, Ermete acompaña a Paolo hasta la puerta abierta de par en par.

–Ahora vete –le susurra–. Sigue las luces, en aquella dirección. Yo debo volver ahí abajo. Tú solamente piensa en salvarte…

No está seguro de si Paolo le habrá entendido, o simplemente escuchado. Pero permanece unos instantes en el umbral para asegurarse de que aquella silueta sea capaz de ponerse en pie y alejarse de allí. Entonces, cierra la puerta y vuelve al laboratorio secreto.

Folco todavía sigue allí tendido. A la luz de la lámpara, el pequeño charco de sangre bajo su cabeza se ve rojo brillante, un charco escarlata que brilla como las brasas.

Ermete se arrodilla y tira de él hasta colocarlo en posición supina. La nariz y la boca de Folco están cubiertas por un paño blanco, una recomendación que ya Ermete les hacía para protegerse de eventuales exhalaciones dañinas. Le quita la gasa y se queda parado observando una vez más aquel rostro.

No consigue contener una lágrima, que corre por los surcos entre las cicatrices de su cara.

–Folco… –murmura.

Presiona con dos dedos el lateral del cuello para confirmar que aquel perturbado está vivo, y la tentación de despertarlo, de hablar con él, es realmente fuerte. Pero sabe perfectamente que sería una imprudencia disparatada. Sin embargo, por mucho que estuviera convencido de que sus sentimientos del pasado por su alumno habían quedado anulados por lo que aquel joven insensato le había hecho, además de los crímenes de los que había sido culpable recientemente, ahora tiene la impresión de que el tiempo se ha detenido, anulado, y que el muchacho que yace frente a él es el mismo que le puso patas arriba el alma y el cuerpo quince años atrás. Y de hecho es así. Ese es Folco… Cuántas veces ha soñado con él en las interminables noches transcurridas en el monasterio. Y, en sus sueños, Ermete buscaba la venganza, le castigaba por haber intentado matarle, y luego le perdonaba, y luego…

Se recupera. Sabe que debe acallar su corazón. No puede despertar al hombre, ni arriesgarse a que recobre el conocimiento mientras él sigue allí. Le mataría sin dudarlo, está seguro de ello. Además, siente otra voz que surge de la conciencia. Una voz que habla de los delitos cometidos por ese asesino, y de los que cometerá, si se le permite que siga actuando a su albedrío sin que nadie le moleste. La piedra usada para aturdirle está ahí al lado. Bastaría levantarla una vez más, y las hazañas del Grabador se verían relegadas para siempre en el limbo de los malos recuerdos…

La indecisión le perjudica. Si lo hubiera matado al primer golpe, habría sido diferente. Pero ahora, así, a sangre fría… No, no lo puede hacer. A pesar de haber albergado un odio hacia Folco completamente ajeno a su espíritu y a su filosofía –y de avergonzarse profundamente de ello–, optar por dejarlo con vida es quizá una forma de volver a sentirse en equilibrio. El conocimiento áureo encerrado en nosotros y el espinar de ansia y rapiña terrenales son fuerzas que deben alcanzar y mantener el nivel más aceptable de estabilidad entre ellas. Como la bola roja y las bolas negras en la balanza.

Antes de abandonar el subterráneo y el caserón, Ermete hace una reverencia, lleva sus labios a la oreja de Folco y entre lágrimas susurra tres simples palabras: *Ego te amavi…*».

## 3

Flaviano reflexionó sobre el relato de Ermete escuchando el viento como si le estuviera silbando dentro de la cabeza, antes de preguntar:

—Así que ¿aquel dibujo en la pared y la inscripción en latín son obra vuestra?

Ermete niega con la cabeza.

—El dibujo no. No me habría dado tiempo a hacerlo, tuve que escapar a toda prisa. Es obra de Folco, sin duda. Es la reproducción de una ilustración parecida que tenía colgada en mi taller. Servía para recordarles a mis alumnos que todos nosotros somos el resultado de un equilibrio entre fuerzas opuestas. Pero también había una segunda lectura entre líneas, por así decirlo. El maestro vale tanto como la suma de sus alumnos…

—¿Y la inscripción, entonces? Incluso pensamos que podía ir dirigida hacia nosotros, y a los secretos subterráneos…

—Oh, como veis, cualquier estímulo del mundo es susceptible de indefinibles interpretaciones… No pude resistirme. Con un carboncillo dejé una especie de firma, en beneficio de Folco, para cuando recobrara la conciencia. Si tenía dudas sobre la identidad de la persona que había desbaratado sus planes. Esperando, ingenuamente, que por miedo abandonase sus propósitos. En mi taller, en aquellos tiempos, tenía una especie de lema dirigido a todo aquel que decidiera asistir a mis clases: *Ad vos qui me seguimini: veritas in aperto est.*

—La verdad está a la luz del sol…

—Exactamente. La alquimia solamente busca la verdad, y sabe que esta se encuentra en la superficie, nunca bajo tierra, si no se corrompe y se desvirtúa. Así que modifiqué el lema, sustituyendo una afirmación con su implicación opuesta, de manera que Folco pudiera meditar sobre la falsedad de su obra oculta…

Flaviano se puso en pie, lentamente, masajeándose los glúteos y los muslos. Un amago de migraña le hizo fruncir el ceño. A su alrededor, el bosque parecía vibrar con su propia energía. Y no era solamente a causa del viento y de la luminosidad tornasolada: tal y como había tenido ocasión de comprobar otras veces, cuando demasiadas ideas se le agolpaban precipitadamente en la cabeza, entrelazándose las unas con las otras en busca de ordenarse en un esquema mental correcto, el mundo que rodeaba a Flaviano parecía distorsionarse, casi imperceptiblemente, como si estuviera observándolo a través de una lente imperfecta en movimiento.

–¿Por qué me habéis contado todo esto? ¿Qué os esperabais de mí? –quiso saber Flaviano.

El alquimista se levantó a su vez, con el semblante serio. Su aspecto era el de un antiguo sacerdote pagano a punto de pronunciar una predicción mortal.

–Esperé que, tras mi intervención en la hacienda, Folco renunciara a sus atroces planes. Pero estuve ciego, y por esto debo culparme a mí mismo. Como resultado, no he logrado salvar la vida de Paolo. Y él… el Grabador… ha abandonado su escondrijo para desaparecer quién sabe dónde. Tengo que encontrarle, y detenerle de una vez por todas. Y estoy seguro de que comprenderéis que debo ser yo quien lo haga. Pero no tengo la mínima idea de dónde se halla. Además, temo que ni siquiera esté ya en Florencia. No obstante, es muy probable que Lidia lo sepa. Por eso os necesito, messer Flaviano. Debo contaros todo, o casi, para proporcionaros toda la información posible. Yo… no conozco otro camino.

Ambos se estudiaron mutuamente, inmersos en una retícula de sombras susurrantes. Tras una breve reflexión, Flaviano le preguntó:

–¿Significa algo para vos la Guarida de la Rosa?

Ermete procuró mantenerse impasible, pero un leve movimiento brusco en el cuello, como si le hubiera picado un insecto, traicionó una emoción inesperada.

–¿Dónde habéis escuchado ese nombre?

–Lidia lo mencionó. En una ocasión oyó a Folco hablar de ese lugar, y ella opina que podría ser su escondite actual…

El alquimista carraspeó y escupió en el suelo, antes de responder.

–Creo que se refiere a la Guarida «de» Rosa. Para mí tiene más sentido.

Flaviano esperó unos segundos, observando a Ermete asentir, cavilando para sus adentros, luego replicó con un tajante:

—Entonces, me atengo a vuestras palabras. ¿Habéis oído hablar alguna vez de Salvatore Rosa?

Flaviano se rascó la barbilla, dejando que aquel nombre produjera algún resultado en su memoria.

—¿Se refiere al pintor? Oí hablar de él cuando vivía en Roma…

—Exactamente. Pintor, poeta y alquimista. Era un tipo bastante extravagante, que también estaba interesado en el esoterismo y las artes ocultistas. Sí, venía de Roma, pero era natural de Nápoles, y llegó aquí, a Florencia, hace cuarenta años. Era joven, pero su fama de artista le precedía. ¿Y sabéis qué? Fue acogido con los brazos abiertos en la corte de los Médici, y se vanagloriaban por ello. Fue muy estimado por el cardenal Giovan Carlo, uno de los hijos de Cosme II. Sé que sus paisajes y sus marinas eran muy apreciadas; pero junto a una producción que definiría como clásica, bastante digna, Salvatore empezó a su vez una serie de obras verdaderamente inquietantes. ¿Habéis tenido la oportunidad de admirar sus pinturas inspiradas en la brujería?

—No, me temo que no. No estoy especialmente versado…

Ermete rio con sarcasmo.

—¿En la pintura o en la brujería?

Flaviano captó la indirecta negando con la cabeza. Ese hombre debía haber recopilado información sobre su pasado. Bueno, no importaba. Le indicó que continuara.

—Resumiendo, su estancia en la ciudad duró unos siete u ocho años. No tengo muy claro cuáles fueron los motivos que le impulsaron a marcharse. Circularon rumores, como podéis imaginar. Algunos decían que huyó porque había puesto en apuros a una joven de la familia, otros afirmaban que hubo desavenencias con el cardenal o el Gran Duque a raíz de ciertas declaraciones poco ortodoxas o por relaciones ambiguas… No sé qué fue de él, ni si aún está vivo. Coincidí con él en varias ocasiones. Éramos de la misma edad, más o menos, solíamos ir a las mismas tabernas, acudíamos a las fiestas populares y, sobre todo, teníamos intereses comunes, además de ser ambos forasteros. Todavía recuerdo nuestras conversaciones. Estaba verdaderamente inspirado por el fuego sagrado del arte y, cuando hablaba, lo hacía con pasión. A veces parecía que conseguía ver escenarios ocultos tras la apariencia del mundo real, y me los describía. Tenía un par de ojillos azules que parecían encenderse, y creaban un contraste muy singular con su piel morena... En fin, una noche, tras algunas copas de vino, me confió haber pedido a la corte, y haber obtenido, disponer de un local privado, secreto, en el cual poder dedicarse con toda tranquilidad a la preparación de sus pinturas: dibujos, bocetos y trabajos preliminares antes de poder mostrar en el palacio las obras terminadas. Se lo concedieron, en parte porque, según me contó, algunas damas del palacio se quejaron después de haber visto alguno de sus trabajos especialmente... lúgubres. A su vez, Vittoria, la esposa del entonces Gran Duque Ferdinando II, ejerció presión sobre su marido para que el joven Salvatore se llevara de allí aquellas... «fantasías». Y de este modo, según me dijo él mismo, se había procurado una auténtica guarida... Sí, él la llamaba exactamente así. La Guarida de Rosa.

–¿Y dónde se encontraba esta... guarida?

–Ah, esto no me lo preguntéis a mí, messer Flaviano. Él jamás me lo reveló. Sin embargo...

Ermete tosió repetidamente para aclararse la voz. Al toser, su rostro adquirió por unos instantes la apariencia de un lienzo arrugado.

–Un día, poco antes de marcharse, quiso regalarme uno de sus dibujos. En señal de su aprecio por mí, me imagino, y por amistad. Era el boceto para un autorretrato. La pintura oficial fue a parar, como no podía ser de otra manera, al Gran Duque, y por lo visto con los años pasó de mano en mano para acabar colgado nada menos que en el palacio de... Giacinta de Médici, la madre de Paolo.

Flaviano abrió los ojos como platos.

–¿En serio? Y vos cómo…

–Os olvidáis de que Paolo fue alumno mío. Y a través de él me enteré de que el cuadro había sido regalado a su primo Folco, quien se había quedado prendado. Y nada me impide pensar que aquel autorretrato pudiera estar todavía allí, en la casa Grandeschi. Pero no es esto lo que realmente importa, sino la peculiaridad del tema. Veréis, Salvatore Rosa se representaba de pie, con la mirada baja, intentando escribir algunas palabras en un cráneo humano con un pincel fino. Una bonita imagen, ¿no os parece? Pero el dibujo preparatorio que me regaló, el que realizó en su guarida, era muy diferente, aunque la estructura de la composición fuese absolutamente idéntica.

–¿Es decir?

–Es decir… que, en lugar de un pincel, sostenía un instrumento quirúrgico muy similar a un bisturí, y en lugar de la calavera estaba la cabeza de un hombre a quien le habían levantado la piel exhibiendo parte del hueso.

Pareció formarse una burbuja de silencio, como si aquellas palabras hubieran podido ahuyentar cada sonido, cada ruido. Flaviano percibió un pitido sordo y prolongado dentro de los oídos; tuvo que sacudir ligeramente la cabeza para salir de la jaula de sus propias elucubraciones y posar los pies en la tierra.

–Aquel dibujo, ahora…

La respuesta no se dejó esperar:

–Quemado. Como todo lo que se encontraba en mi antiguo taller. Lo tenía colgado en un pasillo, enmarcado. Para mí era un honor tenerlo. Y con su ilustre firma. Más de una vez vi a Folco admirarlo con especial interés. Quizá por eso quiso luego que su tía le regalara el cuadro, aunque no fuera igual. Estoy plenamente convencido de que aquel dibujo, junto con los tercetos de Grifo, tuvieron que ver en gran medida con la gestación de sus delirantes planes…

Ermete no dijo nada más. Su cansancio era evidente, se veía reflejado en sus ojos y en su voz. Flaviano decidió que era mejor interrumpir y posponer la conversación. En su mente, mientras tanto, se había asomado con fuerza la imagen de aquel espacio vacío en la pared que había notado en el estudio de Folco. Aunque no podía basarse en ninguna prueba, como era su costumbre, habría apostado una mano a que allí estaba colgado el autorretrato de Rosa, probablemente demasiado afín con el tipo de actividad que practicaba el Grabador.

–¿Dónde podemos vernos otra vez?

Ermete señaló con el brazo hacia el norte.

–He encontrado alojamiento en una fonda que alquila habitaciones, la posada del Oso, a las puertas de la ciudad, en el barrio de Archibugi. Allí me conocen con el nombre de Venanzio. Pero lo más probable será que sea yo quien os encuentre.

## 4

Se había levantado viento. En el silencio que hasta ese momento había rodeado la hacienda, cobraron vida siniestros crujidos y ruidos de fondo que le produjeron cierta inquietud. Siempre había sido una mujer fuerte y valiente, no muy dada a sugestionarse por nada, sin embargo... La idea del cadáver de la mujer que se encontraba en el laboratorio secreto de Folco se había deslizado furtivamente en su cabeza, causándole una comprensible sensación de inquietud. Más de una vez se había encontrado mirando sin querer la trampilla escondida bajo la alfombra, como para asegurarse de que nadie («la mujer muerta») estuviera intentando salir de ahí abajo («para venir por ella»). Su imaginación había tomado de pronto un camino tremendamente tortuoso, y en el centro de su cerebro seguía apareciendo la imagen de aquella trampilla que se abría a traición a sus espaldas.

«Hay que tener respeto por los muertos», repetía a menudo su bisabuela, que había muerto enloquecida a causa de un mal incurable que le había consumido los ojos y la salud mental.

Pero ni ella ni Flaviano habían tenido ningún escrúpulo con aquel cuerpo torturado, que habría merecido al menos una sepultura y, sin embargo, la habían dejado ahí dentro, pudriéndose…

«Porque en algunas ocasiones los difuntos saben cómo vengarse…».

–Sandeces –susurró para sí misma, procurando ahuyentar aquellos pensamientos, semejantes a los hilos de una pegajosa tela de araña. Era el lugar y el momento equivocados para dejarse llevar por ciertas conjeturas. Lo que tenía que hacer era tomar una decisión. Estaba ahí, parada frente a aquella ventana, esperando al hombre al que acababa de ofrecer su propio cuerpo, traicionando así definitivamente a su hermano… Pero ya no estaba segura de que permanecer allí, en aquel lúgubre refugio, fuera la opción adecuada. ¿Quién era aquel viejo con la cara quemada que les estaba espiando? ¿Habría logrado Flaviano alcanzarle y detenerle? ¿Y por qué razón, al cabo de tanto tiempo, no había regresado todavía?

En ese preciso momento, el viento tomó fuerza y los cristales de la ventana temblaron. En algún sitio, una ventana («¿o una puerta?») se cerró de golpe, dándole un buen susto. Lidia sacó fuerzas de flaqueza y puso fin a su titubeo. Debía huir de allí cuanto antes.

A estas alturas no le quedaba más que aceptar la realidad: ya no dominaba sus miedos. Y la culpa no la tenía aquel silencioso caserón, porque el tormento que se extendía en su interior como un río desbordado tenía un nombre: Folco. Su hermano estaba definitivamente fuera de sus cabales, era capaz de cometer cualquier felonía. Se había transformado en un asesino despiadado, y no se detendría frente a nada ni nadie para llevar a cabo sus demenciales planes.

Cuando quedaron aquella mañana en la casa donde habían convivido como amantes durante tantos años, él le había pedido que matara a Flaviano.

–Tienes que envenenarle –le había ordenado–. Ese hombre se

ha convertido en un estorbo para nuestros fines. Se ha revelado extremadamente perspicaz, y ahora que la *Comoedia Alberici* está en sus manos, tengo motivos para creer que puede llegar hasta mí. Debe ser eliminado… ¿Lo harás por nosotros?

—Por supuesto —había sido su respuesta, pero ya era tarde, ya no existía un «nosotros», porque ella había renegado de su turbio pasado y había tomado la decisión de seguir a su corazón. Se había prendado de Flaviano aquella primera noche en que Paolo se lo había presentado, y con el paso de los días la atracción física y emocional por aquel enigmático investigador la había desorientado, atormentando sus pensamientos y obligándola a poner en duda su propia existencia hasta el punto de hacerle abrir los ojos: era cómplice, hermana y amante de un perturbado que había emprendido un camino sin retorno, un ser retorcido que de humano solamente le quedaba su aspecto exterior. Una oscuridad pérfida, más profunda que una noche en mar abierto sin estrellas, había tomado posesión de la mente de Folco.

Y ahora había una pregunta que no tenía más remedio que considerar: ¿qué ocurriría cuando Folco descubriera (porque lo descubriría, solo era cuestión de tiempo) que le había traicionado precisamente con el hombre que estaba intentando capturarle?

«Te matará», le susurró una gélida vocecita en su cabeza.

Lidia se sintió estúpida e indefensa, como una niña abandonada en un bosque al anochecer. Había sido codiciosa. Soberbia. Desconsiderada. Las obsesivas ambiciones de Folco la habían engatusado, convirtiéndola en esclava de un espejismo irrealizable: llegar a ser como su antepasada Caterina Sforza, la noble guerrera de personalidad única temida por los poderosos, experta en misterios alquímicos y ciencias ocultas…

Mientras estaba absorta en sus pensamientos, advirtió un ruido de pasos a sus espaldas en el último momento, cuando ya era demasiado tarde para intentar huir o arriesgarse a reaccionar.

Con la mente nublada por un repentino terror, intentó darse

la vuelta, pero un brazo le apretó con fuerza la garganta, aho-
gándola.

Poco después, un olor penetrante asaltó sus fosas nasales.

Finalmente, quedó sumida en la oscuridad.

## 5

–No, aún no ha regresado.

Doña Giacinta lo dijo sin añadir ningún tono particular que
denotara inquietud, y por ello Flaviano asumió que las ausencias de Lidia de aquella casa, seguramente frecuentes, no re-
presentaban motivo de preocupación. O, al menos, no si no
se prolongaban mucho más. Al fin y al cabo, en el corazón de
aquella mujer no cabía más que una lúgubre maraña de espinas.

Volviendo sobre sus pasos, después de la perturbadora conversación con Ermete, Flaviano había encontrado el caserón
desierto, pero no se sorprendió. Es verdad que había albergado
la esperanza, algo ingenua, de que la muchacha simplemente
hubiera regresado al palacio de los Médici, pero por lo que
parecía no había sido así. Ni que decir tiene que se cuidó
muy mucho de no hacer referencia a los acontecimientos que
acababan de producirse. Además, estaba seguro de que Rolfo
no había dicho esta boca es mía sobre la carta que le había
entregado en secreto hacía unas horas.

–Lamento molestarla en un día tan triste como este, señora
mía. Pero temo no poder evitarlo.

Doña Giacinta, sentada en el rayo de luz solar que caía obli-
cuo desde una de las ventanas geminadas del salón, asintió
con el semblante serio. Era una mujer realmente fuerte, pensó
Flaviano, a pesar de parecer ahora una estampa demacrada
vestida de negro. Y, en cualquier caso, el hecho de haberle
recibido y haber demostrado plena disposición a escucharle y
responder a sus preguntas, eran signos claros de su deseo de
obtener justicia.

–Sois muy amable, y discreto, messere. Aunque Paolo os conocía poco, os tenía en gran estima. No hemos sido capaces de salvarle, pero ahora es nuestro deber hacer todo lo posible para detener a este... este monstruo, no sabría calificarle de otra manera. Estoy a vuestra disposición, en lo que pueda ayudaros.

Flaviano se sentó a su vez frente a ella, mirándola a los ojos.

–Como sabéis, me he comprometido a encontrar, y si es posible capturar, al Grabador. Siempre y cuando no lleguen antes el capitán y sus hombres...

Una amarga sonrisa enfrió los labios de la mujer.

–Oh, sería magnífico. Pero permítame albergar algunas dudas. He hablado con ellos... me consta que el Gran Duque le ha encomendado seguir este caso con especial diligencia... pero, por lo que tengo entendido, messer Lapo todavía está dando palos de ciego.

–De todas formas –añadió Flaviano–, cuantas más personas haya indagando, más probable será que surja algo. Estoy siguiendo mi propia pista personal, sobre la que aún preferiría mantener la confidencialidad, y para dar algunos pasos más necesitaría que me hablara de... un pintor.

La mujer arqueó las cejas.

–¿Un pintor?

–Salvatore Rosa. ¿Recordáis algo de él? Venía de Nápoles. Creo que trabajó aquí en Florencia hace unas décadas. He averiguado que...

–Claro que me acuerdo de él. –La mujer asiente nuevamente, con lentitud–. No sé qué tendrá que ver en este asunto, pero confío en que tendréis vuestras razones para preguntarme por él. Trabajó durante varios años en la corte de Ferdinando II, con altibajos. Un personaje de temperamento fogoso, muy emotivo, además de sumamente dotado en su arte. Cuando hablaba de sus pinturas, parecía estar impregnado de un fuego sagrado. Y las mujeres... bueno, con él no se hacían mucho de rogar. Incluso si...

Se interrumpió unos segundos, mirando el cielo a través de los cristales con arabescos.

–En los últimos tiempos de su estancia se forjó una reputación un poco… turbia. A algunos, incluso, a veces les daba miedo.

–¿Qué quiere decir con eso? ¿Acaso pintaba temas extraños?

–Yo, personalmente, nunca vi nada fuera de lo común, pero sí recuerdo que alguno se había quedado impresionado a causa de ciertas representaciones macabras con brujas, demonios, figuras monstruosas…

En contra de sus costumbres, Flaviano aprovechó esta breve pausa para desviar el tema hacia donde más le interesaba.

–¿Y esto fue admitido en palacio, ante los ojos de todos?

Doña Giacinta emitió un bufido sarcástico por la nariz.

–¿En palacio? Desde luego que no. Por eso, creo recordar que, además del pequeño apartamento que le habían concedido, el Gran Duque puso a su disposición un recinto subterráneo, no sabría decir dónde, en donde poder dar rienda suelta a su inspiración creativa… menos ortodoxa. Incluso algunos prelados habían empezado a arrugar la nariz.

–¿A causa de sus pinturas?

–No solamente. Salvatore, con el tiempo, se había labrado una fama no muy brillante. Más allá de sus dotes artísticas, se empezó a hablar de alquimia, de tratos túrbidos con quién sabe quién. En aquella época se insinuó incluso que había vendido su alma al diablo. Todo necedades, naturalmente. Pero, entre unas cosas y otras, fue obligado a abandonar la ciudad.

Los dos se quedaron mirándose en silencio, a través del velo humoso de todas las cosas que aún quedaban por decir. Finalmente, Flaviano tomó la palabra:

–¿No recordaréis por casualidad dónde se ubicaba este… *sancta sanctorum* secreto suyo? ¿O tal vez pudierais indicarme quién lo sabría?

Doña Giacinta se quedó mirando las puntas de sus zapatos grises.

–Bah… El Gran Duque, quizá. Suponiendo que su padre le hablara alguna vez de él. Sin embargo, debía de ser un lugar dejado de la mano de Dios, dados los temas de algunas de sus obras.

–Dejado de la mano de Dios… –repitió Flaviano frotándose las yemas de los dedos.

La mujer levantó los ojos.

–En cualquier caso, messere, no creo que en palacio este tema sea muy de su agrado, especialmente para quien todavía recuerde a aquel personaje. Tendría sus buenas razones para marcharse de Florencia. Pero la gota que colmó el vaso fue cierto escándalo…

–¿Algo que tenía que ver con la Iglesia, o con la alquimia?

–Oh, no, nada por el estilo. Se trató de una cuestión mucho más… trivial, por así decirlo. Se veía con muchas mujeres, como os decía. Puede que incluso dejara embarazada a alguna, se rumoreó. El problema surgió cuando una mujer de la corte cayó en sus redes, alguien de buena familia. Alguien con quien tuve la dudosa suerte de encontrarme vinculada por razones de parentesco. Se llamaba Lucia. Acababa de casarse con un hombre al que obviamente no amaba, pero a quien se había unido por estrictos motivos de conveniencia. No digo que acabar en el lecho de ese Salvatore estuviera justificado, pero cuando menos era previsible. Su marido era primo mío, Jacopo Grandeschi. El padre de Folco y de Lidia.

Se quedó callada, dejando a su interlocutor unos instantes para que asimilara aquellas confidencias.

Flaviano bajó la cabeza, humedeciéndose los labios con la punta de la lengua.

–¿Y qué pasó entonces? ¿Obligaron a Lucia a deshacerse del embarazo?

–No. Para salvaguardar su nombre, Jacopo siempre mantuvo que el hijo era suyo, haciendo callar cualquier chismorreo. A veces, de una manera incisiva, todo hay que decirlo. El pintor estuvo en serio peligro de muerte, así que recogió sus bártulos y desapareció. Aquel hijo ilegítimo, ya os habréis dado cuenta, era Folco. Lidia, en cambio, es hija natural de Jacopo. En fin, una triste historia de infidelidad conyugal, como tantas otras. Lucia, sin embargo, pagó cara su debilidad, llevando una vida recluida. Mi primo sabía ser duro, y me temo que no le ahorró su resentimiento en privado. Pero todo esto ya es agua pasada.

–Entonces, Folco y Lidia son… eran solamente hermanastros…

–Exactamente.

Flaviano suspiró.

–Entiendo. Y… ¿lo sabía? Es decir, ¿Folco estaba al corriente de quién era su verdadero padre?

–Creo que sí. Tenía una relación muy estrecha con su madre, mientras que no estaba especialmente unido a su padre. Estoy prácticamente segura de que Lucia no se lo calló para sí, aunque solamente fuera por tomarse una mísera revancha con su esposo.

Doña Giacinta se llevó dos dedos a las sienes.

–Debéis perdonarme, messer Flaviano, pero si no tenéis más preguntas, iré a descansar un poco. Me siento agotada, y…

Flaviano se puso en pie.

–Sois vos quien debéis disculparme, señora, por todo el tiempo que os he robado. Vuestra disposición me ha resultado inestimable. Espero volver para traeros buenas noticias. Con vuestro permiso…

Doña Giacinta extendió una mano, y Flaviano le posó un ligero beso en el dorso. Tras lo cual, con una reverencia, se dirigió hacia la puerta. Cuando había alcanzado el umbral, la cansada voz de la dama a sus espaldas le hizo darse la vuelta.

–Estáis muy cerca de la verdad, messere. Os lo leo en los ojos. No abandonéis vuestra pista.

Flaviano hizo un amago de sonrisa y salió del salón.

Cuando hubo atravesado la puerta principal del palacio, ensimismado como estaba en sus pensamientos, casi se da de bruces con Lapo Maffei. Un mecanismo muscular instantáneo le frenó, salvándole de un embarazoso choque.

–¿Vos aquí, otra vez? –le saltó al cuello el capitán, como si su presencia en aquella residencia fuese reprobable.

Flaviano sostuvo su mirada hostil.

–No pude acudir a las exequias de Paolo. He querido venir a presentar mis condolencias a doña Giacinta.

El capitán le miró de arriba abajo, sin mediar palabra, y Flaviano intuyó que dudaba entre despedirle bruscamente o interrogarle. Él, en su lugar, lo habría hecho, sobre todo si tuviera al Gran Duque echándole el aliento en el cuello. Tras unos segundos, de hecho, el capitán confirmó sus sospechas:

–Os sugiero que no abandonéis la ciudad. Puede que en breve tenga que haceros algunas preguntas.

–No tengo planeado dejar Florencia, capitán –respondió Flaviano en tono conciliador–. No de momento, al menos. Y si puedo serviros de ayuda, lo haré de buen grado.

Lapo apretó los dientes, marcándosele exageradamente los huesos de la mandíbula a los lados de la cara. Como si de repente se acordara de algo, añadió:

–Es más, me vendría muy bien intercambiar impresiones con vos esta misma noche. ¿Tenéis alguna objeción?

–Absolutamente ninguna. ¿Dónde deseáis que nos veamos?

El capitán sopesó la pregunta, y luego manifestó:

–Os veré en vuestra casa. Sé dónde vivís.

Flaviano ahogó un gesto de desdén.

–No me cabía la menor duda.

Lapo masculló algo sobre que más le valía estar allí, y luego, sin despedirse, entró en el vestíbulo del palacio.

Flaviano asintió para sus adentros, consciente de que, le gustara o no, no podría evitar un enfrentamiento con ese hombre por mucho más tiempo. Cuando se transita por caminos convergentes, es inevitable encontrarse.

Instintivamente, bajó los ojos hacia la pierna derecha, para asegurarse de que el puñal que llevaba no estuviera a la vista. Luego, se encaminó hacia su casa.

Ermete caminaba de un lado para otro en su habitación de la posada del Oso, reflexionando sobre los acontecimientos de las últimas horas. La brutalidad, la determinación y la habilidad demostradas por Folco habían ido mucho más allá de sus expectativas, y puede que finalmente hubiera logrado recuperar también la cuarta llave. Y la culpa era solamente suya. Tendría que haberle eliminado cuando se le presentó la oportunidad, cuando estaba tendido a sus pies, aturdido, en aquel horrible laboratorio que apestaba a muerte, donde el cadáver de una mujer sin cerebro yacía en un rincón después de que hubieran abusado de ella para quién sabe qué experimentos. Pero una vez más le había traicionado su corazón, imbuido de una pasión enfermiza e imposible. Había esperado en vano que finalmente Folco se hubiera redimido, aun cuando sabía mejor que nadie que, cuando los atormentados deseos de algunos hombres sobrepasan los confines lícitos de la ciencia, ya no hay vuelta atrás. Él mismo lo había experimentado, luchando a muerte consigo mismo para no dejarse arrastrar por el irrefrenable abismo del *Hybris*.

Pero no todo estaba perdido. Folco todavía debía apoderarse de la quinta llave, y no sería tan fácil. Ermete había intentado seguir la pista de Girolamo Buonavia, el último de sus alumnos, pero su rastro parecía haberse perdido más o menos desde el día en que Paolo de Médici había sido secuestrado. Seguramente había sospechado el peligro que corría y había abandonado la ciudad. Y ahora, ¿qué haría Folco? ¿Cuál sería su próximo movimiento? ¿Se habría dado por vencido? Obviamente no. La resignación era una opción que su ciega enajenación, alimentada por el afán de conseguir el *Hybris*, jamás habría podido aceptar. Luego, le heló la sangre una terrible suposición: ¿y si el Grabador hubiera ya secuestrado a Buonavia y le tenía prisionero en alguna parte? Después de todo, también Antonio de Ferrai se había esfumado hacía unos días, pero su cuerpo sin vida había aparecido precisamente aquella mañana en las aguas del río...

Mientras iba y venía de un sitio a otro dentro de su pequeña habitación, perdido en tales cavilaciones, Ermete miró distraídamente por la ventana y notó que alguien le estaba «espiando»: se trataba de una niña de unos doce o trece años que estaba ahí fuera quieta y observándole, al otro lado de la calle.

«Me estaba siguiendo», cayó en la cuenta Ermete, porque recordaba haberse fijado en ella a su regreso del encuentro en el bosque con Flaviano; se había girado para mirar a sus espaldas mientras caminaba y por un instante se habían cruzado sus miradas, pero en ese momento no le había dado importancia: las cicatrices en su rostro, además, eran una especie de «atracción» fatal para la gente.

El hombre y la niña se observaron mutuamente; luego, con movimientos lentos y mesurados, ella unió el pulgar y el índice de la mano derecha formando un círculo y se lo llevó al ojo. Ermete sintió un agudo escalofrío recorriéndole la espalda. Supuestamente nadie conocía el lugar donde se escondía y, sin embargo, una desconocida le había seguido hasta allí para transmitirle un mensaje inequívoco: un ojo inscrito en un círculo...

Sin mayor dilación, el viejo alquimista se puso en marcha y abandonó a toda prisa su habitación.

Cuando salió al exterior de la posada, la niña ya no estaba allí. Miró a su alrededor y enseguida la localizó: caminaba con paso ágil por la calle que llegaba hasta la Porta San Gallo. Indeciso y sin perderla de vista, se quedó unos instantes pensando qué iba a hacer. Pero cuando ella se detuvo, dándose la vuelta para mirarle directamente, no le cupo la menor duda: debía seguirla.

Era bien entrada la tarde cuando llegaron al suroeste de la ciudad, lo que todos los florentinos conocían como «la zona más allá del Arno» en referencia a la ubicación de la catedral. Ermete había seguido a la niña manteniendo siempre una distancia prudencial entre ellos, y al cabo de unos veinte minutos, tras haber cruzado el Ponte Vecchio, se encontró en el barrio de Diladdarno. En la calle de Guicciardini la joven desconocida se paró, por primera vez desde que se había iniciado aquel seguimiento, y se giró buscando su mirada, casi como queriendo comunicarle que por fin habían llegado a su destino. A continuación, dobló hacia la plaza de Santa Felicita.

Ermete llegó justo a tiempo para verla entrar en una callejuela al lado de la imponente iglesia que dominaba la zona, segura y silenciosa en el incipiente anochecer, y entonces desapareció de su vista. En su interior iba tomando forma una desagradable sensación de hormigueo, y fue cuando se acordó de una anécdota que le había contado muchos años atrás un pintor llamado Gregorio Preti, vinculado a los ambientes eclesiásticos, a través de diversas obras ejecutadas en Roma junto a su hermano, comisionadas por el Vaticano: la iglesia de Santa Felicita se erigía sobre un cementerio. El artista se había quedado unas semanas en Florencia y se habían conocido en una recepción en el palacio Pitti, en la época en la que Ermete era conocido con el título de *magnus magister* y su laboratorio era la escuela más deseada en el círculo de la aristocracia florentina. Gregorio Preti le había revelado su deseo de pintar un cuadro sobre las columnas de la Croce al Trebbio y de Santa Felicita, no tanto por su valor histórico –se creía que habían sido erigidas en los lugares donde los güelfos habían derrotado a sus enemigos en 1245–, sino porque esas columnas o «cruces» se alzaban cerca de las primeras iglesias cardinales de Florencia, dispuestas sobre los ejes del *cardo* y del *decumanus*, muy probablemente vinculadas a las zonas de los cementerios romanos.

Según el pintor, el área de la plaza era uno de los «puntos esotéricos» de la ciudad. Parece que fue fundada en época romana, sobre el lugar de un oratorio de planta basilical ubicado en el cementerio paleocristiano. En 1384 se cerró al culto y se abandonó tras la gran peste, y las medidas higiénicas llevaron sucesivamente a cubrir a los muertos bajo capas de cal viva y a enterrarlos bajo el pavimento. Posteriormente, en la zona del edificio religioso, se descubrieron varios yacimientos de cementerio durante las excavaciones realizadas para la construcción de nuevas viviendas.

Ermete se colocó la capa sobre la cabeza y accedió a la callejuela donde había perdido el contacto visual con la niña, pero para su sorpresa vio que el callejón, delimitado a la izquierda por la pared de la iglesia y a la derecha por un muro, no tenía salida. Pero, claro, la niña no podía haberse esfumado. Tenía que estar allí, en alguna parte…

Siguió avanzando con precaución y escrutando a su alrededor, indagando las sombras de la tarde que velozmente estaban tomando posesión de aquella estrecha calleja sin salida…

Por fin, divisó al fondo una puerta de hierro, allí donde el muro de la iglesia hacía un ángulo con la pared de piedra caliza que cegaba el callejón.

Se acercó. La puerta estaba entreabierta. No había duda sobre dónde se había metido la niña.

Ermete vaciló un momento, entonces abrió la puerta. Un instante después le agarraron dos manos, arrastrándolo a la oscuridad.

# CAPÍTULO IX

## *Hybris*

### 1

Cuando resurgió de su largo sueño casi de muerte, la primera imagen que captaron los ojos de Lidia fue la de una pálida niña. Estaba quieta mirándola, de pie, junto a una antorcha colgada en una pared de piedra. Parecía una muñeca de aspecto siniestro, con esa mirada aviesa engarzada en el pequeño óvalo de su rostro de tez tan blanca que pareciera cadavérico.

Cerró los párpados. Los abrió de nuevo. Sentía la cabeza pesada. Las ideas, pegajosas y pastosas, se iban devanando en la mente con extrema lentitud. Le costaba tomar conciencia de la realidad. Bajó los párpados una vez más, refugiándose por un momento más en el negro de la inconsciencia, y cuando los abrió nuevamente, la niña seguía ahí, inmóvil y en la misma postura.

Con gran esfuerzo, giró el cuello hacia la izquierda, con la intención de enfocar lo que le rodeaba: se hallaba en un lugar cerrado, débilmente iluminado por las llamas de unas cuantas antorchas incapaces de disipar las tinieblas, tan absolutas que se tragaban la profundidad de la habitación. Olía a tierra y a humedad.

Por fin, Lidia volvió plenamente en sí y se dio cuenta de que estaba sentada en una silla, con las manos atadas a la espalda y los tobillos inmovilizados a las patas de madera.

—Ayúdame —dijo en tono suplicante a la niña fantasmagórica.

Pero esta se limitó a observarla sin mover un solo músculo. Finalmente le sonrió, y fue una mueca espantosa que a Lidia le heló la sangre en las venas.

—Nadie vendrá en tu ayuda —dijo la voz de Folco, a sus espaldas—. Nadie puede verte ni oírte, querida hermana.

—Folco… ¿qué está pasando? —le preguntó Lidia con un pavor que le cortaba la respiración, porque aquel susurro gélido en su cabeza había regresado y le había proporcionado la respuesta incluso antes de que ella formulase cualquier pregunta estúpida: «te ha descubierto, y te matará»—. ¿Por qué estoy atada? ¿Dónde me has traído? ¿Quién es esa niña?

—Me viene a la cabeza una frase de Heráclito —continuó su hermano, ignorándola—. «Nunca encontrarás la verdad, si no estás dispuesto a aceptar también lo que no te esperabas encontrar».

Folco apareció a su izquierda. Caminando con la cabeza baja, con aquella típica expresión en el rostro de maníaco hechizado por quién sabe qué pensamientos, se acercó a la niña espectral. Ambos se miraron con una complicidad morbosa que le puso la piel de gallina. Finalmente, levantó la mirada hacia Lidia.

—Se llama Chiara —explicó—. Estaba destinada a morir a mis manos, cuando me di cuenta de que, en su lugar, podría «dedicarse» a mí: la liberé de un mal que envenenaba su existencia, y a cambio se me permitió tener a mi lado a alguien en quien poder confiar «de verdad…».

Estiró la boca para dibujar una sonrisa forzada.

—Porque de todas las cosas que no estaba dispuesto a aceptar, de todos los peores engaños que no me esperaba encontrar en mi camino… jamás habría creído que sería traicionado por mi misma carne, por la sangre de mi sangre…

—Yo no te he traicio-…

—«¡Calla, embustera!» —tronó Folco.

Abrió los ojos de par en par, encendidos por la ira, por una locura abrasadora.

—«¡Tú no puedes mentirme!». Esta mañana me prometiste que envenenarías a nuestro enemigo… pero he leído en tus ojos el «engaño».

Señaló a la niña, que seguía sin moverse, a la expectativa.

—Así que te seguimos y vimos todo lo que… —Apretó los labios en una mueca de disgusto–. Todo lo que… –repitió con un siseo entre los dientes.

Lidia comprendió entonces que había sido desenmascarada definitivamente. No habría logrado detenerlo, cualquiera que fuese la intención de su hermano. Habría querido gritar, no por el miedo de aquella terrible circunstancia, sino por todas las veces que había sido su cómplice, por haberle amado de aquella manera tan extraña, por el sexo y los abrazos, por cada imagen de los momentos pasados juntos, imágenes que en aquella situación le ardían en la memoria y que ni con la muerte conseguiría arrancárselas, condenándola a una eternidad infernal.

–Has perdido el juicio –murmuró Lidia con voz abatida–. ¿De verdad no te das cuenta de la locura en la que te has dejado caer, hermano?

–Reniego de ti, hermana –le respondió Folco, despreciativo. Sus palabras destilaban odio–. Tú ya no me perteneces.

–¿Qué pretendes hacer conmigo?

Él le devolvió un gesto perverso.

–Lo sabrás cuando llegue el momento… No haré concesiones con una zorra de tu calaña.

Luego sacó una antorcha de su gancho en la pared y se la pasó a Chiara.

–Y tú, hija, haz lo que yo te diga.

La chiquilla asintió, y Folco se alejó dando grandes zancadas nerviosas, desapareciendo de su vista.

Lidia abrió mucho los ojos, como con la esperanza de poder atravesar la oscuridad que acababa de tragarse a su hermano. Luego se dirigió a Chiara, quien dejó de mirarla durante unos instantes antes de acercarle, lentamente, las llamas a la cara.


## 2


La taberna en la cual un par de días antes había estado brevemente con Rolfo no estaba muy llena de gente, a aquella última hora de la tarde. Mejor así. Flaviano habría preferido retirarse pronto y volver a casa, para poner un poco de orden en su cabeza, pero las exigencias del estómago no podían esperar. Además, la mente funciona mejor cuando el cuerpo está fuerte y adecuadamente satisfecho. Por tanto, frente a una pequeña ración de estofado con verduras y media jarra de vino ligero, dejó que su cerebro triturase con toda tranquilidad la cosecha de información recogida en tan breve tiempo. Mientras masticaba, bebía y tragaba, las voces y los ruidos que le rodeaban se fundieron en una especie de murmullo atenuado, y como solía pasarle, tuvo la impresión de que le había caído encima una campana de cristal. Deseaba que nadie le molestara, también porque el momento de la comida desempeñaba para él un papel muy importante a la hora de desarrollar sus intuiciones. En el pasado había incluso experimentado –por pura curiosidad intelectual– un ayuno voluntario, para evaluar los efectos que tales condiciones de privación física pudieran ejercer en sus procesos mentales. Pues bien, tras haberse alimentado con la vana ilusión de poder madurar de ese modo ideas geniales, se había visto obligado a admitir que razonaba decididamente mejor con el estómago lleno; y desde entonces siempre había procurado complacer las reivindicaciones de su cuerpo, si no quería que la rígida estructura lógica de su pensamiento se diluyera en una serie de reflexiones tan incoherentes como los sueños.

Dentro de su cabeza, la compleja historia en la que se había visto enredado corría el riesgo de desmembrarse en un sinfín de ideas que, en cambio, debían permanecer bien unidas. Pasado y presente se entrelazaban generando una ambigua tela de araña gigante en la que cada hilo estaba ligado a todos los demás a través de caminos misteriosos, pero extremadamente precisos. Estaba la obra maestra de Dante Alighieri y la copia adulterada de aquel turbio de Alberigo, y luego Ermete, con su endemoniada búsqueda del *Hybris* y su apego a Folco, el loco resucitado que grababa los cráneos de sus compañeros, y aquel pintor, Salvatore Rosa, el padre secreto que pintaba horrores escondido en su guarida, y también Lidia, maravillosa, peligrosa, desaparecida quién sabe dónde... El recuerdo de aquel cuerpo cálido le provocó un estremecimiento, que reprimió un poco avergonzado. Debería haber ido a buscarla, sí... A lo mejor se había refugiado en su antigua casa, pero Flaviano tuvo la sensación de que, aunque plausible, esa elección habría resultado demasiado obvia para una mente despierta y aguda como la de la joven. Se lo habría pensado dos veces...

El último sorbo de vino le enjuagó de la boca el sabor amargo de la carne demasiado hecha. Se levantó, dejando tres monedas sobre la mesa, y la campana de cristal que tenía sobre sí de repente se quebró en una lluvia de esquirlas que se alegró perder de vista.

Llegó hasta su casa casi sin darse cuenta; sin embargo, la costumbre le permitió mantener activa una constante y espontánea vigilancia. Se detuvo frente al portón, bajo el resplandor inquieto de una titilante lámpara, para hurgar en el bolsillo de su casaca. Tenía la cabeza inclinada, como queriendo dejar ver que estaba completamente absorto, mientras sus oídos no cesaban de captar ruidos, pasos, respiraciones. La idea de que le seguían no le había abandonado un solo instante desde el momento en que había salido de la taberna. Naturalmente, se había cuidado muy mucho de dar signos de inquietud o de sospecha, parándose o dándose la vuelta. Pero ahora había llegado el momento de poner las cartas bocarriba.

Extrajo la gruesa llave de su casa, la acercó a la cerradura, luego aflojó ligeramente los dedos, dejando que la llave cayera estrepitosamente a sus pies. Entonces se agachó, lentamente, para cogerla: no se sorprendió demasiado al notar que alguien se acercaba por la espalda. En ese momento llegó la voz, insegura, ahogada:

—Disculpad, messere...

Flaviano se levantó de un salto, desplegando su daga al frente.

—¿Me buscabais? —rugió.

El hombre que ahora se encontraba a menos de un metro de él se quedó bloqueado, levantando las manos. Una capucha de arpillera le escondía parcialmente el semblante, pero en la penumbra se veía claramente su boca, abierta en una mueca de consternación.

Flaviano se quedó paralizado, con la mirada hostil y el arma en guardia. No añadió nada más, en espera de que fuera el desconocido quien hablara. Una fugaz mirada a su alrededor le confirmó que no había nadie más por la calle. En cualquier caso, estaba preparado para vender caro el pellejo, si las circunstancias le obligaban a ello. Pero quien se enfrentaba a él, también petrificado durante unos segundos, tomó la palabra:

—No temáis, messer Flaviano. No albergo malas intenciones.

Flaviano replicó duramente:

—Y entonces, ¿por qué motivo me estáis siguiendo? ¿Creíais acaso que no me daría cuenta? ¿Quién sois?

El presunto enemigo suspiró.

—No estoy seguro de que mi nombre os diga algo, pero creo que sí. Me llamo… Girolamo Buonavia. Y estoy aquí para pediros ayuda.


## 3


—¡Para! ¿Qué estás haciendo?

Lidia intentó echar la cabeza hacia atrás, alejándose de la antorcha que blandía Chiara. Esta se limitó a levantar brazo y llama, inundando de luz candente el sudor que perlaba la frente y los carrillos de la muchacha.

—Él me ha dicho que queme a la bruja si intenta escapar —respondió sin expresión en su voz, arrastrando las palabras.

—¿La bruja? —Lidia rechinó los dientes—. ¿Pero de qué bruja estás hablando? ¡Yo no soy una bruja!

Se detuvo para recuperar el aliento, jadeando. No era fácil

interpretar las emociones que en aquel momento debían atravesar el ánimo de Chiara; su semblante era una máscara triste, e impenetrable. Debía jugar bien sus cartas si quería tener una posibilidad de salir viva de aquel infierno. Dejó de retorcerse en la silla, también porque las ataduras que sujetaban sus muñecas y tobillos no cedían ni un milímetro.

–Escucha, Chiara, yo… yo no sé qué te habrá contado, pero debes creerme. Te lo ruego. Él… es un hombre malvado. Es mi hermano, ¿sabes? Le conozco mejor que nadie en el mundo, y le quiero. Nunca diría cosas así sobre él si no pensara que son ciertas…

Chiara dio un paso atrás. La mandíbula empezaba a temblarle.

–Él… –murmuró áspera–, me ha liberado. Ahora es como un padre para mí.

A Lidia de repente le asaltó una duda.

–¿Te ha hecho daño? ¿Te ha… tocado?

Chiara negó con la cabeza.

–Ni siquiera me ha rozado. Él me quiere… de verdad… no como todos esos hombres que…

En ese instante, un gruñido lastimero y prolongado llegó desde un rincón de la estancia ahogado en las sombras. Chiara se calló, pero no se volvió para mirar. Lidia, en cambio, notó un escalofrío en la nuca y giró la cabeza para intentar averiguar el origen de aquel quejido a espaldas de la chiquilla.

–¿Quién anda ahí? –preguntó en voz alta, asustada–. ¿Eres tú, Folco?

No, su hermano se había ido en dirección opuesta, debía tratarse de alguien más. Alguien que, a juzgar por su tono, se encontraba en condiciones similares a las suyas, si no peor. ¿Otro prisionero?

De la oscuridad llegaba un suspiro que inhalaba y exhalaba bajo las bóvedas de lo que debía ser una cripta, o una enorme mazmorra cuyos límites la negrura hacía insondables.

–¿Quién eres? –intentó nuevamente, pero ningún sonido volvió a salir de aquel abismo tenebroso.

Entonces, Lidia volvió a mirar fijamente a Chiara.

–¿Hay alguien más aquí? ¿Tú sabes quién es?

La niña se quedó pensando un momento, mordisqueándose los labios, y luego pareció sonreír.

–He sido yo quien le ha traído hasta aquí. Él me dijo lo que tenía que hacer, y yo lo he hecho. He sido muy valiente. Él está orgulloso de mí.

–Y… ¿sabes quién es el hombre que has traído aquí? ¿Sabes cómo se llama?

–Sé que fue el maestro de mi padre…

Lidia estuvo a punto de intervenir, pero prefirió no interrumpirla.

–Un maestro malo, con muchos secretos en la cabeza. Ahora él quiere sacárselos todos, y me ha prometido que serán secretos maravillosos también para mí.

La llama de la antorcha le hacía brillar los ojos, ahora inundados de lágrimas producidas por una firme alegría de ensueño.

–Entiendo… Sé a qué secretos te refieres. Folco también me prometió a mí lo mismo, y durante un tiempo le creí. «Por desgracia» creí en él, y cometí muchos errores. Ahora sé que todo es una locura. Él se ha convertido en un asesino, está enfermo, y si no nos ayudas, nos matará a todos. También te matará a ti, antes o después, debes creerme. Cuando ya no le sirvas para nada. Abre los ojos…

Chiara bajó un poco el brazo, y las llamas rozaron peligrosamente el cabello de Lidia.

–Él me advirtió que intentarías convencerme, que buscarías la manera de enredarme para que te liberase. Pero yo no caeré en tu trampa, porque eres una bruja.

Lidia contuvo la respiración. Por un instante percibió en la mirada de Chiara un destello que no le gustó en absoluto, y que le heló la sangre. Aquella pobre niña estaba trastocada. No se podía descartar que su hermano le hubiera suministrado cualquier sustancia. Si la empujaba al límite, seguramente le prendería fuego. Y ese límite, ahora, estaba condenadamente cerca.

225

El hombre se sentó en un taburete, mirando a su alrededor con aire distraído. La vivienda de Flaviano era bastante fría, pero bastó el titileo de dos lámparas y un poco de aguardiente para reconducir la atmósfera a una dimensión de hospitalidad civilizada.

Flaviano se sentó en su escritorio, y observó en silencio al recién llegado. Era alto, más bien delgado, y estaba ligeramente encorvado, con los ojos, brillantes y enrojecidos, puestos en una llama. El susto que se acababa de llevar cuando Flaviano se dio la vuelta blandiendo el puñal, había dejado su semblante con un mohín compungido, típico de quien está angustiado por un pensamiento que le corroe.

–Entonces –prosiguió Flaviano, reanudando la conversación interrumpida delante de la puerta–, tenéis fundadas sospechas, usando vuestras propias palabras, de que antes o después vos también seréis víctima del Grabador, y ¿creéis que yo puedo ayudaros?

Su interlocutor levantó la mirada.

–Así es. Siempre tuve la impresión de que Ermete no murió en aquel incendio, y ahora tengo la certeza. Me imagino que estaréis al corriente de que su cuerpo nunca fue encontrado… Cuando Ettore fue asesinado, hace unos meses, no vi la relación. Es más, ni siquiera se me ocurrió la idea ni de lejos. Pero cuando después sacaron del río el cadáver de Folco, entonces… Bueno, la carcoma empezó a roerme. Después fue el turno del pobre Paolo, y luego Antonio… Ese año también estaba Arnaldo con nosotros. He intentado contactar con él, pero no he podido encontrarle. A lo mejor él también está muerto, por lo que yo sé…

–La madre de Paolo también ha tratado de ponerse en contacto con vos, para avisaros –intervino Flaviano–, pero sin éxito.

–Sí, me lo creo… Últimamente no he parado mucho en casa. Me he mudado. Casas de huéspedes, posadas… En fin, messere,

¿no habríais hecho lo mismo en mi lugar? No podía quedarme ahí esperando a que este maldito Grabador me secuestrase y me quitara la vida como a mis antiguos compañeros de estudios, ¿verdad?

–¿Y por qué no habéis acudido al capitán del pueblo? Él podría…

Girolamo asumió un aire de alarma.

–¿Lapo? ¡Por favor! He tenido mis más y mis menos con ese hombre. Hace algunos años tuve una breve relación con su mujer. Nunca ha encontrado pruebas concretas contra mí, pero siempre ha albergado graves sospechas, a través de un anillo hallado en el dormitorio. Yo me dedico al comercio de piedras preciosas… Si acudiera a él, seguro que inventaría cualquier cosa para cargarme el muerto y encerrarme de por vida… No, messere, prefiero evitar a ese hombre. Estoy convencido de que vos sois el único en quien puedo confiar. Y al único al que puedo confiar algo…

Flaviano le miró directamente a los ojos.

–Hablad, pues. Os escucho.

Girolamo se frotó la boca vigorosamente, mirando a su alrededor, como temiendo que alguien más pudiera estar escuchando.

–Pues bien… Yo creo que sé dónde se esconde.

Flaviano arqueó una ceja.

–¿Quién?

–¿Cómo que «quién»? Ermete, obviamente. El Grabador.

Flaviano se levantó y empezó a dar vueltas por la habitación. Su sombra culebreaba por las paredes. No tenía la mínima intención, al menos por el momento, de revelar a aquel hombre detalles que solamente él conocía, aunque ese pobre hombre estaba hecho verdaderamente un manojo de nervios. De acuerdo, le ayudaría; pero primero tenía que entender hasta qué punto Girolamo Buonavia podría servirle a él de ayuda.

–Soy todo oídos.

La lengua del invitado salió como una saeta para humedecerse los labios.

—Ermete era… es un pervertido. ¿Sabíais esto? Le gustan los muchachos. Bueno, nadie le ha pillado con las manos en la masa, no, pero… Todos sabíamos que tenía debilidad por Folco, sí…

Flaviano escuchó, asintiendo imperceptiblemente, dejando que su interlocutor hablara.

—Fue el mismo Folco quien me contó este episodio. Un día, Ermete le pidió que le acompañara a un lugar secreto al que solamente él tenía acceso, para enseñarle unas pinturas y unos dibujos, creo recordar, o algo parecido. Pero él le puso una excusa, y se fue rápidamente al terminar la clase. Sin embargo, por curiosidad, en vez de regresar a casa, siguió a Ermete a escondidas, y…

Girolamo respiró profundamente, como si aquella confidencia le hubiera estado presionando en la garganta durante demasiado tiempo.

—… y le vio meterse por una callejuela con fondo de saco, en el lateral de la iglesia de Santa Felicita… —repitió a media voz.

—Exacto. ¿La conocéis?

—La conozco. Pero nunca he entrado. Creo que no está muy lejos de aquí.

—Recortando por calles transversales, se puede llegar en una media hora, a pie.

Flaviano se miró la punta de sus botas.

—¿Y vos pensáis entonces que ese podría ser, en la actualidad, su escondrijo? ¿Una iglesia?

Girolamo extendió los brazos.

—Diría que… podría ser, sí. Por lo que sé, debajo de ese edificio hay túneles, pasajes subterráneos… Un lugar ideal para desaparecer…

En la mente de Flaviano empezó a relucir una idea, roja, como una minúscula brasa en medio de las cenizas. Los subterráneos de una iglesia… ¿Y por qué no? Incluso si aquel hombre, de buena fe, le estaba dando falsas esperanzas de que ahí abajo se ocultaba Ermete, bien podría haber sido el lugar escogido por Folco para refugiarse. O, mejor dicho, esconderse. ¿Y si fuera esta la Guarida de Rosa? No estaba muy lejos del palacio Pitti, y era lógico que Salvatore no fuera obligado a recorrer un largo camino para llegar a su estudio secreto... En realidad, era absolutamente verosímil.

Flaviano se levantó por segunda vez, y del espacio entre un libro inclinado y el borde lateral de una estantería, sacó una hoja de papel enrollada, que desplegó hábilmente sobre el escritorio. Puso encima dos libros, a derecha y a izquierda, para mantenerlo plano. Era un mapa de la ciudad. Enseguida localizó con el dedo el punto donde se encontraba su vivienda, luego recorrió con los ojos el sitio donde pretendía ir. Pasó la yema del dedo por una ruta con quiebros, calculando distancias y tiempos. Finalmente abrió un cajón, sacó un pequeño alfiler con la punta roja y lo clavó exactamente sobre la iglesia de Santa Felicita.

—Creo que lo mejor será que vayamos a echar un vistazo —concluyó tras una breve reflexión.

A Girolamo se le veía preocupado.

—No pretenderéis ir ahora, ¿por qué no esperamos...?

—Cuando se sigue una pista, messere, esperar, aunque sea solo un minuto de más, puede marcar la diferencia entre el éxito y el fracaso. Vos habéis venido hasta aquí para pedirme ayuda. Y para hacerlo, os pido yo la vuestra. ¿Querríais acompañarme?

—¿Ahora?

—¿Y cuándo si no?

Girolamo se quedó atónito durante unos segundos, mirando al vacío.

—Yo... De acuerdo. Pero...

—¿Pero?

—No me pidáis que os siga hasta el interior, suponiendo que consigáis entrar. No soporto los subterráneos, me hacen pensar en las criptas, en la muerte...

Flaviano se aproximó a la puerta, y con un ademán invitó a su huésped a levantarse del taburete y a que le precediera.

—Y es precisamente de la muerte de la que pretendéis huir,

¿cierto? Si allí de verdad se esconde alguna amenaza… para mí, pero también para vos… entonces no debemos perder más tiempo. No es mi intención meterme en problemas, creedme. Solamente pretendo echar un vistazo.

Con evidente desgana, el hombre se volvió a poner la capucha de arpillera en la cabeza y mascullando algo entre dientes, bajó las escaleras para salir a la calle, junto a Flaviano.

La plaza estaba en silencio, y aparentemente desierta. Algunas farolas iluminaban aquí y allá charcos dorados sobre los adoquines, mientras masas angulosas de sombra descansaban bajo los arcos del pórtico o se extendían vibrantes al pie de la columna. Cuando los dos se acercaron, un chucho esquelético se alejó de mala gana, abandonando el miserable cadáver emplumado en el que tenía sumergido el hocico.

Girolamo se detuvo, observando el ambiente con precaución, luego se sumergió en la penumbra, pegado a un edificio, y señaló una callejuela estrecha que desaparecía en la oscuridad siguiendo uno de los muros de la iglesia.

–Este es el sitio donde Folco vio meterse a Ermete. Es probable que exista alguna entrada privada…

Flaviano examinó con atención el punto indicado, luego se fue hacia allí cauteloso. Su acompañante le siguió con pasos sigilosos, sin hacer ningún comentario.

Cuando se disponían a entrar en el callejón, Flaviano agradeció la providencial luz de la luna que permitía vislumbrar el final, donde el pasaje se estrechaba hasta dar con un muro.

–Quiero llegar hasta el fondo –dijo en voz baja–. ¿Preferís esperarme aquí?

El otro vaciló, cambiando el peso de los pies.

–Os sigo. Dudo que encontréis una entrada, pero si es así… os aguardaré fuera, ¿de acuerdo?

Flaviano asintió, y retomó sus pasos. El aire estaba impregnado del hedor a orín y basura, y había que caminar con cuidado para no resbalar con las hojas húmedas acumuladas entre las piedras. Al llegar al final del fondo de saco, Flaviano advirtió enseguida, a la izquierda, una pequeña puerta metálica empotrada en un nicho. Instintivamente, se atrevió a dar un ligero empujón bajando la manivela, para constatar que, lógicamente, estaba cerrada.

—Me esperaba que chirriase, en cambio... Esta entrada debe usarse con cierta frecuencia...

A un par de pasos detrás de él, su acompañante observó:

—Podréis preguntárselo directamente a Ermete, creo que os está esperando ahí abajo.

Y entonces, en una fracción de segundo, Flaviano se vio arrollado por el convencimiento de su propia e imperdonable imprudencia. Se giró bruscamente hacia la silueta oscura a sus espaldas, maldiciéndose a sí mismo.

—Vos... no sois Girolamo Buonavia. Qué necio he sido...

Y a la peste a cloaca que reinaba en aquel recoveco se unió con fuerza el olor penetrante del éter. Flaviano ni siquiera tuvo tiempo de darse cuenta de que un fornido brazo aprovechó la ocasión para golpearle la cabeza contra la puerta y apretarle la boca, inútilmente abierta, y la nariz violentamente con un trapo empapado.

## 5

El aire que le rodeaba se había espesado, sentía una melaza tibia que fluía alrededor de su cuerpo, manteniéndole en un estado de suspensión amniótica. Apretó los labios, intentando inhalar por la nariz, y por un momento temió que, si lo hacía, ese líquido viscoso pudiera deslizarse en su interior. En cambio, incluso a través de aquella cortina que olía a moho y alcohol, llegaban a sus pulmones ráfagas de oxígeno. Se atrevió entonces a abrir ligeramente la boca, pero entonces su lengua y sus encías recibieron un nuevo golpe que le hizo apretar los dientes. Aun así, conseguía respirar, a pesar de todo. Trató de moverse, manteniendo siempre bien cerrados los párpados para que sus ojos no sufrieran el asalto de la sustancia semilíquida que parecía rodearle; y todo su cuerpo respondió con un estremecimiento impotente, molesto. Le habría gustado impulsarse hacia arriba, como si quisiese llegar a la superficie y, sin embargo, se encontró con una resistencia inesperada.

¿Dónde se encontraba? ¿Estaba inmovilizado o flotaba en una dimensión onírica que también podía corresponderse con la muerte, según tenía entendido?

Gritó, emitiendo sonidos guturales con los cuales su garganta tradujo a duras penas los chillidos que sentía en la cabeza.

Entonces, más allá de los delgados párpados, aparecieron vagos y palpitantes halos de color rubí en la oscuridad que le aprisionaba. Y entonces notó claramente el contacto de una mano en su cabeza, dedos que agarraron su cabello con fuerza y tiraron de él. ¿Alguien había venido en su ayuda? La imaginación le aguijoneó presentándole la horripilante imagen de Lucrezia, su amada, impúdicamente desnuda, tendida en el borde de un abismo lleno de sangre, con un brazo hundido, intentando tirar con fuerza para devolverle a la vida…

«Vamos, Flaviano –le pareció oírle decir, con voz áspera y distorsionada por el esfuerzo–. Es hora de resurgir, es hora de ver…».

Y la conciencia regresó de golpe, de manera brutal, recibiéndole con una explosión. Abrió los ojos de par en par, su boca aspiró con un jadeo una oleada de aire frío que le golpeó como un puñetazo en el pecho. Con la vista, su memoria reunió todos los fragmentos en los que se había desintegrado para devolverle las desagradables coordenadas de su situación. Trató, de manera automática, de emitir alguna palabra, aunque fuera solamente para escuchar su propia voz, pero la lengua tuvo que contentarse con arrastrarse, sin fuerza, entre el paladar y las encías. Desde el crepúsculo jaspeado por lenguas de fuego, las confusas y brumosas arquitecturas del sótano de la iglesia de Santa Felicita comenzaron a materializarse entre los translúcidos bancos de niebla que aún persistían en su cerebro. La luz que desprendían algunas antorchas clavadas en las paredes de ladrillo generaba una evanescente burbuja de ensoñación, una especie de escenario infernal de arcadas y huecos de sombra en el que –Flaviano lo sentía en la piel– estaba a punto de desencadenarse un drama, un libreto del que muy probablemente dependería su vida. Se concedió entonces unos instantes para mirar a su alrededor, hasta donde le permitía su condición de prisionero atado de pies y manos a un pequeño sitial.

A su izquierda, a unos metros de distancia, enseguida reconoció a Lidia, inmovilizada exactamente igual que él. La joven le estaba mirando, su respiración dificultosa le levantaba rítmicamente el pecho. Tenía el rostro perlado de sudor, a pesar del frío húmedo estancado en aquel lugar. Y un trapo blanco enrollado, tal vez un jirón de tela arrancado de su propio vestido, se tensaba entre sus dientes, anudado detrás de la nuca. Estaba aterrorizada, se lo leía en los ojos.

–Lidia… –murmuró Flaviano.

Ella solo fue capaz de emitir un gemido lastimero.

Apartando mínimamente la mirada hacia un recoveco apenas iluminado, más allá de la muchacha, Flaviano divisó una pequeña figura vestida de blanco, una niña. También ella le estaba mirando, inmóvil y en silencio. Flaviano imaginó quién podría ser, y su cerebro repasó con frenesí el papel que aquel personaje (¿compañero?, ¿antagonista?, ¿un mero extra?) podría desempeñar en aquella descabellada obra.

–¿Chiara? –aventuró.

Pero justo en ese momento un prolongado gemido le obligó a apartar la mirada y fijarla en un nuevo personaje.

Un poco más allá, a unos seis o siete metros de donde él estaba, había un tablero de madera, al fondo de una galería que desaparecía en la profundidad de las tinieblas. Sobre aquella mesa había tendida una silueta temblorosa, un cuerpo humano que resollaba por el sufrimiento en que se encontraba. Flaviano aguzó la vista, y al inquieto resplandor de las antorchas fue capaz de reconocer a aquel hombre.

–¡Ermete! –le llamó con voz pastosa.

En ese instante, un lento y sonoro aplauso resonó bajo las bóvedas, entre secos estertores que parecían auscultar los latidos de un gigantesco corazón artificial. Y una última figura –la más esperada, y temida– avanzó saliendo de la negrura, más allá del cuerpo tumbado.

Ahora que el protagonista había entrado en escena, pensó Flaviano, la comedia por fin podía dar comienzo.

–Bien, bien, bien –empezó con tono sarcástico Folco Grandeschi–, ahora que ya hemos acabado con las presentaciones, es hora de llegar al meollo de la cuestión. ¿Te ha gustado la inocentada, messer Altobrandini? Estaba preparado para responder al mínimo gesto de oposición física por tu parte, y a estas horas, te lo garantizo, ya estarías como un fiambre. En cambio… debo haberte sobrevalorado. Será culpa de todo lo que me han contado sobre ti, seguramente. Así que no eres tan astuto como pensaba. Sin embargo ¡el riesgo ha sido realmente emocionante!

Flaviano escudriñó entre las sombras acechantes los rasgos del hombre por quien se había dejado engañar. Y por mucho que buscara excusas, volvió a maldecirse por haber sido tan poco precavido. Una imperdonable bajada de guardia que ahora podía revelarse fatal. Evaluó su propia postura forzada, tratando de averiguar si, con una correcta torsión del hombro y el brazo, aprovechando un momento favorable, sería capaz de aflojar un poco las ligaduras de las piernas y alcanzar la bota derecha con los dedos…

–De acuerdo, has ganado –le reconoció–. Aunque lo que no entiendo es cómo no me has eliminado antes, cuando habrías podido hacerlo tranquilamente en mi casa, y, en cambio, te has tomado la molestia de organizar toda esta puesta en escena.

Folco soltó una risotada.

–Bueno, eso que tú llamas «puesta en escena» yo lo veo más bien como la digna conclusión del proyecto que persigo desde hace años, y que, por tanto, merece un público de honor. ¿No captas la elegancia pictórica de este momento? Mi padre habría sabido perpetuarlo en el lienzo de manera egregia, y creo que estaría orgulloso de mí.

Con estas palabras, Lidia gruñó algo ininteligible en dirección a él.

—Oh, perdóname, hermanita, si es ahora cuando te revelo este pequeño secreto mío. Aunque no creo que tengas ocasión de llevártelo a ninguna parte fuera de estos muros. No me refiero al hombre que tú siempre has considerado «nuestro» padre, porque en realidad, sabes, era solamente el «tuyo». Folco levantó el dedo índice y sin mirar apuntó a su izquierda, hacia un paño del muro comprendido entre dos antorchas.

Lidia siguió aquella indicación con los ojos desencajados, y Flaviano no pudo sino hacer lo mismo. Allí, a la luz trémula de las antorchas, se veía un cuadro colgado. Desde su posición de lado, ambos reconocieron el retrato de un hombre de porte gallardo colocado frente a una calavera. Lidia gimió, mientras un grotesco ceño interrogativo curvaba su frente. Flaviano no tuvo la menor duda de que ese era el cuadro que faltaba en la biblioteca de la casa Grandeschi.

—El autorretrato de Salvatore Rosa —soltó a bocajarro, llevándose la pequeña satisfacción de estropear un poco el efecto teatral claramente buscado por su captor.

Folco le miró sin conseguir ocultar su asombro.

—O eres también un entendido en arte, Flaviano, o bien tus indagaciones iban en la dirección correcta. Me inclino por esta segunda hipótesis, y en el fondo lamento que todo tu ingenio deba desperdiciarse. Tú y yo nos parecemos más de lo que te gustaría admitir. Ambos nos movemos en niveles más elevados respecto al común de los mortales, ambos buscamos… la verdad. Y es precisamente por ello, sabes, que prefería tenerte aquí, para que seas testigo de mi victoria, en lugar de sacrificarte a ti primero, como a cualquier plebeyo. Lo cual no significa que no lo haga de todas formas…

Cogió un objeto que había junto al cuerpo amarrado de

Ermete y lo levantó a la luz de las llamas. Con un suspiro entrecortado, Flaviano reconoció su puñal.

–Y lo haré con esto, en el caso de que te sigas preguntando si por casualidad te lo he dejado en la bota…

Lidia estalló en un gemido furioso, estirando el torso y tirando en vano de los brazos y las piernas.

–Y tú, deja de armar tanto jaleo, que pareces una perra en celo. En lo que a mí respecta, no eres tan distinta a nuestra madre. Te ha bastado que un hombre te hiciera ojitos en el momento oportuno, no has dudado en abrir…

–¡Así que esta es la Guarida de Rosa! –intervino entonces Flaviano levantando la voz, cuando vio las mejillas coloradas y la vena hinchada en el cuello de la muchacha–. El lugar donde relegaron a tu padre para que pudiera dar rienda suelta a toda su… ¿inspiración creativa?

En el tono de las dos últimas palabras, instiló a propósito una gota de sarcasmo, para captar de nuevo la atención de Folco.

Este último, antes de responder, le devolvió una mirada falsamente compasiva.

–Pero cuánta ingenuidad, mi desventurado amigo… Todo tu aliento desperdiciado. ¿De verdad crees que me estás provocando? ¿O que vas a aguijonearme? Tus consideraciones sobre mi padre no me afectan más de lo que lo haría la picadura de una pulga en el lomo de un elefante. Pero ahora…

Hizo una breve pausa, luego agarró a Ermete por el pelo y levantó su cabeza medio palmo antes de soltarlo contra la superficie de la mesa con un golpe seco.

–… vamos al grano.

Flaviano sintió que el corazón le daba un vuelco. Por más que aguzaba el oído, no oía más que los sonidos y las voces que ellos mismos producían. Tenía que ganar tiempo.

–Pero ¿qué te ha hecho ese pobre viejo? Fue tu maestro. Ya intentaste matarle una vez, y a pesar de ello él escogió no vengarse. Y tuvo la ocasión, ¿no es así?

Folco soltó un silbido.

–Este chismoso te ha contado un montón de cosas, allí en el bosque… Bien, tal vez no te haya contado qué clase de cerdo era, y qué le habría gustado hacerme… ¡Más que un maestro! Pero no te preocupes, desde luego este no es el motivo por el cual este gentilhombre se encuentra aquí, frente a mí, encima de esta mesa. Esa es una vieja historia, agua que no mueve molino. El problema es que…

–Nunca entendiste nada.

La débil pero perfectamente clara voz de Ermete se impuso sobre el monólogo de Folco, que se interrumpió en seco. El Grabador se inclinó ligeramente sobre él, con una sonrisa maliciosa.

–Oh, bien hallado… ¿Qué has dicho, viejo?

Ermete suspiró, devolviéndole la mirada.

–Por mucha inteligencia que te haya dado la naturaleza, una parte de ti ha permanecido ciega. Siempre interpretaste mis enseñanzas a tu manera…

Folco dio un palmetazo en la mesa, a la altura de la cabeza de Ermete. El golpe reverberó en el sótano y se propagó bajo las bóvedas.

–Simplemente confié en ti, y este fue mi error. Creí sinceramente que tú me considerabas especial, y que deseabas hacerme partícipe de un conocimiento superior. A los demás les diste únicamente fragmentos, mientras que a mí me otorgaste la llave para abrir uno de los secretos más grandes de la *magnum opus*, la preparación del *Hybris*…

Ermete empezó a negar con la cabeza, como si quisiera borrar todas las sandeces que Folco estaba soltando. Pero este no se inmutó.

–¿Vas a negar quizá que me regalaste la *Comoedia Alberici* para que encontrara el camino a seguir? ¡Y claro que lo encontré! Tardé años, pero al final el proyecto se me ha revelado con toda nitidez…

–No sabes lo confundido que estás, Folco. –Ermete tosió con dificultad–. Alberigo Grifi era una mente iluminada, no volaba a ras del suelo. Las llaves que insertó en el poema requerían una lectura mucho más elevada, mientras que tú lo has tomado al pie de la letra…

Una de las manos de Folco salió disparada y golpeó la mejilla izquierda de Ermete, dándole un bofetón. Lidia dejó escapar un grito de dolor. Flaviano apretó los dientes, sus sentidos cada vez más alerta.

El viejo volvió con calma a posar los ojos sobre su torturador, y su silencio fue el peor de los insultos.

Antes de que Folco perdiera el control, Flaviano se entrometió de nuevo.

–Sabrás que yo también tuve la ocasión de estudiar aquella copia…

Folco se dirigió a él con una serenidad glacial.

–Naturalmente. Y estoy seguro de que encontraste los tercetos culpables. Pero, a menos que conozcas la *Divina comedia* de memoria, dudo que llegaras a ninguna parte en tan breve tiempo. Dale las gracias a la carta de Ermete que encontraste dentro. Tenía que haberla quemado…

–Bueno, es evidente que la carta me puso en el buen camino, debo admitirlo. Por lo menos me permitió comprender…

–¡«Comprender»! –soltó Folco con una carcajada estridente–. ¡Esta sí que es buena! «Él ha comprendido…». –Negó con la cabeza–. ¿Y ahora qué importa eso? No voy a perder más tiempo.

Acto seguido, devolvió su atención a Ermete, que no había dejado de mirarle, y empezó a acariciarle el escaso cabello simulando afecto.

–Sabes, viejo, al principio no estaba nada seguro de que pudiera funcionar. Me refiero al tema del mercurio en la sangre, y a la posibilidad de ahondar en la mente de un hombre para sacarle lo que ni siquiera sabía que poseía… Para mí fue un tanto arriesgado. En cambio, una vez conseguido el estado de conciencia adecuado, el bueno de Mercatanti, que en paz descanse, me reveló el primer ingrediente. Y lo mismo hizo Carraccini, a quien concedí el honor de asumir mi identidad y de ser enterrado en mi cripta familiar…

–¿Y estás orgulloso de ello? –comentó Ermete con voz ronca.

Con la rapidez de una serpiente, Folco convirtió las caricias en un torniquete y le tiró del pelo, obligándole a tensar los músculos del cuello.

–Decididamente sí, viejo. Después le tocó a Paolo, el pequeño noble disoluto. Esa fue la conquista más complicada, pero también la más gratificante. Trataste de impedírmelo, pero evidentemente era el destino que obtuviese lo que buscaba, el tercer ingrediente…

Levantó la mirada en dirección a Lidia.

–En aquella circunstancia tu ayuda fue muy valiosa, hermanita. Deberías estar contenta.

La muchacha permaneció impasible.

–Pero después…

Folco se puso a trajinar en una mesita que tenía al lado, oculta entre las sombras detrás de la camilla. Se oyó claramente un tintineo de hierros y cristal, que evocó al instante imágenes de cuchillas y frascos. Ahora, el hombre sostenía un utensilio pequeño y afilado con el que robaba chispas a las llamas. Un bisturí.

–… luego, la suerte me dio la espalda. De Ferrai no sobrevivió. Me dejó en la estacada antes de que pudiera revelar el cuarto ingrediente, a pesar de los esfuerzos por mantener su cerebro activo. Espero que esté ardiendo en el infierno. Así que, habría sido del todo inútil dar caza a Buonavia, que debió intuir algo y decidió esfumarse de la ciudad. Por tanto, el bueno de mi antiguo maestro… Mira por dónde: eres la única persona que conserva dentro de su preciosa cabecita los cinco ingredientes del *Hybris*.

Flaviano dejó de retorcer las muñecas y las manos, le latían dolorosamente. Cada uno de sus esfuerzos hasta aquel momento se había demostrado inútil. También, al atarlo, el Grabador había hecho, por desgracia, un buen trabajo. Miró a Lidia y notó que en sus ojos la luz firme de la determinación se había apagado, próxima a rendirse a la desesperación.

–Resiste… –le susurró.

Ella asintió de manera casi imperceptible, pero fue suficiente para Flaviano.

Entonces fue la voz de Ermete, de repente, el catalizador de todas las miradas.

–No es así, Folco… Aquí no soy el único que tiene todas las llaves.

Folco ladeó la cabeza, como si estuviera observando a un animal curioso.

–¿Qué pretendes decir?

Ambos se observaron mutuamente durante unos segundos, hasta que la expresión sardónica de Folco desapareció para dar paso a una seriedad muda, rencorosa.

–Sí, estoy convencido de que lo has entendido –continuó Ermete–. En aquel momento no te diste cuenta, pero el día que viniste solo a mi laboratorio y te regalé la *Comoedia Alberici*… Aquel fatídico día, sí, apagué tu conciencia durante unos segundos. Mientras que a los demás les había entregado solamente un único ingrediente, uno para cada uno, a ti te obsequié con los cinco, depositándolos en lo más profundo de tu cerebro. Es una pena, sin embargo, que tu anhelado *Hybris*…

La frase se marchitó entre sus labios, borrada por una serie de sacudidas del cuello y del pecho, espasmos acompañados de toses cortas y sollozos que pronto dejaron clara su naturaleza: Ermete «se estaba riendo…».

Folco lo estudió por unos momentos, esperando que el inesperado ataque de hilaridad amainara. Más tarde, cuando el alquimista pareció calmarse, tuvo que hacer acopio de lo que le quedaba de autocontrol para preguntarle, en tono calmado:

–Me alegra comprobar que no has perdido el buen humor, a pesar de que estás desperdiciando tus últimos alientos de manera deplorable. ¿Puedo saber qué te parece tan gracioso?

Ermete tosió con fuerza una vez más, luego suspiró profundamente. Sus facciones se pusieron rígidas, mientras que sus ojos se quedaron súbitamente pegados a los de Folco.

–El *Hybris* no existe, hijo mío. Nunca ha existido, y jamás existirá. Es una quimera, un sueño que yo perseguí primero, y no hay un adjetivo que pueda describir mi estupidez.

La expresión hasta aquel momento socarrona de Folco se oscureció de repente. Pero el hombre prosiguió:

–Con toda mi buena fe, creí que te iluminaba con mi legado, pero más tarde comprendí que no te había dado más que… la nada.

–Supongo que con estas mentiras ahora te crees que podrás detenerme, ¿no es así?

Folco tenía clavados sus ojos en él, con aire casi resentido. Pero en su voz se insinuó una nota discordante, incierta. Ermete debió notarlo y siguió atacando.

–¿Tus desgraciados compañeros te han revelado los ingredientes ocultos en su cabeza? ¡Ah, pobre iluso! ¿Nunca se te ha ocurrido dudar que cualquier persona, reducida a semejantes condiciones, pueda emitir hasta el más absurdo de los embustes? ¿Qué es lo que te han dicho, si puede saberse? ¿Asafétida? ¿Cúcuta? ¿Cenizas de lirio? Y tú te lo has creído todo, necio como eres, cegado por…

En un arrebato de ira, Folco grabó con su bisturí un pequeño arañazo de color rubí en la frente del anciano.

–Cálmate, Folco, te lo pido por favor… –intentó Flaviano, pero su captor no pareció oírlo.

Lidia bajó la cabeza para no ver nada de lo que pudiera ocurrir.

Tras una breve reflexión, admirando la pequeña herida escarlata abierta entre las arrugas de Ermete, Folco recuperó un amago de lucidez.

–Verás, viejo, me temo que este jueguecito tuyo no te va a llevar muy lejos. Siempre he sentido una cierta aversión por el parloteo, y yo ya estoy más que harto del tuyo. Te recuerdo, miserable *magister* mío, que mis conocimientos sobre anatomía no tienen nada que envidiar, y confío en llegar a mantenerte con vida durante un tiempo, a pesar de todo lo que te extirparé. Así que, piénsatelo bien. Yo actuaré en consecuencia.

Flaviano estaba siguiendo el delirante monólogo, pero al mismo tiempo estaba concentrado tratando de captar con el oído otros ruidos, por débiles o lejanos que parecieran. Pero nada, nada todavía. Sin embargo, aunque confusamente, tomó conciencia de repente del cauto y extremadamente controlado movimiento con el que Ermete estaba girando su muñeca derecha, en ambos sentidos, y le dio un vuelco el corazón. ¿Estaba intentando… sacar una mano de la cincha que le retenía?

El semblante de Folco perdió al instante toda pátina de humanidad, acartonándose en una mueca en la que se podía leer toda la locura preñada de odio en la que se debatía. Aproximó el bisturí al corte en la frente de Ermete.

—Empecemos por liberar el hueso frontal de toda esta capa de…

—El primer ingrediente —le interrumpió el alquimista con vehemencia—, era la *Hyridacea magentis*. Una hierba rara. ¿La conoces? Lo dudo. Le di esta llave al pobre de Ferrai, ese al que mataste torpemente antes de que pudiera soltarte quién sabe qué inevitable sandez, muy a su pesar. ¿Continúo?

Folco le fulminó con una mirada amenazadora, alejando el escalpelo y enderezando la espalda. Ermete prosiguió decidido:

—Luego venía un hongo, el *Bolus inferi*. Buonavia se esfumó antes de que pudieras echarle el guante, y me alegro de que tuviera tanta amplitud de miras. Quedan, pues, tres llaves, las que supuestamente ya arrancaste a los tres desgraciados que se dejaron el pellejo en ello. Pero estoy dispuesto a apostar que te llegarán otras nuevas. ¿Quieres saber cuáles son?

Folco no respondió, ni tampoco movió un solo músculo.

Flaviano apenas respiraba, tratando de imaginar el cataclismo que estaba azotando, silenciosamente, la cabeza de aquel lunático. Y mientras tanto, no cesaba de seguir las metódicas torsiones con las que Ermete se esforzaba por liberar secretamente su muñeca.

—El tercer ingrediente, en el orden exacto de utilización, era el jugo de *Rubis nigra*. ¿Se corresponde con la llave que has arrancado a Paolo de Médici? No lo creo, sinceramente. Así como también estoy convencido de que Carraccini no mencionó, en su delirio de moribundo, la otra hierba, la *Indiga vaporensis*. No hace falta que me contestes, Folco. Tus ojos ya lo han hecho por ti. Y para ofrecerte plena satisfacción, te desvelaré también la última llave, la escondida en el cerebro de Mercatanti: polvo de *Scolopharia napellus*. ¿Satisfecho, ahora? ¿He provocado algún eco en tu mente? ¿He despertado algún recuerdo enterrado, por vago que sea? Estos que te acabo de enumerar son los ingredientes que susurré a tu cerebro hace años, durante esos segundos en los que te obnubilé la conciencia con una simple presión en la carótida. Fue el día en que intentaste matarme, así fue, lo recuerdo perfectamente. Y hablando de recuerdos… si quieres tener en mente las cinco llaves en el orden correcto de la mezcla, por si aún te quedan ganas de intentarlo, te habrás percatado de que, uniendo sus iniciales, te saldrá un nombre. El de tu ansiado… *Hybris*. Interesante, ¿verdad?

Una gélida pausa siguió a aquellas palabras, un silencio que se apoderó de todos como un manto de cenizas frías. Lidia levantó la cabeza de nuevo, intrigada por la muerte repentina de todo sonido. Flaviano se quedó con la boca abierta, esforzándose por interpretar la actitud de su verdugo, que había escuchado el discurso completo sin pestañear.

Entonces, Folco soltó delicadamente el bisturí sobre la mesa y se cruzó de brazos.

—Una confesión extraordinaria —comentó en tono sosegado—. Digna de ti. ¿Supongo que esperas que te crea, así, sin más? ¡Cómo no! Ahora te libero, desato a todos, os dejo marchar, y a lo mejor me entrego a las autoridades, ¿por qué no? ¿Es esto lo que te esperas?

Ermete, para no quedarse atrás con el sarcasmo que florece en quien no alberga ya ninguna esperanza, respondió:

—Bueno, pues quizá sí… La locura te ha nublado la razón hasta tal punto, que de ti se podría esperar cualquier cosa, en serio.

Folco no estalló, como Flaviano temió por unos instantes. Simplemente, se limitó a coger de la mesa que tenía junto a él una botella de cristal y le quitó el tapón con estudiada lentitud.

–Efectivamente, tienes razón. Podría hacerlo. Es más, lo haré. Os liberaré a todos. A mi manera, naturalmente. Empezaré contigo, puesto que tu vida para mí ya carece de toda utilidad. Tus palabras… –continuó, según rociaba cuidadosamente el cuerpo del alquimista con un líquido cuyo olor penetrante permitió identificarlo como alcohol–, han perdido toda traza de credibilidad. Así que he decidido terminar la obra que dejé inconclusa aquel lejano día. Pero antes me gustaría hacerte un regalo…

Volvió a dejar la botella vacía, puso las manos en el borde de la mesa y se inclinó sobre Ermete dirigiéndole una risotada cáustica que ahora apenas sonaba humana.

–Quiero que antes de irte al infierno asistas a la liberación de tu amigo investigador, que tanto ha hecho para ponerme palos en las ruedas. Y también a la de mi dulce hermanita, furcia entre las furcias.

Gorgoteando por el alcohol que se le había colado también entre los labios, Ermete le preguntó:

–¿Y esa niña? Por lo menos, ¿la dejarás libre a ella también? Hazme este favor…

Flaviano apretó los dientes, y en aquel instante se le ocurrió una idea. Aquella no era una pregunta peregrina. ¿Podía esconder una trampa para el Grabador? Tensó los músculos por enésima vez en el intento de quitarse las ataduras, pero fue en vano. Después se quedó quieto cuando le pareció escuchar sonidos inéditos. Un ruido metálico en la lejanía. Y… ¿voces quizá?

–Oh, ¿te refieres a la putilla?

Ahora el tono de Folco era un siseo áspero, casi un gruñido. Hablaba como si nadie más pudiera oírle, aparte del moribundo que tenía delante.

–¿Y tú tienes el valor de pedirme… «un favor»? Lo siento, viejo, pero ella tampoco me sirve ya para nada. Cuando salga de aquí, lo haré solo.

Flaviano no pudo evitar dirigir su mirada hacia la niña, que parecía una pálida estatua pegada a la pared. Los labios de Chiara se veían contraídos, fruncidos bajo los dientes que apenas podían contenerlos. Ahora también Lidia la estaba observando.

La niña tensó los músculos del cuello y de la garganta, como si estuviera intentando tragar algo áspero y amargo. Y su rostro, en ese momento, se convirtió en el espejo de su corazón, presa de un tumulto asfixiante de llanto y sangre.

Ermete reflexionó un momento, sopesando la última afirmación del Grabador. Luego siguió insistiendo:

–Entonces, ¿de verdad tendríais el cuajo de asesinarla también a ella?

Más que pronunciarla, Folco escupió su respuesta:

–No entiendo por qué te preocupa tanto, pero bien mirado… ¡hacerlo me proporcionará un placer aún más grande!

Desde el sombrío rincón, la frágil figura de color marfil exhaló una sola palabra:

–Padre… –Dos sílabas que la desesperación arrancó de su boca como hojas secas de una rama marchita…

Ermete no perdió tiempo, y movió los labios sin emitir ningún sonido.

–¿Cómo dices?

Folco se inclinó un poco más, acercando su rostro al del alquimista. Por su expresión salvaje, uno habría pensado que estaba a punto de arrancarle la nariz de un mordisco.

Entonces Ermete repitió, dejando que esta vez sus palabras flotaran más sonoras en la penumbra:

–*Ego… te… amavi…*

Con un movimiento brusco del brazo derecho llevó la mano por fin liberada detrás de la nuca de Folco y apretó con fuerza, atrapándolo. Al ser cogido por sorpresa, el alienado, desconcertado, se tambaleó y soltó un rugido.

–¡Ahora! –gritó el anciano–. ¡Tú que puedes moverte, hazlo! ¡Ahora!

Y, en un abrir y cerrar de ojos, la única persona que podía hacerlo actuó.

Lidia emitió un aullido ahogado mientras Chiara desenganchaba una antorcha de su soporte en la pared y se encaminaba con paso ágil hacia el tablero que hacía de camilla. Su rostro relucía por las lágrimas que le corrían por las mejillas.

–¡Chiara, no! –gritó Flaviano.

Pero con una vaharada repentina, las llamas atacaron con avidez el cuerpo de Ermete.

Lidia emitió un grito espectral que le amorató el rostro antes de ahogarse en el trapo que tenía entre los dientes, convirtiéndose en un espantoso aullido.

Folco también dio un chillido, revolviéndose, pero el agarre del alquimista moribundo era como una abrazadera de hierro. Mientras tanto, las lenguas de fuego, empezando por la ropa y el pelo del viejo, no tardaron en propagarse hasta él, y en cuestión de segundos en las tinieblas del subterráneo se decretó un pandemonio.

Se seguían oyendo ruidos, pasos atenuados, voces agitadas.

–¡Estamos aquí! –gritó Flaviano con todo el aliento que le quedaba en la garganta–. ¡Estamos aquí!

Una tórrida oleada y un hedor insoportable azotaron súbitamente la cripta, pero al mismo tiempo, de un pasadizo lateral surgieron voces humanas y halos de luz.

–¡Estamos aquí!

Y de la nebulosa e iridiscente penumbra, más allá de la mesa y de los cuerpos en llamas, se materializaron dos, tres, cuatro hombres con linternas y espadas desenvainadas. Soldados, y el capitán…

A Flaviano no le cabía el corazón en el pecho.

Aterrorizada por el caos desatado en esos últimos instantes fuera y dentro de ella, Chiara retrocedió con pasos inseguros, con los ojos ahogados en los desoladores pantanos de su alma. Pareció sorprenderse al encontrarse junto a Lidia.

–Perdóname, tú tenías razón… –dijo con un hilo de voz y la mirada perdida.

Luego, asustada con el trajín de aquellos hombres que corrían y gritaban, dejó caer la antorcha que tenía en la mano y que fue a parar, sin darse cuenta, al regazo de Lidia. Acto seguido huyó de allí como un pálido fantasma que pronto fue engullido por las tinieblas.

Las airadas órdenes de Lapo parecían estallar en todas las direcciones, imponiéndose al crepitar luminiscente que ardía sobre la mesa. Un barullo de sombras informes y enloquecidas se desplegó entre las paredes y las arcadas.

En aquel momento, con una violenta torsión y un último rugido, Folco Grandeschi logró liberarse de la mano férrea del alquimista ya inerte, pero lo único que pudo hacer fue caerse hacia atrás y rodar un par de veces sobre sí mismo. Luego se quedó inmóvil, mientras su cuerpo emanaba humo y olor a carne chamuscada.

Los gritos de Flaviano se hicieron aún más insistentes:

–¡Por aquí! ¡Salvadla a ella!

Lidia, sacudiendo las piernas, había conseguido que la antorcha encendida rodara hasta el suelo, pero las llamas ya habían prendido en su vestido ascendiendo voraces al trapo enrollado de la boca. Meneaba enloquecidamente la cabeza, gimiendo lastimosamente.

Lapo y otro guardia ducal acudieron en su ayuda, sus rostros eran como máscaras de furia y espanto.

–¡Tú, persigue a aquella maldita niña! –espetó el capitán a su subordinado; acto seguido dejó caer su espada, apartó de una patada la antorcha que había caído junto a la silla y, sin pensarlo dos veces, se quitó la capa para envolver con ella como pudo el cuerpo de Lidia. Por debajo de los bordes del grueso tejido, salieron al instante tentáculos de humo, mientras que de la garganta de Lidia brotó un alarido que Flaviano jamás podría olvidar.

# EPÍLOGO

La luz oblicua de última hora de la tarde entraba por las ventanas sin limpiar de la taberna, expandiéndose en haces de minúsculo polvo dorado.

–Os debo la vida, capitán, por ello… brindo a vuestra salud.

Flaviano levantó la copa llena de un vino muy oscuro, y Lapo Maffei, sentado frente a él, hizo lo mismo. El grueso vidrio de los vasos tintineó sonoramente en la atmósfera cargada de voces y risas. Después de que ambos dieran un generoso trago, Lapo se limpió con los dedos las gotitas violáceas que se le habían quedado atrapadas en los bigotes.

–Y vos… bien, digamos que de alguna manera también habéis salvado la mía, así que estamos en paz.

Flaviano dio un segundo sorbo, y después repitió entre dientes con un amago de sonrisa:

–Sí, estamos en paz…

El capitán se había ganado el reconocimiento oficial por parte del Gran Duque, así que su papel como paladín de la ciudad ya no estaba en entredicho, al menos por el momento. El mérito del descubrimiento de la madriguera del Grabador –quien tras una refriega se había prendido fuego espontáneamente, tal y como se había reconstruido el desarrollo de los acontecimientos– había ido a parar enteramente a él, y Flaviano no había tenido la mínima objeción en sostener otra versión. Siempre, según el informe por escrito, la pista que aquella noche había conducido a Lapo hasta Santa Felicita partía de la localización del otro escondrijo que el perturbado había escogido como laboratorio y refugio alternativo, una casa de campo abandonada

248

junto al gran roble. Además de haber frustrado definitivamente la amenaza que se cernía sobre Florencia desde hacía meses, el capitán también había salvado de una muerte segura nada menos que a la prima de Paolo de Médici y a un joven erudito, un tal Altobrandini, que por descuido había acabado en la trampa de aquel demente. Lo cual, tras reflexionar sobre ello, seguramente se correspondía con la realidad. La niña que había huido, Chiara, fue encontrada sin problema, desmayada, en los oscuros subterráneos de la iglesia. A pesar de lo que había hecho, teniendo en consideración los traumas vividos y su frágil estado mental, se tomó la decisión de no ensañarse con ella, confiándola a los cuidados de las hermanas de Santa Marina; es muy probable que se quedara con ellas largo tiempo.

En cuanto al hombre quemado vivo sobre aquella mesa, en cambio, no se había podido hacer nada, ni siquiera identificarlo.

–Sé quién sois, messer Altobrandini –comentó a continuación Lapo–. Conozco vuestra relación de parentesco con Su Santidad, sé que escapasteis de Roma y todo lo demás.

Flaviano se puso serio de repente, mirándolo directamente a los ojos.

–Lo sé –prosiguió el capitán, bajando los ojos hacia su copa de vino, ya mediada–, pero no pretendo crearos problemas. Los asuntos que me ocupan en Florencia son muy diferentes. No obstante, sospecho que este caso os ha sacado un tanto a la luz, muy a pesar vuestro. Si se presentara alguien del Vaticano preguntando por vos, no podría soslayar mis deberes. Me entendéis…

Flaviano asintió con un suspiro.

–Perfectamente, capitán. Mi gratitud hacia vos, en cualquier caso, nunca cambiará. La celeridad de vuestra intervención la semana pasada no tiene precio.

Lapo rio por lo bajo.

–Eso parece, sí… Pero ambos sabemos que sin vuestra ayuda dudo que ahora estuviéramos aquí brindando. La puerta cerrada, pero sin llave, una luz encendida… Y el alfiler en el plano de la ciudad… Realmente una jugada magistral.

–No estaba seguro de que efectivamente vinierais a mi casa, como habíais asegurado. Fue una apuesta. Pero os esperé hasta el último momento. Digamos que tuve suerte.

Lapo levantó su copa nuevamente.

–Ambos la hemos tenido, amigo mío. Ambos la hemos tenido. ¡Posadero, otra ronda!


Doña Giacinta le recibió extendiendo una mano, pero cuando Flaviano se inclinó para besársela, la dama levantó la palma y le acarició una mejilla.

Flaviano se quedó mirándola, vagamente sorprendido, notando una ligera contracción en el corazón.

–Mi hijo Paolo os agradece todo lo que habéis hecho.

Flaviano sintió un ápice de desconcierto.

–Pero yo… yo no…

–Vos le hicisteis una promesa, y la habéis cumplido. Y eso es lo que importa. Sabed que siempre podréis contar conmigo para lo que necesitéis.

–Os lo agradezco, señora mía. Únicamente he hecho lo que he podido.

«Pero no pude salvar a vuestro hijo», le habría gustado añadir, aunque aquellas amargas palabras se quedaron atrapadas en su boca.

Un breve silencio se coló a hurtadillas entre sus miradas, colmado de pensamientos sin expresar; por fin, doña Giacinta dijo:

–Deseáis saber cómo está Lidia, supongo.

A Flaviano le tembló ligeramente la voz.

–Por supuesto. ¿Cómo…?

–Está en su habitación. Sabe que estáis aquí. ¿Queréis verla?

–Si no supone una excesiva molestia…

No había terminado la frase cuando la dama ya se encaminaba hacia las escaleras.

–Venid.

Lidia estaba tendida en la cama, con los brazos extendidos a lo largo del cuerpo, por encima de las sábanas, y con la cabeza levantada sobre tres almohadas.

—Dichosos los ojos, messer Flaviano —dijo, apenas despegando los labios.

Su rostro estaba oculto tras una doble capa de gasa, que únicamente le dejaba al descubierto la boca, la nariz y los ojos sin pestañas. Cubriéndole la cabeza, llevaba bien ajustado un gorro de tela blanca, cuya protección hacía intuir una ausencia casi total de cabello.

—Bien hallada, madamisela Lidia —respondió acorde Flaviano.

A sus espaldas, doña Giacinta se retiró sin mediar palabra, cerrando la puerta tras de sí.

Entonces Flaviano se acercó al lecho, sin apartar la vista ni un momento de aquellos ojos oscuros, brillantes, que le seguían encerrados en aquel rostro tapado.

—Me decía el capitán que estabais pensando abandonar la ciudad —manifestó la muchacha.

Su voz sonaba decididamente menos nítida que de costumbre, quebrada como estaba por las notas ásperas que a veces se colaban entre las sílabas.

—Al menos durante un tiempo —respondió Flaviano—. Todavía no tengo decidido dónde, pero creo que un cambio me vendrá bien después de todo. Siento que lo necesito.

La verdad es que le había brotado una idea en el corazón. En sus sueños aún escuchaba los elegantes pasos ligeros de Lucrezia por las calles empedradas de Ferrara. Pero prefirió guardarse para sí sus intenciones.

—¿Y vos? Sé que es una pregunta que se da por descontado, pero… ¿cómo os encontráis?

Lidia se encogió de hombros, esbozando una sonrisa forzada.

—Podría estar peor. El doctor Albizzi ha hecho un buen trabajo, o al menos eso espero. Cuando me quite las vendas y me permita mirarme al espejo, será cuando decida cómo me siento.

Flaviano bajó la mirada.

—Todo ha salido bien.

–Para vos yo diría que sí. Para mí lo suficiente, considerándolo todo. Mi hermano…

–Lo siento por vos, Lidia.

–No hay de qué. Tuvo lo que se merecía, después de todo. Estoy convencida de que nos habría matado a los dos si no hubiera llegado el capitán.

Flaviano asintió moviendo la cabeza imperceptiblemente.

–Seguro –comentó lacónico. Luego, tras una pausa meditabunda, bajando el tono–: En cuanto a vuestra participación, vuestra implicación…

Calló.

–¿Y bien? –le apremió Lidia, sin apartar su mirada de él.

–Sé que habéis salido perfectamente limpia. Solamente había otra persona además de mí que conocía la verdad, el pobre Ermete… Que su alma descanse en paz.

Lidia se mantuvo fría como una estatua de hielo.

–Amén.

–En cuanto a mí… realmente es mejor que me vaya. Mi conciencia no está tranquila, pero espero poder vivir con este secreto, con lo que sucedió entre nosotros.

–¿A qué os referís? –le preguntó la joven con un tono glacial.

Flaviano la examinó durante unos instantes. A continuación, se apartó de la cama y le hizo una reverencia.

–A nada, madamisela. A nada en absoluto.

Lidia abandonó con esfuerzo la calidez de las mantas, moviéndose con cuidado para no acentuar las quemaduras que también aquejaban a sus muslos y sus senos. Llegó hasta la ventana y apartó las cortinas justo a tiempo para ver a Flaviano atravesar la plaza. Al llegar al pórtico que le ocultaría para siempre de su vista, el hombre se detuvo. Lidia ahogó un sollozo, e inmediatamente advirtió en sus mejillas el calor de las lágrimas que ya empapaban las gasas.

Al cabo de unos segundos, Flaviano retomó su camino, alejándose para siempre, sin siquiera darse la vuelta.

# AGRADECIMIENTOS

Nuestro agradecimiento más profundo va sin lugar a dudas a las dos personas que confiaron en nosotros desde el principio: Roberta Oliva y Marta Carrolo, de la agencia literaria Natoli Stefan & Oliva. Roberta y Marta han sabido darnos la fuerza y los consejos adecuados, incluso en los momentos más difíciles. Pero también estamos enormemente agradecidos a nuestra editora Federica Graceffa, que apostó por esta novela. Federica examinó cada página con inmenso cuidado y nos impulsó a dar con la «clave» correcta.

Asimismo, agradecemos sinceramente al Dr. Alessandro Bazzocchi su inestimable asesoramiento histórico.

Por último, queremos expresar nuestra gratitud a Giada y Ester, las dos mujeres que con cariño (y santa paciencia) nos acompañan y apoyan, a pesar de las pesadillas que nos oyen comentar por teléfono cada vez que está a punto de nacer una nueva historia.

# ÍNDICE

p.   9   CAPÍTULO I. Al caer las primeras sombras
    35   CAPÍTULO II. El laboratorio secreto
    52   CAPÍTULO III. El ojo y la puerta
    69   CAPÍTULO IV. En los límites de la ciencia
   106   CAPÍTULO V. El hombre sin pasado
   138   CAPÍTULO VI. El arcano de Dante Alighieri
   163   CAPÍTULO VII. Persiguiendo la verdad
   191   CAPÍTULO VIII. La guarida de rosa
   218   CAPÍTULO IX. *Hybris*
   248   Epílogo

   253   *Agradecimientos*